一个存放梦的好地方

金明春 著

天津出版传媒集团

天津人民出版社

图书在版编目（CIP）数据

一个存放梦的好地方 / 金明春著 . -- 天津 : 天津人民出版社 , 2018.3 （2021.1重印）

ISBN 978-7-201-12801-6

Ⅰ . ①一… Ⅱ . ①金… Ⅲ . ①散文集—中国—当代② 随笔—作品集—中国—当代 Ⅳ . ① I267

中国版本图书馆 CIP 数据核字 (2018) 第 026251 号

一个存放梦的好地方

YIGE CUNFANG MENG DE HAODIFANG

出　　版　天津人民出版社
出 版 人　黄　沛
地　　址　天津市和平区西康路 35 号康岳大厦
邮政编码　300051
网　　址　http://www.tjrmcbs.com
电子邮箱　tjrmcbs@126.com

责任编辑　张　凯
装帧设计　项媛萍

制版印刷　三河市同力彩印有限公司
经　　销　新华书店
开　　本　660×960 毫米　1/16
印　　张　20
字　　数　197 千字
版次印次　2018 年 3 月第 1 版　2021 年 1 月第 2 次印刷
定　　价　49.80 元

目录

第一辑　遥远有多远

　　总有一些地方，离我们的心灵是那么的贴近。也许它很瑰丽，也许它很荒芜，也许它很赏心悦目，也许它满目苍凉，也许它令人心境安详，也许它令人荡气回肠。这就是天堂。在遥远的地方，生长着美丽、古朴，孕育着梦幻。天堂，在遥远的地方。

　　别停下你的脚步，天堂就会等着你。这里是一片人间净土，这里有我们心灵深处最美丽最纯美的东西。它离我们是那么遥远，遥如天边，但它离我们心灵又是那么近。

　　这里，是梦最高的地方。遥远有多远？梦有多远？遥远如梦。

做一朵菊，浸泡在丽江古城这杯清水中

丽江，美丽浪漫的天堂。心静下来，空气清新起来。清风吹拂，送来离心灵最近的祝福。丽江古城就像一杯清水，我真想做一朵菊，永远浸泡在丽江古城这杯清水中，在丽江湿润空气的滋润中，幸福地绽开。在这个精美的地方，感悟幸福吧！

这次云南之行，如行走在梦境之中。

作为"我的云南情缘"故事征文获奖作者，我参加了"重返心灵家园·七彩云南"主题活动。我们和南方卫视《潮流假期》的编导摄制人员以及其他媒体的记者，从都市人的精神世界出发，走向伸手几乎可以摸到天的彩云之南。

当我们到达丽江时，便被古色古香的丽江古城吸引了。

云南的丽江，在遥远的地方，这里生长着美丽、古朴，这里孕育着梦幻。

丽江古城，是一个以纳西族为主要居民的古老城镇，勤劳朴实的纳西人居住在"三坊一照壁"、"四合五天井"的一至二层的土木结构房屋中，房屋建筑融合了中原文化和邻族文化的精华，而形成纳西族的建筑风格，体现了纳西族的布局、汉族的砖瓦、藏族的绘画、白族的雕刻四个民族的特点，被誉为"民居的博物馆"。

有水的丽江，是生动的丽江。水，使丽江灵动起来。有人说丽江古城兼有山乡之容，水城之貌。说得一点也不错，古城的主街傍河，小巷临渠，泉水环绕连接每家门庭，开门即河，

迎面即柳，形成高原水乡"家家临溪，户户垂柳"的景致。这在其他地方是很少看到的，所以，来丽江可以使你有一种不一样的感觉。有人称这里是"中国的威尼斯"和"高原姑苏"。水，是这里的灵魂。丽江人爱水，水也滋润着丽江人。导游介绍说，这里的人用水特别在意，泉水喷涌的第一眼井供饮用；下流第二眼井为洗菜；再下流第三眼井方可用以洗衣服。在这里走路，很多是在过桥，大研保存了许多座明清的石拱桥。小桥、流水、人家，别有一番滋味。

丽江古城，这几天湿漉漉的，雨有时下，有时停。这些天，古城像一杯清水，我像一朵菊，浸泡在古城的这杯清水中。

我悠悠地漫步在古城五花石路上，放慢自己在城市里匆忙的脚步，放松自己的心情，慢慢体验着慢节奏的幸福。

小桥、流水、人家，这是一幅多么幽静的画面啊！

古城内禁止行驶汽车，这给古城一种安宁的环境，可以远离呼啸而过的现代交通的狂妄和威慑。虽说也会带来一些不方便，但更多的是可以给古城以古朴幽雅的环境。古色古香，古城的古朴气质和清新芬芳沁人心脾。在城市里，呼吸的是汽车尾气，呼吸的是浑浊的空气，呼吸的是紧张嘈杂的气氛。在这里，呼吸的是优雅的芬芳，呼吸的是温润的清新空气。第一次感觉，生活在这里的人们才是生活在天堂中。

古城没有城墙，只有光滑洁净的窄窄的青石板路、完全手工建造的土木结构的房屋、无处不在的小桥流水。踏上古城散发着淡淡光华的石板路，顺着玉泉河水穿行在古城弯弯曲曲的小巷，犹如穿行在时光隧道中。纳西服饰有个鲜明的特点就是背上背着一块羊皮，那块羊皮俗称为"披星戴月"。"披星戴月"的纳西老人或安详地坐着晒日头，或三三两两在石板路上边讲闲话边悠悠地走，双手反剪在羊皮下。导游告诉我们，在这些悠然、安详的纳西老人中有许多百岁老人。玉龙雪山的融水汇成了玉泉河，孕育了丽江城和世世代代的丽江人，正是有了那纯净甘甜的河水、清新透亮的空气、新鲜饱满的食物，才会有这么多的百岁老人，这也是为什么玉龙雪山是纳西族东巴文化尊崇的"三朵神"的化身。

古城，像我的梦，弥漫着神秘的色彩。

在古城，心变得格外柔软起来。

有一只马队经过，也是悠悠的，没有城市道路上汽车驶过的那种狂妄和毫不顾忌。更令我感动的是，马队后面，有两个马队同伴在后面一路捡拾马留下的粪便，放到自己携带的袋子里。打扫干净后，他们才紧跑几步，追赶上前面的队友。

当我们呼唤文明的时候，当我们呼唤道德的时候，首先应从自身做起。

离开丽江很长时间了，这幅画面仍是我记忆中最美的画面。

古城的酒吧晚上是最热闹的，那是另一片天地，音乐声歌舞声震耳欲聋，在里面说话是听不见的，人们疯狂地陶醉在音乐和迷离的光影中。

这与古城的幽静形成了鲜明的对比。

它或许是夜晚醒着的古城，或者是古城的一种发泄？

我想不是。

我担心古城因此会受到打扰的。

古城，从它的容颜到它的骨髓，应该是优雅淡定的。

我和南方卫视摄制组一起来到一家东巴文及造纸作坊，有幸聆听这里的一位老人的讲课。图画象形文字"东巴文"是纳西族先民用来记录东巴教经文的独特文字，是世界上唯一活着的图画象形文字。我们学习了一些东巴文，感触到了东巴文的神秘和精深。

在这里，我们的脚步会自动变得轻缓。这里是一个清新的世界，与其隔绝的是外界的那种嘈杂和喧嚣，扑面而来的是安宁与悠闲产生的芳香。我们在这里，可以等一等被我们落在后面的心灵，可以关照一下我们被冷落的心灵。我们给身体的太多，给心灵的太少。

在这里可以清心养神，呼吸幽静的芬芳。心静下来，空气清新起来。清风吹拂，送来离心灵最近的祝福。

丽江古城就像一杯清水，我真想做一朵菊，永远浸泡在丽江古城这杯清水中，在丽江湿润空气的滋润中，幸福地绽开。

我现在离开这里很多日子了，但我不知为什么还时时想起它。

哦！我的心留在这里了。

在梦最高的地方

这是一个美丽的地方，这里有一个神秘的民族，一个原始的村落。它的古老，它的神秘，模糊了自己的历史。

图瓦族，在喀纳斯居住的一个民族。

喀纳斯，纯美自然的地方。图瓦人，纯美自然的民族。

一个古老部落，一个神秘部落，说着古老的突厥语，以放牧、狩猎为生。

这里，有漫天遍野的野花，动人地开，迷人地开。这是世上最迷人的微笑。

普里什文在《一年四季》里写着："人身上包含有自然界所有的因素，如果人愿意的话，他可以同他之外的一切生物产生共鸣。"

喀纳斯是蒙古语，意指"美丽而又神秘的湖"，或是"峡谷中的湖"。这是摄人魂魄的地方，喀纳斯湖有沉静的丽质和飘忽的灵性。早晨，湖水是静穆的深黛，质感细腻而坚硬，接着，湖水慢慢变得翠蓝。午后的湖水，一池紫绛。夜幕下喀纳斯湖水，充满了柔美的动感，七彩水变幻着她的皮肤。

很久以前，据说有个外星人曾在喀纳斯湖钓鱼，他用的饵是一整只羚羊，用的线是与羊腿一般粗的牛皮绳。有人讥笑他是个疯子，可他并不在乎。他日复一日、年复一年专心致志地在那里钓呀钓。终于在一年春天，他从湖里钓上了从没有人见过的一条怪鱼。那怪鱼的鳞片有半个地毯大，骨刺能当支毡房的梁柱。他把怪鱼割成小块，用飞船往天上运，整整用了 99 天才把肉运完。

有个牧民放牧着一群骆驼，从湖边走过。突然狂风呼啸，天昏地暗，湖水掀起连天大波，等到风平浪静、天晴地朗后牧民却傻眼了：驼群不翼而飞了。

有两位外国游客，背着照相机，乘车来到湖边看湖怪，就在当天下午的黄昏发现了一条十几米长的红色怪物跃出水面，攫走了湖边啃青的牛犊和羊只。由于怪物跃出水面的场面太惊心动魄，他们竟忘了按下相机的快门。

有一位大学教授立志要揭开湖怪之迹，他守在峰顶用一架 50 倍的望远镜扫描那个怪物可能出现的地方。他终于发现了那个红色的庞然大物。原来它只是一条鱼，一条凶狠的冷水鱼，学名叫哲罗鲑。

但愿，这个谜永远不要揭开。

红着脸蛋的蒙古族人、哈萨克族人、图瓦人，他们用太阳的颜色作为自己的最自豪的颜色，温暖热情，正如他们的生活。他们在这块肥沃美丽的土地上耕作生息，和谐得就像太阳下去，月亮自然升起来，星星开始跟着眨眼睛一样。天人合一，人类什么时候完全懂得了这个道理，幸福便不远了。

这里有天堂般的乐声，那是神秘的乐声。图瓦老人枯树枝般的手指擎着草秆制作的乐器——楚尔，沧桑，低缓，沉重，雄厚，清越，旖旎，陶醉……所有你能想象你能感知到的音乐的神秘，无一不让你为之动容。在短促甚至混沌的音乐背后，你能清晰地听到风的声音，看到幽远的深蓝的天空……这种背景音贯穿始终，结束部分尾音悠远如凤鸣，想来这就是"楚尔"别于其他乐器的独特神秘之处吧。老人面容清瘦，目光却洞穿岁月风尘，透过迢迢来路看尽人间冷暖，老人身傍着盛装的图瓦少女，壮硕丰润，齿白颊红，一如史诗画卷般古典而风韵。少女的脸上还会有这样灿若云霞的光彩，微微垂着眼睑唱起传统的敬酒歌，声音像鸟一样清脆。这是滋润心灵的声音。姑娘闪着亮晶晶的大眼睛，体形健美，容光照人；身着大红大绿的袍子，胸前有各种装饰，黄的项链，白的耳饰，在阳光下相映生辉。也许是山光水色的滋养，这几位姑娘格外的秀丽动人。

这里的男人有健美的齿，雄实的背，没有任何也无须任何修饰的笑容，坦白率真。他们的肤色，吸收了太阳的颜色。他们的笑容，吸收了阳光的灿烂。大山大水，赐予了他们热情奔放的性格和朴实的秉性。这是一个善骑的民族，他们跃马奔腾，原始的奔放，是他们的形态。原始的静美，是他们的心态。这是童话般的世界，男人们上山放牧、狩猎，各家的栅栏和木门随意敞开着。妇女们坐在阳光下撺羊毛，在苇席上晾晒奶酪。孩子们跑来跑去，拾捡松果。也许这就是世外桃源。铺满原始森林的群山，苍苍茫茫，逶迤起伏，伸向远方。阳光在林间洒下斑驳耀金的箭镞，空气清凉如水。崎岖的山路一侧，时有跌宕的山溪冲入窈然深秀的涧壑。绿草芊芊深没人膝，山花烂漫铺天盖地，松杉桦树伟岸挺立。山涧哗哗流淌的清泉，林间各种鸟儿的婉转啼鸣，鲜花野果的浓郁香息，使人如入画中，如闯仙境。

我想，我们应向喀纳斯道歉，请它原谅我们打搅了它的宁静。我们应向喀纳斯道谢，感激它使我们看到了一种壮美、绮丽。

夏日，这里的雨，随时都会来访。冬日，这里的雪，铺天盖地。雪封住了喀纳斯，雪美丽了喀纳斯，雪是喀纳斯的生灵，雪是喀纳斯冬日之花。

图瓦村落，小巧的木屋，古朴的栅栏，牧犬轻吠，炊烟袅袅，奶茶溢香。联合国环保官员说，这里是地球上最后一块未被开发的地方，她的存在证明人类过去存在着无比美好的栖身地。

有人形容泥沙俱下的塔里木河是一匹脱缰的野马，奔腾的伊犁河是一条狂舞的游蛇，北方的额尔齐斯河是一位行走的智者，喀纳斯湖则是神仙，它在远方，在寒冷、荒凉之地，是一个精神的北极。图瓦民歌这样唱到：

我们属于远方

有自己的群山、木屋和炊烟

流水是一首长长的歌

驼鹿的眼睛就像我的爱人

这安宁

有时绊倒死神的步履

当云彩擦亮天空

爱人哪

我们就搬到天上去住

他们悠闲和安静地生活在这里。他们终年累月孤独而坚定地守住这里，守着比石头还孤独的心。冰封雪冻的崇山和莽莽森林护佑着他们。在童话故事里才有的木头房子，把人带进一个童话世界。粗粝的树皮，一根一根的圆木头散发着若隐若现的树脂香气。马在坡地上优雅地展示长长的鬃发，安静且从容。这里的人们守望蓝天白云，守望旷野高原，守望异域风情，守望春夏秋冬。

草原石人，在这里已矗立一、两千年，它们在这里忠诚地守望着天地，守望着风云。不，应该是虔诚地守望着天地，守望着风云。

白桦树，笔挺秀颀，挺直着西伯利亚的风骨。树身挺耸着生命的姿态。它告诉我们，美丽和伟岸，可以同时拥有。白桦是非常洁身自好的一种树，她选择在洁净的水边生长。白桦的生长，也因这些优秀的水而出落得亭亭玉立，英姿勃发。华美而不轻浮，亮丽而不浅薄。

白桦林，过滤着阳光的影子，倾听风的声音。它的生长，是那样的美丽和生动。

传说有人将喀纳斯山谷的几株白桦树移栽到喀什，树活了，但是有一天树突然不见了，连根都没有留下一截。一年后，他去喀纳斯旅行，又来到生长大片白桦树的山谷，发现有几株白桦树不停地在摇摆、点头，还冲他微笑呢。他好生奇怪，走过去一看便大吃一惊：它们正是他移栽到喀什的几株！移栽时还在它们身上做了记号：刻有自己的名字。

吉祥的白云，自由地漂浮在蔚蓝的天空中。

这是圣洁的风景。梦幻般的雪山，披着一身神圣的金光。登高远望，喀纳斯湖美景打开远方黛青色群山的宁静、绵延。

它给我们视觉的盛宴，它给我们心灵的盛宴。

圣洁的森林里，幽凉的叶荫下，松脂的暗香，花草的芳馨，野果的清甜，鸟的啁啾，虫的吟唱，叶的微语，随风弥散，潜入心间的是那远古的清寂。有一个爱情故事，伊犁有一对爱得死去活来的青年男女，但双方家长都极力反对，千方百计要拆散他们。为了爱情，他们逃跑了。他们知道家人会追赶，他们没日没夜地跑。饿了采野果吃，渴了喝泉水。跑了一个多月，他们来到喀纳斯湖，这里的奇妙风景吸引了他们，他俩便在此居住下来，他们抓鱼，抓兔子，采野果，后来生儿育女，逐渐和周围的牧民有了来往，有了木屋，有了牛羊，这一带的群众为他们的爱情所感动，称喀纳斯湖为爱情湖。

圣洁的喀纳斯，蜿蜒的喀纳斯湖，七色斑驳，天风荡荡，云朵流连，湖面倏尔明丽，忽而迷离。一泓碧水将蓝天、白云、飞鹰、峰姿、林影投入其中。大群水鸟追逐嬉戏，不时溅起一串串欢快的浪花。湖畔芳草萋萋，一片花海。殷红的牡丹，杏黄的野菊，深蓝的贝母，翠绿的石莲花，惹得漫山满谷蜂飞蝶舞。如果说白天的喀纳斯湖是一幅色彩斑斓的巨幅油画，那么，她早晨就是一幅绝妙的中国画了。

喀纳斯，老了？

喀纳斯，历史的童年。

这里是清凉的高地，这里是天上的草原，这里有天上的森林，这里有天上的河流，这里有天上的大地。这里有天马奔腾，这里的天这里的水如此蔚蓝，这里生长着美丽，这里生长着幸福。这里，天人合一，人与人和谐相处，人与自然和谐相处。

冰封雪冻的崇山和莽莽森林呵护着喀纳斯，喀纳斯原始、古朴、纯净、质朴。这里是滋养生命、静养心灵的好地方。

这里是一片人间净土，这里有我们心灵深处最纯美的东西。它离我们是那么遥远，遥如天边，但它离我们心灵又是那么近，我们接近现代，拥有了许多，但也失去了许多。我们远离自然，失去了许多，失去了许多真正珍贵的。

来到这里的人，都如进入梦中。

这里，是梦最高的地方。

遥远有多远

遥远有多远？

梦有多远？

遥远如梦。

新疆，是一个梦境，美丽亲近在你的枕边，虚幻缥缈又离你遥远。泰山、天山，万里之遥。而我一踏入新疆，一种感觉真切呈现，新疆其实并不遥远，它离我是那么的近。就像心灵的老家，不遥远也不陌生。万里之遥处，竟有如此紧贴我心灵的地方！它像梦，走千里万里，也许你无法抵达，但那梦就在你的枕边。在这遥远的地方，有我真切的梦，有我亲切的心灵之家。在这遥远的边缘地带，一切都是如此真诚。

穿越万水千山，我深切地体会到什么是遥远。

列车向西北行使，进入河西走廊，已是黄沙漫道，四野茫茫。大漠孤烟直，长河落日圆。戈壁滩上，骆驼草几乎是唯一的生命、唯一的绿色。骆驼草正像沙漠戈壁中跋涉的骆驼，我似乎听到了它生命的铃声。戈壁干旱、贫瘠，荒芜裸露。

古长城遗迹令人感慨。他静静地躺着，在夕阳的金光下默默地守候着荒凉。当年的威武矗立，而今历经风雨的侵蚀，以变得低矮颓废。

但我隐约感到它仍然铁骨铮铮。

铁路两侧，人工种植的十字格草网将周围的沙土抓住。沙土上的小灌木和低低的野草，是那么倔强与亲切。

呼啸而过，这是人们在内地对火车的感觉。而此时，它爬行在大漠戈壁滩上。此时，我想，一个人的脚步能承载多少使命。

八千里路云和月，穿越风，穿越雨，穿越岁月时空。

这里有最炽热的盆地把你拥抱，

这里有最高的清凉高地使你清静。

这里有清澈如塔吉克人眸子的湖泊，

这里有挺拔像维吾尔族人鼻端的山脉。

她把最贫瘠的戈壁展现给你。

她把最富有的矿藏呈现给你。

她用最苦涩的碱水让你润喉，

她用最甘醇的马奶酒使你眩晕。

这里狂烈的沙暴让你的皮肤粗糙，

这里柔曼的温泉有让你的肌肤细腻光滑。

她雪山般的粗犷会摄去你的魂魄，

她美妙动听的歌舞会让你流连忘返。

这里有月球般沉寂的沙漠，

这里有烈焰般的火焰山。

新疆，是个神奇的地方，辽阔、豪迈、瑰丽。

神秘遥远的新疆，以宽广的胸怀，把我拥抱。这里有一座又一座的神山。那座座山峰像拉着丝绸的驼队，一匹匹骆驼，表现着千姿百态的动作，或似行走，或似就地而卧，或似低头吃草。在这炎热的夏季，这里却有冰山，远远望去只见白雪皑皑，白雪在太阳的照射下发着五光十色，活脱脱的彩色宝石。

戈壁滩上，有荒漠中的公主——红柳，它们成片舒展着那淡淡的玫红色的枝叶。干枯的秃地泛着盐碱，而红柳却展放着她那美丽和鲜活，她倔强、自豪地挺立着。在她那玫红色枝尖的下面，那青绿色的枝叶和枝杆让荒凉的沙漠有了生机。红柳，戈壁滩上的生灵。这里还有香味逸人的沙枣树。树叶微微泛着白色的沙枣树，开春时节那淡黄色的小花爬满了沙枣树的枝头，空气中飘溢一丝甜味的芳香，沙枣花的果实沙甜，越是干旱地方的沙枣越是甘甜。

在这遥远的地方，一切是那样的不同。这里有奇异的自然景观，这里有多彩的民族风情。

乌鲁木齐二道桥，是维吾尔族同胞聚集的地方。走在街头，仿佛来到一个神秘的地方。无论是建筑，还是人们的服饰，处处洋溢着纯正的维吾尔族特色。它使你感觉很遥远又十分真实，街头长纱蒙面的妇女，戴着各种小帽的少数民族兄弟，仿佛在梦中见过，又仿佛就是邻家兄弟。许多保存完好的土耳其式院落散落在现代化的建筑之中。几株粗大的古树下是寂静而神秘的古寺。在小巷中闲逛，好像到了"一千零一夜"的故事背景中。每条巷都有很多分叉，很深也很静，偶尔看到有开着门的院子内都挂着传统的艾丽的丝绸。每碰到一个维吾尔族女子都会让我有惊艳的感觉，尤其是少女，美若天仙。维吾尔族人既有着东方人细腻洁净的肤质，又似西方人那样高鼻深目，轮廓分明。华美的色彩、热烈的气氛和温暖的人情味，使人神往。友好、质朴的维吾尔族人操着不太流利的汉语和我们交流着，不久巴扎（集市）开始了：民族首饰、乐器、器皿、花帽令人目不暇接，临街的木器店、铁匠铺、首饰作坊一派繁忙。

这是一个维吾尔族人的小村庄，大概有十来户人家，从房子里走出来一个穿着民族服装的维吾尔族小姑娘，黑黑的眼珠，深眼窝，扎着两只小辫儿，穿着传统式的花边长裙。村子里，墙根下一溜排坐着十来个老人，清一色的黑色维吾尔族衣袍，戴着高耸的富有民族特色的黑棉帽。村子是那么宁静祥和。

新疆的大漠，令人向往抑或敬畏，使人神往抑或畏惧。

沉寂的沙漠，胸怀辽阔，它张开双臂欢迎你，它腾起满天风暴迷失你。走进大漠，整个大漠就像属于你的，你好像拥有了整个大漠；走进大漠，又好像大漠抛弃了你，令你失去方向。大漠，提供给你的没有任何可以食用的东西，它提供给你的只是无边无际。

其实，大漠并不寂静，风声、驼铃声充满大漠。风，在这里一年只刮两次，但是一次要刮四个月。风在大漠上奔跑，一路高歌。再就是驼铃，叮叮当当，那是行进的节奏。而演奏这美妙音乐的，便是"沙漠之舟"之称的骆驼了！

对于骆驼，在我心里，那是一种神圣的令人敬仰的生灵。跋涉于茫茫沙漠，不畏艰辛，甘于奉献。

当我远远地望见骆驼时，一种亲切之感油然而生。

但当我走近它时，见到的却使我悲哀和心痛。它似乎扮演的是悲剧的角色，一块块的毛都在脱落，斑驳的皮肤上隐隐的露着血迹。嘴张着，下巴垂着，有上气无下气地在喘。

这就是在沙漠中驰骋的沙漠之舟？

站在我身旁的一个人说："骆驼是最蠢的动物。"

"怎么？"我问。

"它只会消极地忍耐。给它背上驮再重的物品，它也会承受。它肯吃大多数哺乳动物所拒绝食用的荆棘苦草，它肯饮用带盐味的脏水，它奔走三天三夜可以不喝水，这并不是因为它的肚子里储藏着水，而是因为它体内的脂肪氧化可制造出水。默默跋涉，无声无息。"

望着这骆驼，我心情沉重。

任重道远，倾情奉献。这本该是赞美你的词语，难道这些都埋在大漠深处了吗？我望着大漠，大漠无语。我望着骆驼，骆驼无语。

"你从哪里来？"他问。

我说："我是山东来援疆支教的教师。"

我望着骆驼，对他说："你看见这骆驼了吗？它傻，但大漠需要它，我就像骆驼。"

他摇摇头，不说什么了。

人生的天空，有时晴空万里，有时风雨交加。人生的天空，可以容纳风，可以容纳雨，可以容纳太阳，可以容纳雷电。人生的天空有时雷雨交加，人生的天空有时彩虹长贯。

人生的天空，博大宽广而又变幻莫测。

勇敢的骆驼，不畏艰险的骆驼，坚强的骆驼，令人敬畏的骆驼。

骆驼，高擎着美丽的梦幻，一步步奔走在大漠中。骆驼，我心中的英雄。

一个是沸腾的山东，一个是寂静的大漠；一个是铿锵行进的山东，一个是辽阔雄伟的大漠；它们赋予我侠肝柔肠，他们赋予我豪迈胸怀。

山东，使我拥有力量。大漠，使我意志坚强。

大漠，以它的从容让我们敬仰。大漠，以它的大寂大寞让我们感叹。大漠，以它的一望无际使我们目光高远。以它的平展使我们把一切的患得患失统统留下。

大漠，静静地对我诉说，诉说沧海，诉说桑田。

任何一个人，在大漠面前仅仅只是属于它的一粒沙砾。大漠之大，一个人是多么的渺小，多么的无力。

大漠，是一种厚重的历史，足够你读它千遍万遍，足够你读它千年万年。只要用心，才能把它读懂。把一颗心贴紧大漠，你会感觉到大漠的心跳；把一颗心贴紧大漠，你会感觉到大漠的呼吸。

走进大漠，用心灵走进大漠，所有的风沙为你的心灵洗礼。只有真正用心灵走进大漠的人，大漠才会使你魂牵梦绕。

大漠，像一位父亲，满脸沧桑、静默深沉。他的脚步坚定，他的肩膀宽厚，他的目光深邃，他的思想深沉。

这里的阳光，是一种赤裸裸的阳光，是一种没有粉饰的阳光，是一种无遮无掩的阳光，是最纯、最真的阳光。大漠最懂得阳光，阳光最懂得大漠。站在大漠上，沐浴着阳光，天、地尽现眼前，你多么的富有！

大漠，使我们的心灵飞扬。

大漠，不属于贫瘠。大漠，不属于荒芜。它的宽阔，如天、如海。它的深处，埋着它的心脏，永远的怦怦跳动。大漠，是心脏的启搏器。

大漠，是心灵的按摩师。大漠，使你心情激荡。大漠，使你的浮躁安顿。

大漠，人生的父亲。

大漠，人生的母亲。

坐在大漠上，心静如水。

一只风筝升上天空。大漠生动起来、鲜活起来。

梦境飞扬的地方，幸福落定。

我看到了春天的微笑

你见过春天的微笑吗？

我看到了春天的微笑。

那是漫山遍野的微笑，她笑在春风里，她笑在春天的怀里。

温暖像一位少女，沿着春天的唇边，呼吸般走来。风，柔柔的，像少女的小手，轻拂人们的肌肤。在一个风和日丽的日子，一个春暖花开的日子，我们前去桃林看桃花。汽车奔驶在山路上，一路上，我们看见漫山遍野的桃树伸展开春天的身子，把积攒了一冬的热情在此刻一下子喷发出来。山，给了桃树生命。桃树，给了山生动。春天，把桃树喊醒。桃花，朝着春天微笑。

一座山有一座山的风骨，一座山有一座山的风韵。一个地方有一个地方值得骄傲的特色，一个地方有一个地方令人向往的景色。来到这里，你怦然心动，那是一种和心跳同一频率的节奏。此时，我的心跳和这里的山、这里的水、这里的一切同一频率地跳动。

和桃花在一起，你会心生怜爱。此时，你的心柔软多情。此时，你会变成一位诗人。桃花，你是春天的唇。桃花，你的呼吸是芳香的，你的颜色是诱人的。在这个季节里，一切都是鲜活的。在这个季节里，一切都是生动的。我们的脚步，我们的心情，也是生动的，也是鲜活的。我们为这美丽的精灵兴奋着。它们选择在这美丽的地方生存，是它们的智慧，也是它们的福分。

是谁选择了如此美丽动人的植物？种桃人，以一种怎样的情怀和眼力选择桃树作为山田作物？桃树，一种美丽勤劳的植物，就像这种桃人。桃树，是智慧的。要不，它怎么会知道春天的体温？桃树，是最会打扮自己的。要不，它怎么会选择那么美的颜色？桃树，是最善解人意的。要不，它怎么把自己的心变成果子？山，养育了它。于是，它给山一片微笑。于是，它给山一颗心。这是多么乖巧的女儿啊？这是多么懂得感恩的孩子啊？一朵花儿，不一定结出一枚果子。但每一枚果实，一定来自于一朵花儿。春天最灿烂的花朵，一定结出最甜美的心果。

抬头，是蔚蓝色的天空。远望，是一望无际的桃花。

风一吹，整座山都香了。

有的桃花是粉红的，大朵。有的花是大红的，小朵，像梅花，像古典的女子。一个文友说："这种桃花真古典！"

我心中暗暗为文友的这句话叫绝。

这简直就是在桃花上采摘下的一句话。只有在如此美丽的桃花面前，才会吐出如此美妙的语言。这句话好美，就像这桃花；这句话好甜，就像这桃花。

沿着铺满春天生机的山路，我们沉浸在桃花的芬芳中。真的应该感谢大自然，我一面享受着芬芳，一面欣赏着美景，一面寻找经过大自然造化的石头。我捡到一块石头，上面有着我们无法解读的图纹。大自然是神秘的，我们永远不可能完全读懂它。在大自然面前，我们是微小的，我们是笨拙的，我们是虚弱的。

我们一面爬山，一面对大自然感怀。和桃树在一起，幸福又被唤醒。在这里，更能感受到春天的体温。所有的微笑聚集在一起，那是一种什么样的情景啊？漫山遍野的微笑使人心花怒放。漫山遍野的粉红桃花，使人温柔浪漫起来。不知是谁说了一句什么，桃花羞红了脸，深埋在树的胸前。

每个踏青者都以一种嫩绿的姿势走向田野。在春天的怀里，在阳光的喂养下，脚步嫩绿，心情舒畅。一路上，我们采着一朵朵故事，这些故事般的花朵，风一吹，使整个春天都很香。这些春天美丽的花，动人地开，迷人地开。这是世上最迷人的微笑。这里的风景，不能说是多么美丽，但完全可以说它是如此动人。走进自然，人会变得鲜活、生动起来。小草探出它的小脑袋，像是在探听春天。那嫩绿的芽，令人怜爱。荠菜花开，把春天点燃。我们走在春天里，挖春天的寓言。此时，我们的脚步嫩绿。此时，我们的双手生动。花儿们开始用香味彼此致意，花儿们开始用微笑彼此温暖。花儿们叽叽喳喳，闹醒春天。我们如今随处可以寻到珠宝，却很难挖到一棵小草的灵魂。春天贴近我的身子，暖着我的心，春天的体温，月亮般把我抚摸。真正的生命，鲜活在快乐中。在绿色怀抱中，栖息于山间、草地，绿草的芬芳气息使人心旷神怡。春天的田野，你如此温润，阳光如此丰美。留住脚步的风景，一定是美丽的风景。绿色最能抓住人的视线，这种醉人的绿，使得人乐而忘返。

桃树，它秀颀，但依然挺直着大山般的风骨，树身挺耸着生命的姿态。它告诉我们，美丽和伟岸，可以同时拥有。桃树，也因这些优秀的山民而出落得亭亭玉立，英姿勃发。华美而不轻浮，亮丽而不浅薄。开满桃花的山林，也挂满欢笑。迷人的桃林，是现实版的"桃花源"。桃园连成一片，到处郁郁葱葱，犹如绿色的海洋。山水是生灵丰润的摇篮，在这里，桃林是山水滋养的最美的风景。满山遍野的桃树，在春天阳光的照射下，闪耀着特有的光泽，漫山遍野弥漫着芬芳。这是画上的桃园，是天上的桃园。站在山顶上，极目四野，你会感到你是站在梦里面。

山顶上，一棵树，三座鸟窝。这些有着翅膀的生命，选择在如此美丽的地方筑巢，真是太智慧了！你想，把自己的家园建在一个桃花盛开的地方，一出门，就可以看见满山的花朵，这是一个多么优美的风水宝地啊！我好羡慕它们，不用到银行贷款高价买房，就可以住上如此高档的楼房。如果海子在的话，他也会写道：

从明天起，做一个幸福的人

喂马，劈柴，周游世界

从明天起，关心粮食和蔬菜

我有一所房子

面朝桃乡

春暖花开

踏在土地上，应该具有踏实感。土地的厚度，是我们人的力量所难以抵达的。生命的根，就扎在那里面。那里，深埋着生命力；那里，可以找到生命的根。蓬蓬勃勃的庄稼或树木花草，是土地生长出来的精神和语言。它的精神和语言有时很生动，于是大地便生出蓬蓬勃勃的庄稼或树木花草。它的精神和语言有时很甜美，于是大地便生出瓜果飘香。它的精神和语言有时很美丽，于是大地便开满灿烂的花朵。它的精神和语言有时很深刻，于是大地便生出五谷杂粮。拔节的声音，生长的声音，呼吸的声音，是大地生命的歌声和心跳。听懂了它们，也就聆听到了大地生命的歌声和心跳。那些蓬蓬勃勃的庄稼或树木花草，这些五谷杂粮，是大地的歌声和寓言。土地和自然是会微笑的，要不怎么会有盛开的花朵啊！向土地和自然学微笑，因为那是最美丽的一种表情。

面朝大海

看到大海

也就找到失散多年的自己

大海

把自己放低

再放低

直到浩瀚

用浪花托起蓝天

用浪花托起白云

面朝大海

心胸打开

如果有海一样宽广的胸怀

就不会有那样的琐碎的烦恼

面朝大海

在淡雅的心间与世界温暖相拥

面朝大海

——将心安放

让自己的世界

从此春暖花开。

对于大海，我一直非常向往。

大海的波澜壮阔，大海的博大胸怀，给我们视野的滋养，给我们心灵的慰藉。

青岛，一个美丽的名字，一个美丽的地方。青岛，是一个三面环海，一面和大陆相接的半岛岛城，素有东方夏威夷的美誉，"红瓦绿树，蓝天碧海"就是它的真实写照。青岛市市名以古代渔村青岛得名。小青岛，是位于青岛海边不远处的一个小岛，从空中俯视小岛，就像一把优美的小提琴，横亘于浩渺的碧波之上，故有琴岛的美名。所以，这里有着天籁般的音乐，有着美妙的节奏。那是自然的音乐，那是自然的节奏。来到这里，你怦然心动，那是一种和心跳同一频率的节奏。此时，我的心跳和这里的山、这里的水、这里的一切同一频率地跳动。

那座白色的灯塔，端庄秀丽地站在那里。它在守望着什么？它在眺望着什么？夜里，灯塔里的灯闪亮起来，那红宝石似的灯光影射在海面上，波光粼粼，如梦如幻，与栈桥上的灯光遥相呼应，形成了一幅美轮美奂的"琴屿飘灯"的夜景，给这座城市的夜色增添了一份绝妙靓丽的色彩。我想，这是都市中最美的光彩，这是都市中最醉人的光景。我突然感觉此时的琴岛就是夜色天堂。现代人，看多了都市的灯红酒绿，那只能带来一种麻木或躁动，而这里，却带来的是一种陶醉。这里流淌着的，是一种多么奢侈的浪漫情调啊！

栈桥，一条伸向大海里的长堤。是大地伸向大海的一只手臂，揽着蓝色的大海，还是大海把自己放低，用浪花托起大地？此时，你走近大海，靠近大海的心脏。走在栈桥上，脚旁波涛汹涌。大海，在为你的脚底按摩。栈桥，像一条长龙横卧于碧海银波。闻一多曾在散文《青岛》中这样描写黄昏时的栈桥："西边浮起几道鲜丽耀眼的光，去别处你永远看不见的。"

"回澜阁"，八角形的阁楼，高高地站在大海上，为的是观望低低的大海。一个是高高的，一个是低低的。一个是高高的，一个是宽阔的，就这样融合在一起，吸引着远方，吸引着高处。所以，生活中尊重那些低矮的一切，是因为你的善爱，更是你的高尚。

面朝大海，心胸打开。如果有海一样宽广的胸怀，就不会有那样的琐碎的烦恼。

游艇满载着游人，在海面上游弋穿梭。是游艇割破了大海，但大海却扬起微笑。

心灵，总是投奔善良的。善良，总是应该受到保佑的。从栈桥沿海滨栈道前行，可以走到天后宫。这里是青岛的妈祖庙，渔民们用心朝拜，便会得到保佑呵护。

礁石，在惊涛骇浪中岿然不动，总是保持一种挺立的姿态，正气凛然。

青岛的标识"五月的风"，跳跃的动感、激情活力。它以螺旋上升的风的造型和火红的色彩，张扬着腾升的力量。

八大关，这里洋溢着一种异国情调，这里洋溢着一种浪漫情怀。这里是汇聚着世界各国建筑的别墅区，它用我国历史上著名的八座关隘命名的，如山海关路、居庸关路等。八大关，古老而幽雅，那些带有各国风格的不同建筑物均掩映在绿树丛荫之中，一如童话中的蛋糕房子，甚有异国风情。八大关，是最能体现青岛"红瓦绿树、碧海蓝天"特点的风景区，位于汇泉角景区北部。所谓"八大关"，是因为这里有八条马路（现已增到十条），是以中国古代著名关隘命名的。"八大关景区"位于汇泉东部，是中国著名的风景疗养区，面积70余公顷，十条幽静清凉的大路纵横其间，主要大路因以我国八大著名关隘命名，故统称为八大关。公主楼，据说是丹麦的国王送给二公主的生日礼物，它蓝白色的外墙面，尖尖的屋顶，清秀俏丽，就像一位温纹婉约的公主。"八大关"的建筑造型独特，汇聚了众多的各国建筑风格，故有"万国建筑博览会"之称。这里集中了俄、英、法、德、美、丹麦、希腊、西班牙、瑞士、日本等20多个国家的各式建筑风格。西部是线条明快的美国式建筑"东海饭店"；靠近第二海水浴场，是新中国成立后新建的汇泉小礼堂，采用青岛特产的花岗岩建造，色彩雅致，造型庄重美观；再加上一幢幢别具匠心的小别墅，使八大关有了"万国建筑博览会"的美誉。风格多样的建筑使这里成为电影外景的最佳选择，如《家务清官》《苗苗》《13号魔窟》等40多部电影和20多部电视剧都在此拍摄，很多歌星的 MTV 外景也选在这里，比如叶倩文、林子祥的《选择》《重逢》就是在八大关拍的外景。花石楼，则是因为蒋介石曾经在这里居住过而闻名。这些，我们暂时不表，光从这里的独具特色的建筑来讲，就很有魅力。浓荫蔽日，庭院深深，宁静美丽，仿佛是一次愉快的欧洲之旅。建筑与环境融合无间，人文与自然和谐共生，东方与西方贯通一体，古典与现代交相辉映，也许这就是一个"八大关文化景观"的全景。每一所屋宇都是见证者，已逝岁月的音符在凝固，光阴之门敞开与闭合之间；所有记忆和遗忘都在相互隐现，在不断提醒我们有所思索、有所发现，以宏阔而精微的目力洞悉建筑本身的精神底蕴，开启建筑内外的恢宏视野，在多元文化对话中实现一种有效的"文化自觉"，这是文化遗产作为人类精神家园的应有之义。把公园与庭院融合在一起，到处是郁郁葱葱的树木，四季盛开的鲜花，十条马路的行道树品种各异。如韶关路全植碧桃，春季开花，粉红如带；正阳关路种遍紫薇，夏天盛开；居庸关路是五角枫。秋季霜染枫红，平添美色；紫荆关路两侧是成排的雪松，四季常青；宁武关路则是海棠……从春初到秋末花开不断，被誉为"花街"。在八大关东北角又新植了一片桃林，成为春季人们踏青的又一好去处。西南角则绿柏夹道，成双的绿柏隔成了一个个"包厢"，为许多情侣们所钟爱，因此这里又被称为"爱情角"。爱在这里是那样浪漫和令人向往。据说，人们都喜欢选择在这里谈情说爱或求婚，因为在这里求婚的成功率高达 99.99%。带着你的爱，来到这里吧！带着你的爱，离开这里吧！

崂山，"神仙窟宅""灵异之府"。顺着喧嚣的山间溪流，徒步朝山顶攀登，沿途山秀峡奇，风光秀丽，水声似娓娓动听的乐章，令人们尽情感受峰回路转的奇妙意境。崂山花岗岩坚硬美丽，北京天安门广场的人民英雄纪念碑的碑体，就是崂山中的一块完整的花岗岩石做成的。这里是道家圣地。千年银杏、古槐、古松、古柏，给这里增添了无穷魅力。

青岛，因崂山而神秘，因大海而浪漫。青岛崂山风景名胜区是国务院首批审定公布的国家重点风景名胜区之一，是中国重要的海岸山岳风景胜地。

崂山风景区由巨峰、流清、太清、棋盘石、仰口、北九水、华楼等9个风景游览区和沙子口、王哥庄、北宅、夏庄、惜福镇等5个风景恢复区及外缘陆海景点三部分组成。崂山是道教发祥地之一。崂山自春秋时期就云集一批长期从事养生修身的方士之流，明代志书曾载"吴王夫差尝登崂山得灵宝度人经"。到战国后期，崂山已成为享誉国内的"东海仙山"。教秦始皇的东巡，汉武帝两次幸不其（今青岛市城阳区），都与方仙道的活动密切相关，《汉书》载武帝在崂山"祠神人于交门宫"时"不其有太乙仙洞九，此其一也"崂山是道教名山，道教文化历史悠远，仙道传说丰富，蒲松龄笔下的崂山道士穿墙仙术闻名天下。名道张廉夫、李哲玄、刘若拙、王重阳、丘处机、张三丰都曾修道崂山。北七真在崂山地区开宗立派，兴观布道，遂有"九宫八观七十二庵"之繁荣，使崂山成为"道教全真天下第二丛林"。

崂山风景区古树名木品种丰富，有39种230株。太清宫内2100余年树龄的汉代桧柏（"汉柏凌霄"）三树一体，共荣共生，阅尽人间沧桑，被当地人奉为神树。1000多年树龄的唐代糙叶树（"唐榆逢仙"）形态奇特，是北方地区树龄最高、山东境内唯一一棵糙叶树。因树干盘曲状如龙头，又称"龙头榆"。"龙头榆"下的"逢仙桥"传说是名道刘若拙遇见神仙踏雪无痕的地方；400多年树龄的明代山茶，为蒲松龄所著《聊斋志异·香玉》篇里花神"绛雪"的原型，当地百姓视为镇山之宝。1979年，邓小平同志考察崂山时曾说过："这个地方很好，单凭这么几棵大的古树，就可以招引很多的人，有条件安排开放，发展旅游事业。"崂山风景区是国家森林公园，拥有我国暖温带面积最大、保护最完整的落叶松、赤松天然次生林生态系统。太平宫外两株300多岁的赤松，虬枝盘龙，华冠葱茏，又因袭太平宫创始道长刘若拙"华盖真人"道号，为"华盖迎宾"景观。

崂山是典型的花岗岩冰川地貌，崂山花岗岩山峰、石崮在水蚀风化作用下，象形石发育丰富，千姿百态，无奇不有，仅在主要游览线路上能观察到的象形石就多达200多处。比如"虔女峰""蟠桃峰""狮子峰""五指峰""青蛙石""绵羊石"等等。

崂山有名的花岗岩石窟洞穴有40余处，历史上多为道家和佛家修行之地。其中那罗延窟在佛教《华严经》中记载"东海有处，名那罗延窟，是菩萨聚居处"。窟内面积宏大，窟顶有一洞直冲天宇、祥光四射。明霞洞为道教全真金山派的开山祖庭。另外比较著名的洞窟有：白云洞、慈光洞、觅天洞、玉皇洞等等。

崂山与其他名山大岳不同，是燕山运动时期地壳抬升，自海底拔地而起的一座名山。它海拔1132.7米，绕山海岸线87.3公里（对外宣传海拔1133米，海岸线88公里，更便于记忆），山海相接、海天一色、气象万千，是中国大陆海岸线上唯一海拔超千米的高山，享有"海上名山第一"的美誉。2000多年前的史书《齐记》中亦有"泰山虽云高，不如东海崂"的记载。神话传说中的东海即指崂山海域，民间有"寿比南山，福如东海"之说。据说当年秦始皇为寻找长生不老药，派徐福带领500童男童女东渡，就是从崂山始发前往日本的。

崂山三围环海，背负平川，山海相连。特殊的地理地貌环境，造就了奇妙的天象变化，云雾、霞光常常形成千姿百态的景观，给人以虚炫神秘的感觉。正如著名诗人贺敬之赋诗赞曰："黄山尽美恐非真，山川各异似才人；崂山逊君云与海，君无崂山海上云。"

那片浩瀚无垠日夜涌动着生机的大海，是我们永远的诱惑。与大海相亲的是视野和肌肤，与大海相融的是灵魂。

海的博大和宽厚包容，海的广阔胸怀，海的永葆青春的活力，海的恒久的情思，海的雄性奔腾，给了我们无穷的力量和感怀。

海上生明月，天涯共此时。

青岛是一个梦。

青岛是鲜活生动的，青岛是真切的。

大海永远不会冬眠。寒冷，不会冷却它的热情奔放。

抬头，蔚蓝色的天空。远望，一望无际的碧蓝海水。近处波光粼粼，远处渔船点点，缕缕白云飘过头顶，翱翔的海鸥掠过眼际。

把大海放在心中。海不仅仅是看的，更需要感受，感受多了，海才记得你。

会做梦的石头

梦到什么季节

心开始温润

梦到什么地方

你可以听到自己的怦怦心跳

春天

我们来到沂水

春天来了，温暖占据了我们的心，即使春寒不愿谢幕，也挡不住人们向往春天的热情。一个阳光明媚的日子，我们乘坐旅游大巴，来到沂水天然地下画廊。远远地就望见由全国著名

学者、国画大师范曾亲笔题写的"天然地下画廊"。沂水天然
地下画廊旅游风景区是红嫂的故里。此时，我似乎又听到那甜
美的歌声：

炉中火，

放红光，

我为亲人熬鸡汤。

续一把蒙山柴，

炉火更旺；

添一瓢沂河水，

情深谊长。

愿亲人早日养好伤，

为人求解放，

重返前方，

啊重返前方。

炉中火，

放红光，

我为亲人熬鸡汤。

续一把蒙山柴，

炉火更旺；

添一瓢沂河水，

情深谊长。

愿亲人早日养好伤，

为人求解放，

重返前方，

啊重返前方。

这里是革命老区，战争年代，它曾滋养过革命战争。如今，它美丽的天然地下画廊为世人展现出革命老区另一种风姿。

景区内山路弯弯，最为引人注目的是大水车。它从容转动着，给景区增添美丽的动感。

沂水"天谷·天然地下画廊"旅游风景区位于沂蒙生态第一乡、"红嫂故里"——山东省临沂市沂水县院东头乡留虎峪。景区由五部分组成，即"天然地下画廊""漂流""怡然居""野人谷""滑雪滑草场"等景点。天然地下画廊，位于九顶莲花山麓。这里展现出一个活生生的世外桃源，这里有着美丽的风景，这是世外桃源？这里如人间仙境一般。尘封百万年的"天然地下画廊"位于九顶莲花山麓，全长6600米，一期开发1600米，二期开发后全长3200米。由全国著名学者、国画大师范曾亲笔题写洞名，被众多专家誉为"江北第一溶洞"。洞内钟乳遍布，石笋林立，168处主要景观形态各异，令人叹为观止。"北国风光""宇宙奇观""南国风情""海底世界"四幅各具特色的巨幅画卷，被洞内数道石门相隔，自然天成。毛泽东诗词"北国风光，千里冰封，万里雪飘……"是对"北国风光"画卷的生动写照；过一道石门帘，便从银装素裹的北国风光进入了世人惊叹的"宇宙奇观"画卷，天锅、天河、天桥、牛郎织女等烁烁繁星让人置身于广袤的宇宙空间；又一石门过后，便是秀美的"南国风情"画卷，奇山、怪石、沙滩、小桥、流水组成了一幅幅江南美景；经过"别有洞天"进入"海底世界"画卷，神龟、海象、游龙等动物，天瀑、玉峰、水晶宫等景致，惟妙惟肖，目不暇接。整个画廊气势磅礴，石乳、石笋、石柱、石幔、石帘、石花、石旗、石葡萄、鹅管、飞瀑等各类象形。走进它，就像走进梦里。这里的风景很养眼，也温润人的心。这里，神奇似梦，壮美如虹。

长天碧空，白云飘飘，风光秀美，气候宜人。站在高处，极目四野，你会感到你是站在梦的上面。原始、古朴、纯净、质朴。这里是滋养生命的天堂，这里是静养心灵的天堂。这里有我们心灵深处最美丽、最纯美的东西。来到这里的人，都如进入梦中。

洞内钟乳遍布，石笋林立。我们慢慢走进它，一路上，我们的心情随着洞内美丽的风景也美丽起来。网友们时而说说笑笑，时而贪婪的观赏着洞内的景色。

"北国风光""宇宙奇观""南国风情""海底世界"四幅各具特色的巨幅画卷，自然天成。大自然的鬼斧神工，为我们创造出如此绝美的景观。

是岁月虔诚的修行？

是自然深情的馈赠？

我在梦里？

还是在大美的异国艺术宫殿？

天锅、天河、天桥、牛郎织女的景观使人如置身于神话世界。神龟、海象、游龙，天瀑、玉峰、水晶宫等景致惟妙惟肖，使人叹为观止。石乳、石笋、石柱、石幔、石帘、石花、石旗、石葡萄、鹅管、飞瀑等各类象形钟乳石，使我们惊叹于大自然的造化。

岩石是可以生长发育的，岩石是有生命的。千年万年的孕育生长，才有了它凝脂肌肤和美妙容颜。在石灰岩地区的溶洞中，石灰岩遇到含二氧化碳的水时，石灰岩被溶解，当溶有碳酸氢钙的水遇热或压强突然变小时，碳酸氢钙发生变化，重新生成碳酸钙沉积下来，时间一长，便形成了溶洞中的石笋和钟乳石。千年万年的物理、化学变化，才有了如此神奇的世界。

这些石头，是会做梦的石头。如果不是这样，那这些石头怎么会组成了如此美妙的梦境？

每一处，你都是美妙的音符，我们聆听着动听的音乐。

每一处，你都是精彩的图画，我们欣赏着恢宏的画卷。

我们羡慕沂水，大自然赐予沂水如此美妙绝伦的景观。

这是我第二次来这里，上次我是和一个作家协会来这里的。每一次感受都不同。我想，我还会再来的。因为，它的魅力使我无法抵御。

我们依依不舍地离开了天然地下画廊，离开了这梦境世界。

面朝洱海，春暖花开

云南，彩云之南，是一个神秘的地方，是一个美丽的地方，那里是使人魂牵梦绕的地方，那里是世界上最令人惊心动魄的道路之一茶马古道的发源地。作为"我的云南情缘"故事征文获奖作者，我参加了"重返心灵家园·七彩云南"主题活动。我们和南方卫视《潮流假期》的编导摄制人员以及其他媒体的记者，从都市人的精神世界出发，走向伸手几乎可以摸到天的彩云之南。

早就听过歌曲《蝴蝶泉边》《大理三月好风光》，这些美丽的歌声，为我们展现出大理的无穷魅力。大理是《五朵金花》的故乡，是《天龙八部》的世外桃源。大理，面朝洱海，背靠苍山。此时，我想起海子的诗歌《面朝大海，春暖花开》。大理古城位于苍山洱海之间的坝区，西倚一字横列的苍山，东濒碧波荡漾的洱海，这种"一水绕苍山，苍山抱古城"的雄秀相间、刚柔并济的山水环境格局，使古城增辉添彩。我们徜徉在美丽和宁静之中，心中荡漾起安宁带来的快乐。

洱海，在云南是很有名的。洱海，古称昆明池、洱河、叶榆泽等。因其状似人耳，故名洱海，位于云南省大理白族自治州大理市。一般湖水面积约 246 平方千米（约 251 平方公里），蓄水量约 29.5 亿立方米，呈狭长形，北起洱源县南端，南止大理市下关，南北长 40 公里，是仅次于滇池的云南第二大湖，中国淡水湖中居第 7 位。洱海形成于冰河时代末期，其成因主要是沉降侵蚀，属高原构造断陷湖泊，海拔 1972 米。我们乘坐着一艘轮船航行在洱海上。洱海此时显得格外温柔，静美的存在在那里。在获奖作者中，董老师是一位特别喜欢照相的人，他是广东人，摄影技术很高，他不停地拍照，眼前的美丽风景几乎在每一个角度都可以拍摄出精彩的画面。

洱海的水很嫩，就像南方的女子，美丽多姿、温柔多情。

平静的水面被我们的轮船破开，留下八字形的波纹。我们应该向洱海道歉，是我们打搅了她的宁静。

有水的地方，美丽会伴随而生。洱海荡漾着蓝色的微笑。它蓝得异常动人，和天空蓝成一色，和天空醉在一起。洱海，以最优美、最随心所欲的姿态展示大自然的造化，展示它的古朴、原始、清纯和与世无争的魅力。美丽的天空之所以美丽，是因为有一轮月亮。上帝很垂青这里，把一汪月亮般的湖水存在这里。圣洁的洱海，七色斑驳，天风荡荡，云朵流连，湖面倏尔明丽，忽而迷离。一泓碧水将蓝天、白云投入其中。大群水鸟追逐嬉戏，不时溅起一串串欢快的浪花。水是辽阔的，天是辽阔的。来到这里，心，也辽阔起来。

洱海属澜沧江水系，北有茈碧湖、东湖、西湖，分别经弥苴河、罗时江、永安江流入洱海，是洱海的主要水源；西有苍山十八溪汇集苍山东坡集水区；南有波罗江、金星河；东岸有凤尾箐、玉龙河等数十条大小集水沟渠，总径流面积 2565 平方公里，入湖河道沟渠 117 条，入湖水量年均值 8.17 亿立方米，西洱河是洱海唯一的自然出水河道，长 22 公里，洱海水从西洱河流出，流合漾濞江，汇入澜沧江，注入太平洋。湖面除接受大气降水外，主要靠河流补给，从北面入湖的河流有弥苴河、罗莳河、永安河，从南面入湖的有波罗河（波罗江），东边有凤尾箐、玉龙河等其他小河流，西面有苍山十八溪入湖。湖水平均深度15米，最深21米。湖水在下关经西洱河向西南流入漾濞江，再转南注入澜沧江。苍山十八溪，因源自苍山山峦沟壑相间得名。在苍山十九峰的峰与峰之间自然形成了著名的苍山十八溪。明朝李元阳据当时存世的《元一统志》记录了十八溪，它们自南而北分别为阳南溪、葶溟溪、莫残溪、青碧溪、龙溪、绿玉溪、中溪、桃溪、梅溪、隐仙溪、双鸳溪、白石溪、灵泉溪、锦溪、茫涌溪、阳溪、万花溪、霞移溪。在古代，十八溪的溪水或流泉飞瀑，似骏马奔腾而下，"水激石跳，铿訇如雷"；或溪水潺潺，一涧三叠，静静流淌，最终都注入东面的洱海。水醉了，天醉了，我也醉了，你也醉了。这种醉，不是灯红酒绿的麻醉。这种醉，醉得幸福。在这种醉里，你不愿醒来。洱海与苍山同生共荣，互相映衬，组成丰富多彩的风景画卷。走进它，就像走进梦里，它是那样陌生，又是那样熟悉。你陌生，是因为这里你从没来过。你熟悉，是因为这里你曾在梦里来过。这是世外桃源？这是一片纯净、美丽、清爽的地方。

这里既有它雄伟的一面，也有它温柔的一面。横列如屏的苍山，雄伟壮丽；明珠般的洱海，清澈如镜，加之坝区牧歌式的田园风光，构成了优美绚丽的高原景观，苍洱风光优美动人，白族风情浓郁奇丽，这里是现代人的心灵家园。

这里几乎没有受到污染，天格外的蓝。在这几乎伸手就可以触摸到蓝天的地方，我们也触摸到自己心灵最柔软的地方。在这里，你可以使自己的心灵更加安静，可以更深刻的体会什么是静美的幸福。放松心情，静静地享受大自然的赐予。感恩的心，使得心灵的风景更加美丽。

最清新的空气，最美丽的风景，生活在这里的人该是多么的幸福啊！

登上小岛，是另一番情景。刚才我们陶醉在水的世界，现在变成了岩石与植物的王国。金梭岛，是洱海里最大的岛屿，南诏时称它为中流岛，白族话则叫它"串诺"，意思就是海岛。金梭岛位于洱海的东南部，南距下关水路 12 公里，西距大理古城 6 公里，岛长约 2 公里，平均宽 370 米，总面积约 74 万平方米，是大理洱海三岛中的第一大岛。据大理本土居民相传，天上一位善织彩锦的仙女将自己的金梭遗落洱海，金梭幻化为岛，成为人间美景。又说因岛的形状好像一把织布的梭子，日出东山霞光万道映入洱海水中，就像金丝闪烁在岛上，因此得名金梭岛。该岛两头高阔，中部低狭，用"翼石"形容倒是十分贴切的，与其说它像梭子，不如说它像棒槌更合适。岛上景色宜人、树木葱葱。在一处岩石上，最显眼的是巨大的仙人掌群，它们长在石缝里，以顽强的生命力展示着它们蓬勃的生命状态。岛上有很多卖烧烤食品的，他们把刚打上来的鱼，经过烧制卖给游客。在这里，你不用担心会吃到过期食品或添加化学试剂的食品。那种几乎接近原始的烤制方法，带给人的是强烈的食欲。整个小岛被这香喷喷的气味笼罩着。

小岛变得很香。

然后我们回到游船上看节目表演，那具有民族特色的表演赢得了游客的阵阵掌声和欢呼声。表演期间，演员们给游客敬茶。

云南与茶有着太深的渊源。白族的三倒茶，给了我们人生的启迪。当苦涩过去，甘甜就会到来。人的一生，什么是最值得回味的东西？

此时，我心中温暖如春；此时，我心中洋溢着茶花的芳香。

面朝洱海，春暖花开。

第二辑　做一朵优雅清荷，盈满一荷塘暖香

女人，应该像一朵荷花，一朵优雅的荷，一朵幽香的荷。做一朵优雅清荷，盈满一荷塘暖香。优雅，我们羡慕着或者模仿着。像奥黛丽赫本一样优雅生活，做雅致女人。做一个优雅的女人，该是女人成熟之后的又一个梦想。优雅，是一种从容、美丽的人生姿态，它是自然的、有个性的、简洁的、调和的、知性的、宽裕的，它不仅仅是外显的美，而是一种内在的却无时无刻不闪烁着智慧光芒的雅和美。也许是来自天生丽质，也许是来自自我修炼的风采。

在圣贤的体温里为我们的心灵取暖

起初得知于丹教授要讲论语，很多人有所疑惑，对于我们现代社会现代人的生活，论语还有什么实际意义吗？《论语》，一部 2500 多年前的经典语录，今天还能再次扣动我们的心弦吗？还能开启我们的心智吗？

如今，我们面临的最大困惑是现实与心灵的矛盾。于丹教授以《论语》为原点，运用女性特有的细腻情感，结合其深厚的古典修养，从宇宙观、心灵观、处世之道、交友之道、人格修养之道、理想和人生观等七个方面一一剖析、娓娓道来，让穿越千年的经典成为现代人纯净心灵的甘露。于丹将《论语》进行了心灵的重温，她对论语创造出直接的心灵碰撞，起到了让人们的心灵为之震颤的效果。她紧扣 21 世纪人类面临的心灵困惑，以白话诠释经典，以经典诠释智慧，以智慧诠释人生，以人生诠释人性，以人性安顿人心。穿越千年的时间隧道，体悟经典的平凡智慧。从最高的做人道理出发，以一种最亲切的姿态，走进了我们心灵的戈壁，让我们看到了那片绿洲。

阅读《论语》，仿佛走进历史的隧道，触摸到圣贤的体温，亲临圣贤的教诲。历经千年万年，今天的我们依然可以寻到圣贤的体温，在圣贤的体温里为我们的心灵取暖。

阅读《论语》，这是离心灵最近的一种阅读。

保持一种静美的心境，拥有一种平淡的心态。在纷繁中淡定，在苍茫中从容。人不应该因为外界的影响而变得突然高兴或者沮丧。淡定的力量给人的是一种内心的定力。有阳光照耀心灵，心底里便会一片碧绿。阳光温暖起来，空气清新起来。面向阳光，沐浴温暖。清风吹拂，送来远方的祝福。世事沧桑，风起云涌，坐看一株雅菊，它的鲜艳、它的芳香，是对你的问候。春天的温暖，夏日的热烈，秋天的清爽，冬雪的洁白，是四季对你的赐予。花红柳绿，山清水秀，是自然对你的赐予。拥有善美的心，夜里便拥有一轮清月。拥有善美的心，清晨便拥有一轮红日。

《论语》就是教给我们如何在现代生活中获取心灵快乐，适应日常秩序，找到个人坐标。上善若水，大智若愚。浮躁的世界里，有没有景致更为开阔的人生？有没有令一颗心更乐意更快慰的通途？什么是我们值得奉守的东西？对自己的超越，对肉身的超越，精神，追求，是你的人生阳光。心，是自己永远的家。多少金钱的诱惑，多少权位的争夺，使人们抛弃了亲情、友情甚至生命。李隆基为了贪恋女色竟然可以把自己的儿媳纳为贵妃。没有曹丕的心胸狭窄，便不会有曹植"煮豆燃豆萁，豆在釜中泣"的七步诗。没有刘备白帝托孤的"取而代之"，哪里会有"出师未捷身先死，长使英雄泪满襟"的壮志未酬的诸葛亮？虚静的地方，是幸福的港湾。虚静的地方，是人的福祉。黄金所以贵重，除了它的稀缺还在于它的稳重。它几乎不受外界的干扰，极少受到外界的腐蚀。孔子的身上，凝聚着他内心传导出来的一种饱和的力量。这种力量就是后来孟子所说的"浩然之气"。只有当天地之气凝聚在一个人心中的时候，它才能够如此的强大。《论语》的思想精髓就在于把天之大、地之厚的精华融入人的内心，使天、地、人成为一个完美的整体，人的力量因而无比强大。充实自己，充实自己的思想，提升自己的心智，是使自己安乐的因素。天籁之音，清幽之声，随着自己的心跳，雪花般弥漫，心旷神怡。用思想的力量，赢取智慧之光。经典的意义不在于外在传输，而在于从内心唤起，于丹所解读的孔子是一个她所爱的朴素的圣贤，这种圣贤的意义就在于他能穿过这种千古的尘埃，以一种爱的方式去作为一种导火索，让所有的人在心里面跟孔子有这么一种火焰的默契，能够在点燃自己内心的同时感觉一种爱，一种呼应，他眼中的孔子更多的是一种理念，他带着温度，但是他很少色彩。这种温度是一种朴素、温暖的调性。

于丹的《论语心得》用一种散文化的语言为我们解读了远古圣贤的声音。娴熟的表达和深入浅出中充满了一种理想主义的激情，《论语心得》受到了全国从青少年到中老年众多观众的普遍欢迎。她把枯燥的论语说教讲得生动有趣，而且把寓意深刻的东西讲得深入浅出。

在对圣贤的景仰中，我们总是感到那是遥远的光芒，今天，于丹的美丽语言和淡淡口吻，让我们感到了远古圣贤赐予我们的力量。天地给予我们力量，圣贤给予我们力量。我们应该学会提取锻造这种力量。我们今天缺少了一种力量，其中最主要的原因就是我们缺少了一种信念。道德的迷失，精神的涣散，使得我们迷茫痛苦。我为于丹教授的发自内心的言语折服。心灵困惑，是一个永恒的话题，也是今天一个最为重要的话题。心灵困惑，以其巨大的杀伤力，虐伤着我们的心灵。于丹教授对现代人的心态把握极为准确，我们的物质生活显然在提高，但是许多人却越来越不满了。一个人的视力本有两种功能：一个是向外去，无限宽广地拓展世界；另一个是向内来，无限深刻地去发现内心。我们的眼睛，总是看外界太多，看心灵太少。孔夫子能够教给我们的快乐秘诀，就是如何去找到你内心的安宁。人人都希望过上幸福快乐的生活，而幸福快乐只是一种感觉，与贫富无关，同内心相连。这种把脉似的诊断，使得我们警醒，它唤醒了我们的内心世界。解决心灵困惑的处方是那么的简约。关爱内心，关爱心灵，心灵便会关爱我们的一切，幸福便会弥漫在我们的生命之中。没有梦想，人生的天空将会黯淡无光。梦想是照耀我们前行的光，梦想是我们前行的动力。失去梦想，也就失去了人生的力量，也就失去了人生的方向。只有美丽的心灵里蕴藏着快乐的元素，生命才会更阳光。我们看看几千年以前孔子是怎样做的。子曰："天何言哉？四时行焉，百物生焉。天何言哉？"（《论语·阳货》）孔子对他的学生说："你看，苍天在上，静穆无言，而四季轮转，万物滋生。苍天还需要说话吗？"《论语》终极传递的是一种态度，是一种朴素的、温暖的生活态度。圣人是在他生活的这片土地上最有人格魅力的人。教师应以他的人格魅力，做学生人生的导师。教师，是充满爱的职业。有爱的教育，才是真正的教育。有爱的教育，才是幸福的教育。就像阳光，给万物生长的普照。教师，应该是爱的天使。

于丹教授有一个学生，给于丹教授做了一个礼物，礼物背面有一张小纸条。上面写道：其实每个孩子都是掉在地上的天使，他们来到地上是因为他们的翅膀断了。在还没有忘记天空的时候，一直在寻找一个为她补翅膀的人。这就需要在成人世界里，没有人嘲笑这些孩子的青涩，莽撞，唐突，能够包容他们的人，能够爱他们的人，能够鼓励他们插好肢膀重回天空的人。我遇到了你，就是遇到了一个为天使插补翅膀的人。于丹教授说，读《论语》我们会发现，孔夫子教育学生时很少疾言厉色，他通常是用和缓的，因循诱导的，跟人商榷的口气。这是孔夫子教学的态度，也是儒家的一种态度。这样一种从容不迫的气度，这样一种谦虚的态度，其实正是中国人的人格理想。让我们的教育拥有更多充满魅力的教师，让我们做一个为天使插补翅膀的教师。

捧读《论语心得》，给心灵一次滋养。

读《论语》，可以启迪智慧、净化心灵、感悟人生。

今天的我们应该以怎样的视野去读《论语》？应该以怎样的方式去读《论语》？今天的我们，最有价值的是用我们的行动验证《论语》的思想价值，最有价值的是用我们的行动给《论语》注入现实性和时代性。

用心阅读千古佳音，身体力行，才能对经典做最好的解读和理解。阅读《论语》，心有所得，心得以后呢？是不是应该有所践行呢？"仁"："爱人。"不能总是把"仁"挂在口头上，应该落实在我们行动上。既然心有所得，就应身有所行。我作为志愿者参加了援疆支教。在这两年的援疆支教中，我更加体会到"爱人"的含义，在圣贤的光芒下，在那遥远的地方，

《论语》教导着我。在《论语》中，我们知道了如何做人；在现实中，我们去学会如何做人。"仁"，对于我们现代人来说，面对需要帮助的人，能否伸出友善之手？仁，爱人，最重要的人是眼下需要你帮助的人，最重要的事就是马上去做，最重要的时间就是当下。西部的孩子眼下需要我们帮助，他们是最重要的人。马上帮助他们，是最重要的事。仁者，应有一颗善良之心、责任之心、爱人之心。怀揣一颗仁爱之心，我从泰山来到天山，身体力行援疆支教。以"奉献、友爱、互助、进步"的志愿精神，践行着"尽己所能、不计报酬、帮助他人、服务社会"的志愿承诺。如今，面对物质利益我们过多地看重自身的利益，而忽视了生命的质量和意义，忽视了精神与爱心。风帆不挂上桅杆，是一块没有动力的布。理想不付诸行动，是虚无缥缈的雾。拥有爱心，就要拥有行动。

有一名维吾尔族学生很聪明，有些日子他很想家并有些厌学情绪，趁周末时间我决定带他回家并去他家家访。他的父母都去城里打工了，家里只有爷爷。老人七十多岁，但腰板很是硬朗。老人鹤发童颜、目光明亮。我和老人坐在院子里，老人没有城里人那种永远不能满足的欲望，也没有城里人那种浮躁和忧郁。老人的目光是那样平静，神采是那样自信。老人从墙上取下一只风筝，老人问他见了沙漠有何感想，他说沙漠荒芜空寂。

村子的不远处就是沙漠，我们来到沙漠中，老人开始放飞风筝。风筝飞起来了，沙漠上有了风筝，便不再空寂。沙漠上飞起了风筝，天空便生动起来。

　　老人望着蓝天，问他："现在呢？"他盯着翱翔在天空中的风筝，没有回答。我领会了他的爷爷的良苦用心，启发他："是做一只挂在家里墙上的风筝好，还是做一只飞翔在天空中的风筝好呢？"他明白了，说以后要专心学习。

　　新疆的冬天格外长，雪格外多，天格外冷。寒冷直逼教室。一个叫米娜的女生长得格外漂亮，两只眼睛又大又亮，睫毛又长又黑，这漂亮的脸冻得直发红。我发现她穿的衣服是那么单薄，这么冷的天，穿这么少，不冻坏才怪哪！"你怎么穿这么少？"我问。她说："没事！"米娜的同桌告诉我，米娜的家离学校好几百里地，因为天气忽然变冷，带来的过冬衣服不多，家里又没能来得及送来，家里穷，又没钱买。当我把买来的羽绒服送给她时，她用维吾尔族语说："谢谢金老师！"予人玫瑰，手有余香。给予，比获得更能使我们心中充满幸福感。从这个意义上讲，我的援疆支教是帮助别人完善自我。

　　我经常参加爱心捐款，并默默地资助贫困学生。每次捐款活动，同事们都劝我说志愿者不用捐款，来西部工作本身就是奉献了，可是我还是尽自己的微薄之力积极捐款。平淡的生活中，总有一种情感让我们感动并铭刻心底，总有一种付出让我们乐于去做，总有一种精神支撑着我们的梦想，总有一种力量驱使我们追求精神所在。那里的工作和生活是艰苦的，但心灵是快乐的。这让我想起了孔子最得意的弟子颜回："一箪食，一瓢饮，在陋巷，人不堪其忧，回也不改其乐。"身教大于言传，用自己的实际行动，"寄蜉蝣于天地，渺沧海之一粟"，虽然渺小位卑，但可以一步步培养纯良谦恭的君子品性。

"士而怀居，不足以为士矣。"是说一个人如果成天想的都是自己的小家、自己的小日子，那么这个人就不能够成为一个真正的君子。君子的力量，永远是行动的力量，而不是语言的力量。在孔子看来，君子所承担的社会责任是比职业主义更高一层的理想主义。关爱别人，就是仁。"己欲立而立人，己欲达而达人，能近取譬，可谓仁之方也已。"就是说：你自己想有所树立，马上想到也要让别人有所树立；你自己想实现理想，马上想到也要帮助别人实现理想。能从身边小事做起，推己及人，这就是实践仁义的方法。寒假，我在路上不幸发生了车祸。头上，身上都受了伤。我想，也许是观音菩萨的保佑，我幸存活了过来。治病期间，离赴疆的日子越来越近了，而我的伤还没好，手腕骨折需要很长时间才能好，医生劝我说还需一个多月时间才能工作，但我不想因此耽误工作。选择援疆就是选择奉献。我的伤还没有好，左手基本上不能动，我便乘上西去的列车，奔向新疆。由于骨折没有完全好，左手不能动和用力，在生活上遇到许多困难。一只手无法洗涤衣物，我便用一只手洗。这样，坚持了将近一个月的时间，对我确实是一个挑战，但我坚持了下来。

支教是一个完善自我、关爱他人的最好方式。支援西部的两年，是奉献的两年，更是收获的两年。

读《论语》可以使心灵幸福，读《论语》是快乐的，因为它可以滋养心灵。这种阅读是欣悦的阅读，让我们阅读千古清音，心灵快乐起来，心灵善良起来，心灵美好起来。

用虔诚之心，用敬仰之心，用善美之心阅读《论语》，呼吸文化巨人的圣哲芬芳。用行动激活经典，让经典溶在我们的生命里。乘圣人的光芒，做仁爱之事。在圣贤的光芒下学会成长，在圣贤的光芒下完善自我。

学会经营心灵生活。拥有一颗空灵的心，便拥有一片生动的天地。只有有一颗空灵的心，才会注入快乐、注入幸福。感恩圣贤，感恩《论语》。学会感恩，感恩天地，感恩自然，感恩父母，感恩亲人，感恩周边的人，感恩远方的人，感恩上苍，感恩生灵。感恩的心，是善美的心。感恩的心，是温润的心。善良，靠近安详。善良，接近幸福。善良，散发着安详。善良，洋溢着幸福。

做一朵优雅清荷，盈满一荷塘暖香

女人，应该像一朵荷花，一朵优雅的荷，一朵幽香的荷。

做一朵优雅清荷，盈满一荷塘暖香。

优雅，我们羡慕着或者模仿着。像奥黛丽赫本一样优雅生活，做雅致女人。

做一个优雅的女人，该是女人成熟之后的又一个梦想。优雅，是一种从容、美丽的人生姿态，它是自然的、有个性的、简洁的、调和的、知性的、宽裕的，它不仅仅是外显的美，而是一种内在的却无时无刻不闪烁着智慧光芒的雅和美。

也许是来自天生丽质，也许是来自自我修炼的风采。

索菲亚·罗兰，半个世纪以来，她以迷人的风采、高超的演技成为靓丽的明星，被授予奥斯卡终身成就奖。在第71届的奥斯卡颁奖晚会上，索菲亚·罗兰给罗伯特·贝尼尼颁发最佳外语片奖时，导演罗伯特对她说："与你的美丽相比，奥斯卡简直算不了什么。"

索菲亚的美丽在人们心中定格了。索菲亚主演的《阿依达》很受欢迎。为此，卡洛赞美说道："索菲亚充满活力和纤细的神经，具有在学校无法学到的那种韵律感。她不是明星，是艺术家。"成为老年的索菲亚·罗兰白发苍苍，但是依然散发着迷人的美。索菲亚·罗兰，一朵永不凋谢的意大利玫瑰。

临水照花的民国才女张爱玲说：人生最大的幸福就是发现，是发现自己最爱的人正好也爱自己。张爱玲洞察世态可谓目光犀利，但就她的话中，我们不难看出，她把幸福押在了爱情上。她是一个何等清高、何等孤傲的人，当遇到胡兰成，却是变得很低很低，低到尘埃里，但她心里是欢喜的，从尘埃里开出花来。无论任何事，当你执迷到失去自我，幸福更易患得患失。张爱玲"因为喜欢，所以慈悲"。"你死了我的故事就结束了，而我死了你的故事还长得很"，她什么都明白，又始终没弄明白。因为失去自我，所以自然也就失去了优雅。

品位是一个女人的含金量。优雅，是一种不媚俗，是一种柔美的坚强。

丰盈身心，保持一种宽容、平和的心态。只有不断提升自己的品位修养，才能够逐渐向优雅靠近。在淡雅的心间，静享优雅。

如何修炼出最迷人的气质？如何穿出你的优雅品味？如何走出优雅气质？如何打造魅力得体的外在？如何修炼优雅迷人的内在？优雅就像是一部有内容的可以阅读的书，不是肤浅的走秀。从现在开始，唤醒你内在的力量，爱上自己，活出丰盛、喜悦、富足、活力的自己。

优雅，是创造出的一种人生境界，它能折射出一个人的内外美丽和修养度。之所以蒙娜丽莎的微笑能成为永恒，是因为那种微笑源于内心，而不仅仅是一种表情。

做一朵优雅清荷吧！让这世界的荷塘溢满芬芳。花开优雅，花谢留香。

我冬天里，看到了春天的微笑

走向雪白的童话，目光被爱的旋律温暖。

一个雪地上起舞的女子，使一个寒冷的冬天热烈起来，把一个冬天唤醒了，把温暖唤醒了，把我们的幸福唤醒了。

圣诞的音乐响起，在冬日的大雪里，使得寂静冬雪生动起来，时光如白驹过隙，在春天里，感受温暖和生机。在夏天里，感受热烈和蓬勃。在秋天里，感受成功和奉献。在冬天里，感受冷静和从容。自然是智慧的。四季轮回，大自然的多姿多彩，比任何一个哲人都要深刻。日月星光，比任何一个哲人的目光都要深邃。

这是生长梦的地方，这是最自然的地方，这是最天然的地方。我把梦放在你这里，这里，是保存梦的最好的地方。

阳光打在心底，温暖洋溢全身。我们的周围弥漫着生命的芬芳。

用纯美的心情滋养生活，用阳光生活美丽我们的心情。用纯美如雪的语言，用冰清玉洁的心灵，写一封信，寄给明年的春天。温暖，沿着春天的唇边，呼吸般向我们走来。

打开我们的视野，让纯洁滋养我们的眼睛。

闭上眼睛，你会看到，在今年的最后一场雪后，春天就会来了。春天，微笑着，呼吸般走来。

冬天的心里，有温暖的体温。春天的心里，有花的香味。

以一朵雪花的姿势，以一种美丽的表情，你站在美丽的冬雪里，你站在春天的门口，用阳光金色的翅膀，舞动一个美丽天空。当飘逸的身姿静下来，就像翩翩起舞的蝴蝶静静落在花朵上。一回眸，那是怎样的无尽娇羞，那是怎样的可人之态？

一朵雪花有一朵雪花的风骨，一朵雪花有一朵雪花的风韵。在这漫天遍野的雪地里，你的心怦然心动起来，那是一种和心跳同一频率的节奏。此时，你的心跳和这里的山、这里的雪、这里大自然流淌的旋律、这里的一切同一频率地一起跳动。

没有雪的冬天，就像没有花的春天。雪，是冬天盛开的花。雪，给了我们一个童话世界。雪，领着我们走进美丽。那漫天飞舞的雪花，使得冬天生动起来，使得冬天鲜活起来。雪花，是很让人心疼的。雪，你冷吗？把一朵雪花捧在掌心，我看到的是一滴晶莹的泪滴。雪，冬天的天使。给冬天带来微笑，给冬天带来美丽。雪，使冬天生动起来。雪，是冬天的花朵。雪，给了冬天最美的风景。雪，让冬天活了起来。雪来自冬天，告诉我说，春天就在它的身后。

我们走向饱含春天体温的大路上，我们与快乐同行，我们把幸福托起。

慢慢慢下来

一个外国记者来到丽江四方街，问每天来这里晒太阳的纳西老太太："老太太，你在这里干什么呢？"老太太说："我在晒太阳。"记者问："你们纳西人生活节奏太慢了。"老太太回答："人生只有一个目标，那就是死亡，你那么快去干吗呢？"

我们丧失了慢的能力，我们把一切搞得那么紧张那么快速。急着赶班车，急着吃饭，急着……8分钟约会，闪婚，闪离。也许，不是我们把生活变成如此，而是环境逼着我们这样。

一大早，看见漫天飞雪。如果是前些年，心里一定欣喜若狂，但是现在考虑的问题是多穿点衣服、路上交通一定会受阻。在路上，看到人们既是急匆匆的样子又是小心翼翼的样子，甚至很是焦急。只有有些孩子露出欢喜的笑容。雪是带给冬天最好的礼物，也是自然赐给冬天的快乐。但是，我们忘了接收，或者忙得无暇接受。太多的事情需要我们打理，我们奔忙着。

其实，慢生活是对自然回归的尊重和对和谐理念的体现。

恋爱，是一个美好的过程，我们应该慢慢享受。爱情，是一个美好的过程，我们应该好好经历，慢慢陪着你的爱人慢慢变老，是一个多么幸福的事情啊！

慢下来，你的生活也就美起来。慢下来，品味我们的生活。慢下来，越品味，生活越有品位。"慢"是一种品味，是一种品质。李敖的前妻胡因梦年轻时曾经和林青霞、林凤娇、胡慧中并称"二林二胡"。她的演艺生涯曾经给她带来很多的荣誉。1977年，胡因梦出演《人在天涯》获得第十四届金马奖最佳女配角奖。1986年，胡因梦主演《我们都是这样长大的》被亚太影展评为"最受欢迎明星"。但是，三十五岁的胡因梦突然离开了演艺界，她让自己慢下来，她让自己静下来。改为有关身心探究及翻译写作，著有《胡言梦语》《茵梦湖》等书。一个红极一时的影星，能把自己的心静下来潜心写作，充分显示出她的那种高雅的品质。

慢下来吧！人生路上有很多风景不能再在匆匆中错过了，慢下来吧！慢慢地欣赏一路美丽风光。慢下来，你才会体味出生活的味道。

在日新月异、飞速发展的今天，残酷的现实压力逼迫人们终日行色匆匆、疲于奔命，以至于几乎快要忘记了自己从哪里来，又要到哪里去，也淡漠了理想的初心，紧绷的弦根本无法松下来，"慢生活"似乎已成奢望。让急匆匆的脚步慢下来吧，暴躁的心静下来吧，"心静下来，生活便美好起来。"与阳光握个手，欣赏一下眼前的美景，或品一杯淡淡的清茶，或赏一曲舒缓的音乐，"慢下来，你才会体味出生活的味道。"生活本来就有丰富的滋味，生活是应该用来慢慢品味的。

慢下来，你的心才是你的。慢下来，你的心才会美丽起来。

在这个时代里，始终保持一种优雅的生命姿势，始终保持一种优美的心境，那是一种有香味的生活，那是一种美丽的生活。

慢慢地走，你才能欣赏到一路上的美丽风景。

慢下来，心，静下来。

心静下来，生活便美好起来。

留几枚柿子在树上

在以色列农村，每当庄稼成熟收割的时候，靠近路边的庄稼地四个角都要留出一部分不收割。四角的庄稼，只要需要，任何人都可以享用。他们认为，是上帝给了曾经多灾多难的犹太民族幸福生活，他们为了感恩，就用留下田地四角庄稼这种方式报答今天的拥有。这样既报答了上帝，又为那些路过此地没有饭吃的贫困路人给予方便。庄稼是自己种的，留一点给别人收割。他们认为，分享是一种感恩，分享是一种美德。

无独有偶，韩国北部的乡村公路边有很多柿子园。金秋时节，这里随处可见农民采摘柿子的忙碌身影，但是，采摘结束后，有些熟透的柿子也不会被摘下来。这些留在树上的柿子，成为一道特有的风景。一些游人经过这里时，都会说，这些柿子又大又红，不摘岂不可惜。但是当地的果农则说，不管柿子长得多么诱人，也不会摘下来，因为这是留给喜鹊的食物。

是什么使得这里的人留有这样一种习惯？原来，这里是喜鹊的栖息地，每到冬天，喜鹊都在果树上筑巢过冬。有一年冬天特别冷，下了很大的雪，几百只找不到食物的喜鹊一夜之间都被冻死了。第二年春天，柿子树重新吐绿发芽，开花结果了。但就在这时，一种不知名的毛虫突然泛滥成灾。那年柿子几乎绝产。从那以后，每年秋天收获柿子时，人们都会留下一些作为喜鹊过冬的食物，留在树上的柿子吸引了许多喜鹊到这里度过冬天。喜鹊仿佛也会感恩，春天也不飞走，整天忙着捕捉树上的虫子，从而保证了这一年柿子的丰收。

在收获的季节里，别忘了留一些柿子在树上，因为，给别人留有余地，往往就是给自己留下了生机与希望。自然界里的一切，都是相互依存的，一荣俱荣，一损俱损。给予，是一种快乐，因为给予并不是完全失去，而是一种高尚的收获。给予，是一种幸福，因为给予能使你的心灵美好。

在你收获的日子里，别忘了留几枚柿子在树上哦！

围观爱情

蝴蝶泉，滋养爱情的地方。

蝴蝶翩翩飞舞，那轻盈的翅膀，就是你美丽的思绪。那静美的清泉，就是你纯洁的芳心。

蝴蝶泉，给了我们无尽的遐想。那生长爱情的地方，那拥有美丽的地方，那给人幸福的地方，那使人做梦的地方，该是一个多么令人向往的地方啊！当我们来到蝴蝶泉时，它那种美丽的风情和清秀的气质打动了我们。但与这美丽的风景不和谐的是嘈杂的人群，由于人满为患，蝴蝶泉景区变得拥挤不堪。

人们层层围着蝴蝶泉，把这曾经娇嫩的清水弄得面无表情，那曾经羞答答的它早已习惯了众人的目光而变得面无表情。我想，这还好，再过几年，恐怕它会变得像舞台上的模特或演员，在大庭广众之下，在众目睽睽之下，它不再羞怯，它会变得很职业化地进行着"表演"。

我是随一家电视台一起到这里来拍摄做节目的，当主持人问我来到这里是否联想到爱情时，我只能实话实说。这里是美丽的，所以引来无数的游客前来游览。这里应该是一个产生爱情的美丽的地方，但它现在有一种被围观的感觉。

因为珍稀，所以引起注意。因为注意，所以"围观"。

但是，被围观的爱情还能依旧保持爱情的原有味道吗？

在一处被围观的地方，还能再滋生爱情吗？

爱情，现在也成了珍惜物品了，所以一旦出现罕见的爱情的新闻，马上会引来各大报刊的注意，马上会吸引更多的眼球，马上会引来观众或读者的"围观"。

当我们围观爱情时，我们是否想到自己的冒失？

美丽的东西，应该是优雅和安静的。

善待和你一起慢慢变老的那个人

善待和你一起慢慢变老的那个人。

珍惜和你一起慢慢变老的那个人。

疼爱和你一起慢慢变老的那个人。

和你一起慢慢变老的那个人，往往被忽视。

和你一起慢慢变老的那个人，往往不珍惜。

关于爱情，有人这样诠释。12 岁以下年龄段的爱情是纯净的水晶，相互间由喜欢开始，分不清是什么感情，因为这时太小还不明白爱的含义，不过那时的感情，会是一辈子都不会忘记的。13 至 17 岁是做梦的年纪，这时的爱情像棉花糖，甜甜的梦幻般的未来。18 至 28 岁，拥有坚定的爱，这时的爱情是一份超大容量的营养餐，美味让你吃到饱。30 至 40 岁的爱是牛奶，需要好好保存，否则容易变质，不过优质牛奶喝了，对健康有益。40 至 50 岁的爱情是花香不易让人察觉，但倘若你闻过那花儿的芬芳，定会精神振奋。60 至 70 岁的爱情是河水，水中有杂质，却丝毫不会有损河的美丽。80 以后的爱情就像氧气，你看不到，摸不到，闻不到，可是它美丽在人的心中。爱情，像雾像雨又像风。

爱你爱的人吧！

爱情，随着婚姻的建立，将会增加一项更为牢固的元素：亲情。爱情加亲情，便会使得夫妻双方回敬互爱。世间表面上缺陷的事情往往会有一种凄艳的美。"爱情"，一个永恒的话题。伤感、甜蜜、痛苦、幸福……初恋是难忘的，它打动了少男少女的初窦，多数是羞涩加甜蜜。爱情不是天赐的，是人为的，是要自己努力。婚姻之后的爱情，我们往往会忽视，往往把爱淹没在柴米油盐酱醋茶中。多年以后，你是否还像恋爱时那样对待你的爱人？多年以后，你能否还对你的妻子知冷知热？

　　重庆乡下一个十九岁的小伙子刘国江爱上了一个二十九岁的女子徐朝清，村民不接受这段姊弟恋，这对恋人于是躲进了附近人迹罕至的山区，一躲就是五十年。现在，刘国江已经七十岁了，徐朝清也八十了。从山下到他们的家要爬六千级的石梯才能到达。这六千级沿着悬崖峭壁建造的石梯可是刘老先生为了方便他跟太太和子女进出，一凿子一凿子地敲出来的。五十年来这对恋人和子女自力更生不和他人往来，过得倒也惬意。女儿大了就下山嫁人，儿子可以成家了也下山和山下的人成婚住在山下。小儿子由于就住在这片山脚下，经常会上山帮两老做点粗重的活。两老也商量好了，谁先死都葬在山上，活着的就下山和子女过活。等死了再运回山上和另一半合葬，达到两个人"生则同衾死则同穴"的愿望。

　　多么深刻的爱情，不能撼动的坚强。跨越世俗的爱情，必须忍受强大的世俗眼光和身心压力。而刘国江和徐朝清却爱得视旁人于无睹，一凿子一凿子敲出通往幸福的天梯。最后，幸运的他们，天梯没有垮，变成动人的佳话。我想这就是爱情的真谛，我们渴求浪漫，为浪漫感动。

　　听到这样的爱情，就像看见了从窗外照进来的阳光，就像深深地吸了一大口新鲜的空气。

　　还有一个故事，丈夫面对躺在病床上昏迷不醒的妻子，温健苦苦地守护着她，除了工作，他把所有的心血都投入到妻子身上，期待着妻子会奇迹般地苏醒过来。三年多来，他在医院陪着只有痛感的妻子过了四个春节，今年大年三十晚上，温健轻柔地为妻子吸痰按摩之后，妻子显得轻松许多，她难得地半睁双眼扑闪扑闪地看着他，脸上露出两个小酒窝，温健说她笑了，那一刻，这位快 50 岁的福建男人激动地流下了泪水，他用脸贴着爱人的脸，一声声地叫唤着妻子的名字……当爱变成一种责任的时候，常人是无法体会的。温健不断地查阅相关医疗信息，每得到一点点关于植物人治疗的信息，他都会激动不已。当香港凤凰卫视女主持人刘海若奇迹般地苏醒过来的时候，一直守候着妻子的温健似乎看到了希望，他迫切地希望在自己精心的守护下，奇迹也能在妻子身上发生。一些朋友劝他放弃，这样一个植物人求生不得求死不能，但温健却说，我是她的丈夫，我怎么能舍得放弃呢？如果换位思考一下，自己遭遇这样的事情，是希望别人放弃还是坚持？他说："就是这种责任让我坚持下来……"今年除夕夜，万家团圆之际温健仍守候着妻子一起度过，晚上 10 时，当温健起身准备送记者出病房的时候，他的妻子直盯盯地看着他，似乎有些恋恋不舍，他马上走回妻子的身边，贴着妻子的脸说："我不走，我不走……"

爱是一种责任，爱是一种义务。

爱，也会创造奇迹。

真爱，是一种力量，它可以克服千难万险。真爱，是温暖的体温，它可以融化冰雪。真爱，是灿烂的阳光，它可以照耀任何角落。真爱，是鲜活的春天，它可以生动所有的生命。

这是一种最爱。

生活中看似很难满足的人，但一旦遭遇爱情，就变得非常容易满足。我们要面对许许多多来自方方面面的诱惑，有人用那些赤裸裸的污言垢语去引诱你；有人要尽手腕去迷惑你；有人设下陷阱猎获你；有人布下情网等候你；也有人用真情真意去爱你，我们怎样才能分辨他们的真伪？我们怎样才能把这看得清清楚楚、明明白白、真真切切？我们又怎么样找到自己情感的依托？

无穷魅力的男人，他对你的关怀一定是无微不至的，他的话一定是最体贴、最温暖的，他的情、他的爱一定是无法抗拒的。

爱，是人间的最美。

善待和你一起慢慢变老的那个人。

转换心情频道

丈夫刚退休，突然闲了下来。

他把自己埋在沙发里，盯着电视一个节目一个节目地看。

电视里不停地插播着广告，他不停地发着牢骚；电视节目粗制滥造，他愤愤不平。他一边看节目中曝光的种种黑幕，一边生气。

妻子看他这个样子，走过来，坐在他的身旁，拿起遥控器，手指轻轻一点，转换了一个新频道，正在播放他特喜欢的戏剧。

他转怒为喜。

接下来，他陶醉在美妙的戏曲中，兴致勃勃地跟着哼唱起来，心情格外高兴。

他很佩服老伴，高兴地说："老婆子！你真有办法！你总能让我摆脱坏心情拥有好心情。你太有才了！"

妻子轻轻一笑，说："这是很简单的事啊！以后记住：转换一下频道就行了。"

你心情不好，是因为你不会转换心情频道。

学会转换心情频道，用美丽、快乐的频道滋养你的心情。

享受精神

如今，我们面临的最大困惑是现实与心灵的矛盾。道德的迷失，精神的涣散，使得我们迷茫痛苦。心灵困惑，以其巨大的杀伤力，虐伤着我们的心灵。我们的物质生活显然在提高，但是许多人却越来越不满了。一个人的视力本有两种功能：一个是向外去，无限宽广地拓展世界；另一个是向内来，无限深刻地去发现内心。我们的眼睛，总是看外界太多，看心灵太少。

我们享受着丰富的物质财富，却感到没有享受生活。我们享受着，用身体，而不是用心灵。心灵享受的缺失，便不是完全的享受。

享受精神，在精神的体温里为我们的心灵取暖。平淡的生活中，总有一种情感让我们感动并铭刻心底，总有一种付出让我们乐于去做，总有一种精神支撑着我们的梦想，总有一种力量驱使我们追求精神所在。呼吸精神的芬芳，让精神溶在我们的生命里。

保持一种静美的心境，拥有一种平淡的心态。在纷繁中淡定，在苍茫中从容。人不应该因为外界的影响而变得突然高兴或者沮丧。淡定的力量给人的是一种内心的定力。有阳光照耀心灵，心底里便会一片碧绿。心静下来，阳光温暖起来，空气清新起来。面向阳光，沐浴温暖。清风吹拂，送来远方的祝福。世事沧桑，风起云涌，坐看一株雅菊，它的鲜艳、它的芳香，是对你的问候。春天的温暖，夏日的热烈，秋天的清爽，冬雪的洁白，是四季对你的赐予。花红柳绿，山清水秀，是自然对你的赐予。拥有善美的心，夜里便拥有一轮清月。拥有善美的心，清晨便拥有一轮红日。

如何在现代生活中获取心灵快乐，适应日常秩序，找到个人坐标。浮躁的世界里，有没有景致更为开阔的人生？有没有令一颗心更乐意更快慰的通途？什么是我们值得奉守的东西？对自己的超越，对肉身的超越，精神，追求，是你的人生阳光。心，是自己永远的家。充实自己，充实自己的思想，提升自己的心智，是使自己安乐的因素。

精神的光芒，让我们感到了精神的力量以及赐予了我们的幸福。天地给予我们力量，精神给予我们力量。我们应该学会提取锻造这种力量。我们今天缺少了一种力量，其中最主要的原因就是我们缺少了一种精神。关爱内心，关爱心灵，心灵便会关爱我们的一切，幸福便会弥漫在我们的生命之中。只有美丽的心灵里蕴藏着快乐的元素，生命才会更阳光。精神，给心灵以滋养。

精神，就像阳光温暖照耀着我们的幸福生活。

美丽的欣赏

在一次酒会上，有一对夫妇很受大家关注，他们谈吐不俗，虽说他们已经五十多岁了，但身上有着迷人的气质。其中的妻子对在座的说的一句话，令在场的人大为赞赏。

妻子说："年轻的女孩就是美丽，这种美丽难怪引起男人的注目，我很理解男人为什么爱看女孩了，就是我们老太太也愿意多看一眼。"

大家都为她的观点鼓掌，并打趣道："那你也应该很理解你老公看女孩子喽？"

丈夫在一边微笑着不说话，妻子说："美好的，大家都喜欢欣赏啊！"

美好的，大家都喜欢欣赏！

欣赏美好，一定有着美丽的心情。

那种嫉妒和狭隘的心，是无法欣赏美丽的。只有那种美丽的心情，才会、才能欣赏美丽的东西。

世界上有很多美好的东西，但是我们却有时感到世界上没有一点可以欣赏的美好的东西。其实，不是世界上没有美好，而是因为我们当时有一个糟糕的心情。

同样是雨天，坏心情会感到令人烦躁，而好心情会撑起一把雨伞漫步在雨中，那是一种多么诗意的心情和情景啊！

看你讨厌的人，你会感到他面目可憎。其实那是因为你讨厌他，以一种讨厌的心情看他，当然他会形象不佳。如果你换一种心情，想想他对你的那些好，忘掉他对你的那些不好（如果他确实不是十恶不赦的话），用一种不讨厌的心情看他，你也就会觉得他很可爱了。这时，你的心情也好了，他的形象也好了。哈！试试吧！很管用的。

一个小女孩，在这次四川特大地震中感动了中国。她被地震倒塌的房屋压在废墟中，她没有惊慌失措，她没有哭天喊地，她没有失去信心，她打亮手电筒的光，照亮着地狱般的黑暗，在这一束光亮中读起书来。这是怎样的一颗充满光明的心啊！她在死亡逼近的黑暗中，抛弃恐惧，点亮生命的希望之光。

心怀春天，满目都是鲜花。有一颗春天的心，即使在冬天也能看到漫天飞花。不是吗？雪花不是冬天的花朵吗？

给自己一个美好的心情，你会欣赏到更多的美好。欣赏到更多的美好，你会拥有更加美好的心情。拥有更加美好的心情，美好便蜂拥而至。

离美好近一点。

和好心情同行，一路都是美丽风景。

故乡，我们心灵的家园

春节到了！

这个时候，故乡、亲情便离我们更近了。以前的日子，由于工作的忙碌，不能经常回故乡，远离故乡的我，故乡总是以一种梦的方式亲近我，我也经常在梦里走进故乡。

地理意义上的故乡，那只是一个名词，镶嵌在祖国的版图上。我精神上的、思想上的故乡，早已凝固成我的心灵所依。

故乡，我们情感的皈依。故乡，永远和亲情一样，在佑护着我们。在我们累了的时候，在我们疼痛的时候，故乡便清晰地凸现在我们精神面前。然而，随着城镇化的进展，故乡在我们的视线里慢慢消逝。随之而来的，是复制粘贴的城市住宅。只有靠数字找到的房间，永远无法靠一种地标记忆甚至感觉就能推开家门带来的温情相比。我想，这多少是一种遗憾。时代在进步、在发展，我们在享受物质和科技的同时，也在远离我们的精神寄托。

故乡不应只是一个记忆，故乡不应只是我们的籍贯。

故乡——永远的一个情结，缠绕在我的生命里，在故乡，归属感油然而生。

故乡是一缕炊烟，在现代工业文明中，越飘越远。故乡是妈妈烧好的农家饭菜，还有永远忘不了的妈妈的味道。故乡是一声声呼唤，喊我的乳名让我回家吃饭。故乡是烧热的土炕，那里有爱的体温。我们一路跌跌撞撞，远离了故乡，走进急促拥挤的人流，走进浮华和坚硬的都市。

故乡，从一首首伤感的音乐中走出，却走不出我梦的眼眸。故乡，走出我梦的眼眸，却走不出我的心。故乡那浸满亲情的叮咛，是我走出故乡一路的行李。这是一种力量，使得我走出一路坎坷。有些人在梦里找到了故乡，有些人在回忆里找到了故乡，有些人在舌尖上找到了故乡，有些人在方言里找到了故乡。故乡，我心灵的家园。留守在故乡的亲人，是我永远的牵挂。

无论多远，无论多忙，我也要回家过年，因为故乡是我真正的家，那里有我的亲娘。

第三辑　有香味的生活

　　让气质之光点亮你的生活吧，把自己修炼成人格完善、气质脱俗的灵智女人。体现高贵典雅又不失传统的豪华气派，体现现代而又不失自然气息，这种时尚以怎样的身姿进入我们的视野？返璞归真，推崇自然的时尚，给我们带来春天的心境。这会让人心清气宁，因为这样彰显的是主人高雅的艺术涵养及非凡的生活品位。还有一种时尚就是微笑，还有一种时尚就是恬静。还有一种时尚就是优雅，还有一种时尚就是素雅。在这个时代里，始终保持一种优雅的生活姿势，始终保持一种优美的心境，那是一种有香味的生活，那是一种美丽的生活。

我与春天举案齐眉

其实，冬天是花儿最多的季节。

千朵万朵，纷纷盛开。其实，冬天不是没有色彩，只是色彩太过干净。其实，雪花是来冬天打扫尘埃的。这个爱干净的女子，看不得有一点灰尘。

其实，冬天也是温暖的。因为，它离春天最近。有一朵雪花飘过来，我缓缓地抬起眉头望过去，我看到整个春天向我走来。

我与春天就这样举案齐眉。一凝眉你在眼前，一低眉你在心底。

荠菜

荠菜花开，把春天点燃。花儿们，开始用香味彼此致意。花儿们，开始用微笑彼此温暖。花儿们，叽叽喳喳，闹醒春天。我们如今随处可以寻到珠宝，却很难挖到一棵小草的灵魂。

作为诗句，你长在南宋诗词里。

荠菜，萌于严冬，茂于早春，是春天的使者，也是人们舌尖上的野味。古往今来，无数文人墨客留下众多脍炙人口的咏

荠诗篇

荠赋

（晋）夏侯谌

钻重冰而挺茂，蒙严霜以发鲜。

含盛阳而弗萌，在太阴而斯育。

永安性于猛寒，差无宁乎暖燠。

荠赋

（齐）卞伯玉

终风扫於暮节。霜露交於杪秋。

有萋萋之绿荠。方滋繁於中丘。

感巫州荠菜

（唐）高力士

两京作斤卖，五溪无人采。

夷夏虽有殊，气味都不改。

登科后

（唐）孟郊

昔日龌龊不足夸，今朝放荡思无涯。

春风得意马蹄疾，一日看尽长安花。

杂曲歌辞·古别离（节选）

（唐）李端

昨夜天月明，长川寒且清。

菊花开欲尽，荠菜泊来生。

次韵子由种菜久旱不生

（宋）苏轼

新春堦下笋芽生，厨裏霜薤倒旧罂。

时绕麦田求野荠，强为僧舍煮山羹。

园无雨润何须叹，身与时违合退耕。

欲看年华自有处，鬓间秋色两三茎。

谢蕴文荠菜馄饨

（宋）晁说之

无奈国风怨，荠荼论苦甘。

王孙旧肥羜，汤饼亦多惭。

次韵游龙门十绝（节选）

（宋）洪咨夔

稻花秋晚蟹洗手，荠菜春初餳胶牙。

筑底空山谁办此，留君只有石边茶。

豫章客楼

（宋）郑会

荠菜花开雨未晴，章江烟柳正愁人。

无钱可买东风醉，自写唐诗过一春。

丙辰元日

（宋）刘克庄

免骑朝马趁南衙，五见空村换岁华。

旋遣厨人挑荠菜，虚劳座客颂椒花。

不施郁垒钓编户，虽饮屠苏殿一家。

二十宦游今七十，于身何损复何加。

鹧鸪天·代人赋

（南宋）辛弃疾

陌上柔桑破嫩芽，东邻蚕种已生些。

平岗细草鸣黄犊，斜日寒林点暮鸦。

山远近，路横斜，青旗沽酒有人家。

城中桃李愁风雨，春在溪头荠菜花。

鹧鸪天·春入平原荠菜花

（南宋）辛弃疾

春入平原荠菜花，新耕雨后落群鸦。

多情白发春无奈，晚日青帘酒易赊。

闲意态，细生涯，牛栏西畔有桑麻。
青裙缟袂谁家女，去趁蚕生看外家。

食荠

（南宋）陆游

日日思归饱蕨薇，春来荠美忽忘归。
传夸真欲嫌茶苦，自笑何时得瓠肥

食荠

（南宋）陆游

小著盐醯和滋味，微加姜桂助精神。
风炉歙钵穷家活，妙诀何曾肯授人。

幽居

（南宋）陆游

宿志在人外，清心游物初。
犹轻天上福，那习世间书。
荠菜挑供饼，槐芽采作菹。
朝晡两摩腹，未可笑幽居。

荠糁芳甘妙绝伦

（南宋）陆游

荠糁芳甘妙绝伦，啜来恍若在峨岷。

莼羹下豉知难敌，牛乳抨酥亦未珍。

木兰花

（南宋）严仁

春风只在园西畔，荠菜花繁蝴蝶乱。

冰池睛绿照还空，香径落红吹已断。

竟长翻恨游丝短，尽日相思罗带缓。

宝奁如月不欺人，明日归来君试看。

元日雨

（南宋）方岳

云泥隔断拜年人，天自怜予老病身。

荠菜共挑元日雨，梅花未放去年春。

风烟不尽惟吾老，造化无他只此仁。

小试园林栽接手，山中亦是一洪钧

丁亥十一月初八日南至二首

（元）方回

閒客何庸早起忙，高眠懒复问云祥。

宦情不作葭灰动，吟笔宁争绣线长。

逆旅四年逢此节，徒行六间日吾乡。

冲风踏雪须归去，荠菜肥甜白酒香。

喜刘元辉至二首
（元）方回

荒园槁叶飘，荠菜已堪挑。
颇讶煎茶缓，元知汲水遥。
日暄花逆蕾，霜过土生硝。
小待谋新酝，诗朋一一招。

荠菜花
（元）方回

斗草吴王眩越娃，终然轮与老陶家。
雪挑霜煮春无尽，不似吾园荠菜花。

到京师
（元）杨载

城雪初消荠菜生，角门深巷少人行。
柳梢听得黄鹂语，此是春来第一声。

沁园春壬

（元）谢应芳

四海烟尘，一棹风波，经行路难。幸儿孙满眼，布帆无恙，夫妻白首，青镜犹团。笠泽西头，碧山东畔，又与梅花共岁寒。新年好，有茅柴村酒，荠菜春盘。

帝人莫笑儒酸。已烂熟思之不要官。任伏波强健，驱驰鞍马，筍溪遭遇，弃掷渔竿。霜满朝靴，雷鸣衙鼓，何似农家睡得安。闲亭里，唤山童把盏，野老交欢。

春日出南野

（明）盛彧

霜晴白沙堤，水色明春衣。
肩舆稳如马，花鸭随人飞。
远碧散霞彩，芳翠开林霏。
土融麦根动，荠菜连田肥。
走觅南村翁，鸡黍宜荆扉。
对酌古柳下，谈笑偶忘归。

十亩之郊

（明）陈继儒

十亩之郊，菜叶荠花。
抱瓮灌之，乐哉农家。

长沙三绝句（三首）

（明）林公庆

定王台上关中土，西望长安多白云。

贾谊才高空有赋，河间博雅更无闻。

太傅儿孙多济美，东阳绛灌少闻家。

欲寻遗井无人识，蛱蝶飞来荠菜花。

岳麓道林何处是，郡人遥指水西村。

儒宫佛寺俱无迹，竹树如麻暮雨昏。

直到花开如雪时，才作为散文长在原野中，那么近，那么远，始终靠紧地面，始终像乡姑一样，蹲在地上，和麦苗混在一起。

我们走在春天里，挖春天的寓言。此时，我们的脚步嫩绿。此时，我们的双手生动。此时，我找到了失联多年的童年。

此时，我找到了丢失多年的自己。

今夜满满的都是被月光镀亮的祝福

今晚，我离你很近。

真不知怎么感激你，从那么远的地方赶来。你从一首唐诗里走出来，又走进朱自清的散文里。一个盛唐留下的是唐诗，一个大宋留下的是宋词。夜空留下了一枚月亮，月亮斟满满满祝福。月光如水把今夜洗得干干净净。安安静静里，我遇到了自己。在月光里，栖息自己的灵魂。

今夜沿着月光望去，就能看见满满的幸福。今夜满满的都是被月光镀亮的祝福，今晚满满的都是童话。我坐在一朵童话里，慢慢地吃着月饼，慢慢地写着。然后把写好的诗稿，装进一个蓝色的信封。今晚的月亮，是一枚邮票。

沿着月光回家，掸掉一路风尘，然后坐在有月光的小院里，让路过的风过来，让路过的风进来吧！

风吹小院，吹着吹着小院就凉了。用干净的目光，才能看见月亮里面。今晚的月亮石一盘影碟，播放着美丽的乐曲。音符里闪烁着细碎的星星。月亮，一滴滴流下来，将月光斟满一只杯子，杯中满是懒洋洋的月光。慢慢地喝着，唐诗醉了，宋词醉了，醉得歪歪斜斜，怎么也押不住韵脚。

在一首诗里安家，在一朵月光里安家。喝茶种地，过小日子。

白天的月亮去哪了？

哦！她去了银河。被洗过的月光，洒下来再把我们洗礼。在月光里洗洗自己，突然发现，干干净净就是一种幸福。吃着和月亮一样圆的月饼，甜美从心头升起。慢慢地吃着月饼，这样可以更好地体味甜美。慢慢地写诗，这样花一样的句子才会慢慢爬来。坐在院子里，慢慢地看着月亮，这样月光才会陪我时间更长一点。

我想和你一起，虚度时光。

我不停地走动，月亮却不曾挪动。月光如水，掬一把月光，洗洗自己。此时，正好一阵风走过。就这样，和一首诗成立朋友。月，你生来和诗人有缘。月，你怎么招惹他们了？使得他们和你几千年都纠缠不清。

今夜用安静熬一剂药，月光是很好的引子。月亮帮助了我，在月光里，我慢慢地不那么慌张了。月，你是今晚的核心。月，你是今晚的主人。

在月光里，我安静得像一只小兔。

一朵花在秋天里遇到自己

阳光洋溢着，秋天好热烈。蓬蓬勃勃的叶子们，为自己的孩子们鼓掌。

果子们偎在叶子的怀里，撒着欢儿地长。一颗红红的果子，照亮了一个秋天。一朵花的梦，好长。从春天做到秋天，醒来几乎不认识自己了。仔细一想，才明白，这朵花在秋天里，遇到了未知的自己。

这颗果子就是我，因为她的香甜，和我做姑娘时一个样。

秋天酝酿着收获幸福，秋天就这样追着欢腾的叶子们，酝酿着收获幸福。风雨阳光的光合孕育，在秋天结晶。饱满的果实，缀满秋天。

摘下饱满的秋天，满手香甜。微笑扬起，收获满满的幸福和梦。

汨罗江的胸口

你的纵身一跃，溅起一个民族的波澜。

至今在汨罗江的胸口，有一颗心脏在怦怦直跳。只要诵读过一遍《橘颂》，就不敢再剥开橘子，那一触即痛的橘，那香甜扎心的橘，那暖暖的橘皮，包裹着一个个赤裸婴儿。

龙舟，载不动一颗漂流的心脏。粽叶，包裹不住破碎的稻米。你让自己走进江心，却把一部《离骚》丢在江边。

沿着你的名字，寻到历史的江河。你的名字，已经成为一种情结。沿着你的名字，寻到一颗鲜活的心跳。为什么有一种怀念长达千年万年，因为我们对这片土地爱得深沉。有一个中国节，为你而设。中国诗人，走着走着就走到江里去了。你的诗，比你的路长。在江底，你看到了什么？看到了自己的心？在微笑还是在哭泣？岸上，后来那么多人在等着你，等你，等一颗心。你死了，但你的诗活着。你死了，但你的心活着。你是轻轻地走的。天气凉了，水里凉吗？

道路把你抛弃，时间把你收容。

书写岁月

岁月的打磨，磨合出深刻，磨合出厚重。

也许，时光是最好的滋养，雨露般哺育着万物，直到苍老或成熟。最懂得岁月的，最终成为香甜、熟透的果实；不懂得岁月的，最终成为衰败腐朽的落叶。

在1942年的某一天，在西安灞桥区西蒋村的村落里，一个婴儿出生了。

这是再平凡不过的事情，就像东边日出西边雨。在这片贫瘠而厚重的黄土地上，他慢慢地长大，最后慢慢变老。

这是岁月刻画出的一张脸，布满皱纹的脸上写着岁月的沧桑，那是岁月留给他的深刻的记忆和财富，那里面埋藏着刚毅和朴实，那里面埋藏着果敢和睿智。他爱生他养他的土地。土地，是他生长的地方，土地，是他精神补养的地方。内心强大、善良、丰厚，通过心，用一支笔和一张纸，书写人生，书写岁月。这张岁月刻画出的脸，也刻画着岁月。

土地，是一个人永远的心灵家园和精神故乡。在他的成长中，除了生他养他的黄土地，书也是带给他精神世界丰厚的源泉。书，神奇、浩瀚，会给一个人无穷的精神力量。一部手抄的《论语》，让他感到了书的魅力。他说："我小时候很调皮，一次爬到老家的楼上，发现一个破木箱，打开一看，里面放着一本用毛笔誊抄的《论语》，那字体非常工整，父亲说那是我爷抄的，我压根不信，简直跟印刷的一模一样，我对这部书产生了浓厚兴趣，虽然里面的句子似懂非懂，但从中竟也悟出一些道理。那时候不懂收藏，虫吃鼠咬，屋顶漏雨，那部《论语》最后竟不翼而飞了。但是，从此这个小男孩对书结下了不解之缘。看书、写书，成为伴随他一生的事情。当我们对写作文看成是苦差事时，他对写作且津津有味，如食甘饴，他把写作看成是世界上最让人愉悦和幸福的事情。初中的第一次作文课上，新来的老师让学生自拟题目写作文。因为以前作文课上都是老师命题，学生按照老师的命题来写作文，这次可以想写什么就写什么，他高兴极了，这次终于可以写自己愿意写的内容了，他把以前写的两首精美的诗歌抄在作文本上。由于诗歌写得太好了，引起老师和同学们都不相信这是他自己写的。随着时间的推移，他的作文水平逐渐得到了证实。一天，语文老师把他叫到办公室。语文老师说："我打算把你写的作文《堤》推荐到市里参加作文比赛。我修改了几个地方，你看，这些都是错别字需要修改，还有这些句子你看是不是这样写更好？"他没有想到老师修改的这么仔细，而且还征求他的意见。接着语文老师又说："把你这篇作品投给《延河》杂志社吧！但是，你的字不太硬气，学习也忙，这样吧，这次先由我来抄写帮你投寄给杂志社。"

也许，人小时候都会有个飞翔的梦。他小时候很想当飞行员，一次，他去西安考飞行员，那时候家里穷，那么远的地方需要走着去。他穿着鞋也是破烂不堪，这么远的路，从灞桥西蒋村走到钟楼，脚几乎都被磨烂了，钻心的疼痛让他难以忍受。这时，他看见了钟楼，第一次看到如此雄伟壮观的钟楼，他的心被震撼了，磨破的脚带来的疼痛竟然奇迹般消失了。你看，他从小就吃得了苦，又有着一颗敏感的心。苦难，是可以锻造、修炼和成就大作为的。他贫困的童年和在黄土地上的阅历，带给他深刻的思想，带给他写作无穷的力量和源泉。也赐予他一部部惊世力作。

他就是陈忠实，中国当代著名作家，中国作家协会副主席。代表作有短篇小说集《乡村》《到老白杨树背后去》，中篇小说集《初夏》《四妹子》，《陈忠实小说自选集》，《陈忠实文集》，散文集《告别白鸽》等。长篇小说《白鹿原》获第四届茅盾文学奖。《白鹿原》，是陈忠实的呕心力作。《白鹿原》是一部渭河平原 50 年变迁的雄奇史诗，一轴中国农村斑斓多彩、触目惊心的长幅画卷，演绎了黄土地的历史人文风貌。书中映照着人性的光芒，情节的跌宕起伏，如同人生的起起伏伏，悲欢离合而又多姿多彩。但是，纵使沧海桑田，总有永恒的东西：那就是在人的心中，善良有着无限辽远充满了神秘的生命力。有一种真正的大爱情怀，一直辽阔在我们的向往里，一直嘹亮在我们的梦想中。如今，作家虽然已经离我们远去，但他留下的一部部精心力作，作家丰厚的精神世界，那气势磅礴、荡气回肠、惊心动魄的一个个故事，会一次次撼动着我们的心扉。

他，心海浩瀚，内心从容，所以他的气势淡定而又磅礴，就像山，气定神闲，气势从容；就像水，九曲回肠，润物无声。

露浓花瘦，青梅嗅唇

静下心来，来读一读这美妙的词吧！一个妙龄女郎，荡罢秋千，慵整纤纤细手，露浓花瘦，香汗把薄薄的衣衫湿透。手是纤纤细手，汗是香汗似露。当飘逸的身姿静下来，就像翩翩起舞的蝴蝶静静落在花朵上。动后之静，静中忽又生动。

一个炎炎烈日的夏天，我看到了一首美丽的文字：李清照——《点绛唇》。

蹴罢秋千，起来慵整纤纤手。

露浓花瘦，薄汗轻衣透。

见有人来，袜刬金钗溜。

和羞走，倚门回首，却把青梅嗅。

一回眸，那是怎样的无尽娇羞，那是怎样的可人之态？轻轻倚门而立，用梅子掩饰娇羞，好一个秀美可爱的女儿，好一幅少女情态的美人图。此情此景，纯美的一个女子就像站在我们的面前。不过，这种场景恐怕随着时代的变迁，永远地离我们远去了。越是这样，娇羞的女子越是显得珍爱。

这首词的作者是李清照，李清照号易安居士，齐州章丘（今属山东济南）人，以词著称，有较高的艺术造诣，她的词广为流传。李清照的前期作品多以写闲适生活为主，后期作品多以写悲叹感伤为主调。当然，这和词人的人生经历相关。这位我们齐鲁大地上的才女，开拓了一代词风。每每读后，都令人赞叹。李清照的词，在形式上擅长白描手法，语言上清丽秀美。论词强调协律，崇尚典雅、情致，让我们掩卷冥思，不禁折服。

淡雅的芳香，美丽的文字，这些总是给人美的感觉，它的味道一如桂花飘香，慢慢地弥散开来。用心阅读，你会收获很多。她的词，是要用心来阅读的。用阅读激活人生。阅读，可以启迪智慧、净化心灵、感悟人生。阅读人生，诗意人生。阅读是可以给人美的享受的。阅读，可以滋养人生。这就是阅读的魅力。

让我们幻想一下这美妙的画面：一妙龄女子在欢笑声中荡完秋千，稍作停息，正在此时，突然看见一陌生男子向这里走来，羞怯的女子心跳突突，嫩脸羞红，美丽的眼睛躲闪着那男子的灼灼目光，女子慌忙躲避，依向门去，嗅着青梅偷偷回头，用眼睛的余光偷偷观察前来的俊美小生。小女子的精神韵致和内心的情愫、小女子的轻灵姿秀、纯洁多情、栩栩如生、生动有致地展现在读者面前。这样的词，美得不敢再用言词评说。这样的画面，美得不敢再用画笔描绘。

灿若荷花、精美似水的马伊琍

马伊琍，一个美丽而生动的女演员。

每一个角色，她都是演得那么认真。每一个角色，都为她的一步步走近观众心中而奠定基础。

　　生活中的马伊琍，是一个鲜活的朴实的女孩。

　　马伊琍，一个爱吃酱鸭的女孩。问及到她最喜欢吃什么，她说，最喜欢奶奶做的煎舟山带鱼，还有百吃不厌的榨菜西红柿蛋汤。她吃西瓜是用勺子挖着吃，这是她从小养成的习惯，拍《奋斗》时，有天晚上她捧着半个西瓜用勺子吃，同事瞪大了眼睛问她你真能都吃完吗？她说是啊，这不算什么，她一般一天吃一个。在食库拍 Loft 的戏时，每天饭点她们几个都会自觉地到隔壁点一桌菜，谁不拍就先占着座，都记得谁爱吃什么菜，先点上等大家到齐了开吃，男同胞们当然要喝啤酒，女孩们喝可乐，有时候喝乱了她的茶杯里总有啤酒味，肯定是哪个没脑子的往里加啤酒以为是自己的杯子了。朱雨辰和她一样爱吃酱鸭，每餐必点，每次必抢，如果她们俩有一个人没吃到鸭腿，那肯定是桌上哪个不长记性的吃了，剩下的鸭翅鸭脖子也是她们的专利，看她们啃的那个专注劲儿，是令所有旁观者羡慕不已的！你很难想象，这么美丽端庄的女孩是怎样爆啃酱鸭的。你也很难想象，如此爆啃酱鸭的女孩，是怎样保持美丽端庄的。

　　马伊琍，因喜欢而忙碌着。追求艺术的道路是艰辛的。拍戏是累的，也是苦的，甚至还会有危险。一次，身为女一的她在拍戏时不小心骨折，大量的戏还没拍摄，只好坚持。她说她希望过普通人的生活，享受平常生活的点点滴滴，做这行真的很累，心累，但是做这行的人就是再累也还是停不下来，她想还是喜欢，有乐趣有成就感，为了这份成就感和充实的心境就要勇往直前。这种韧劲，在一副美丽的面庞之后，在一颗坚强的心中。

马伊琍，一个用真情表演的女孩。在她童年的时候，最爱看黑白手绘的小人书，最喜欢的一本叫《天一阁》。这个美妙的传说让儿时的她记忆深刻，为什么有人会为书而死，为什么天一阁那么诱人，真的有芸草吗，人真的能为他的挚爱守候以至于魂留人间吗？二十年后，她成了《天一生水》的女主角若云，她体会着这份乱世之爱，感触着人间冷暖。剧中人物经历世事的变故，饱尽人间沧桑，年轻时为了梳理各自的情感宁愿暂时各散东西，因为相信爱可以维系一切，直到长大了才懂得男女之爱不是一生要经营的唯一，还有家庭，责任，孝道。于是，故事里他们错过，一去二十年。有谁懂得错过之爱的艰难，欲爱不能的痛苦？明知没有结果，理智告诉自己她不能，但心却飞到了那边去，只要爱一息尚存，她们就要飞蛾扑火！这是怎样的勇敢和信念啊，只因有爱，原来爱是世上最转瞬即逝的东西，却也可以是最绵延不绝的，它可以冲破世俗，承受压力，它可以经历变迁，沧海桑田，更神奇的是，它能让有爱的人灵魂延续。她深深为剧中的人物命运感动着，用全身心演绎着。

马伊琍，一个注重行为、忽略表达的女孩。生日，每当这时候父母不管在不在她身边都会郑重的吃一次长寿面，也会打电话叮嘱她不要忘了自己吃面，于是这是唯一的生日形式，几十年来从不改变！父母的生日时，她不会打电话对他们说什么酸酸的话，因为从小就是个不会发嗲或说好听话的人，总觉得很假，说完了自己会浑身起鸡皮疙瘩，但是心里知道。幸好算是个孝顺女儿，孝顺不在一朝一时，应该是朝朝夕夕的，平常对他们好就行，不想特意把某一天变得隆重，带着从小养成的这种心理，她自然成了一个对任何事都只愿做不爱说的人了。在爷爷的追悼会上，她没有流眼泪，因为她不想在这种场合哭，不想再增添亲人的悲伤，也许生活中她不是个善于发泄情感的人，只知道应该在亲人活着的时候对他们好，也因为觉得那样的发泄无济于事，那样的痛苦爷爷看不到也感受不到，只会在心里默默地哀悼。由于这种脾气也吃过不少亏，这个社会有很多人还是喜欢形式主义的，她不会说好话所以也遭到过不少误解，还好心态不错，常常对自己说，没关系，总有一天他们会知道的！跟郭宝昌导演出去和某地的领导吃饭时，他知道她的脾气特地嘱咐她：今晚，你只管乖乖地吃饭，别说话！席间她一直埋头苦吃，对于敬的酒一滴不敢沾，后来领导们还问：哎，今天小马怎么那么老实，连话也不说？她一抬头笑，郭宝昌忙说：挺好的，就让她吃吧！回剧组后他直夸她表现好。马伊琍，一个真实的女孩。面对这个静静的女孩，在这个年代你是否更感到她的可贵呢？

马伊琍，一个坚强的女孩，痛并快乐着。2003年1月，她发了十天的高烧，当时幸好有她经纪人在，她叫了出租车接她到医院看病，然后每天找人来她家里给她打点滴。那段日子身体很痛苦，眼压始终很高，头痛欲裂，但是心里却很快乐，因为那是第一次在北京生病的时候有人照顾她，陈好的经纪人鸽子还给她炖了鸡汤拿来看她喝下，她大学里最好的女友带着他的医生男友在她家给她打点滴又削苹果吃，公司的经纪人们轮着班来看她，那时几乎所有关心她的人都来了，只有当时的男友不在，但是她不怨，因为她习惯了自己照顾自己，也习惯了在北京一个人扛病。那段日子，她觉得友情的珍贵。2004年，拍完《天一生水》的最后一天，她感觉自己不对劲了，然后在北京租的房子里睡了三天，但依旧白天无力晚上发烧，第四天终于到医院急急地打完点滴先压下热度。为了可以下午飞回上海，大年三十的晚上，父母再次送她到医院。那一年的年是在医院里过的，她输着液，另一只手里的手机不停地收着短信，都是祝新年好的，她不喜欢那样的祝福，都是群发，没有诚意和情谊。那年爸爸也没放鞭炮，她们和所有的病友们共同迎接新年。真的，原来在很多地方很多人，也可以这样悄无声息的辞旧迎新。那年，不祈求别的，唯有健康。2006年，大年初四，爸妈带她到海员医院看病，她一直在医院门口不敢撩帘进去，因为这是她小时候常看病的地方，记得最后一次来这里是1997年夏天，因为胃痉挛还打了一针阿托品，回家昏睡了一小时就好了。相隔八年多，真的不知道会变成什么样子。进去了，一切还是那么熟悉，格局没变，只是更干净了，她站在熟悉的走廊看尽头许久，说不出的感觉。医生叫她了，说必须吃消炎药，开药时问她多大了，她告诉他，他的笔突然停住，抬头看她，"你那么大还要爸爸妈妈陪你来？"她们都笑了，没说什么。是啊，那么大了，还要爸爸妈妈陪着，生病的时候还有他们守在身边，回到家爸爸准备好水和药给她吃，十二点还带着她下楼放鞭炮迎初五的财神，这是何等的幸福。是经历，是感悟，使她体验了痛苦，感到了真情，懂得了幸福。

马伊琍，一个素面朝天的女孩，一个个性十足的女孩。每次做访谈节目，主持人或网友常会问：你平时都干些什么呀？有什么特别的爱好吗？她都说没什么特别的，跟所有人都一样，和朋友吃饭，聊天，煲电话粥谈烦恼。而且，家务事一样也不少，一个人在北京，什么事都得自己干，就算交代了别人也得有自己需要面对的时候。忙完了，最快乐的就是约上好友吃饭，然后去喜欢的地方喝一瓶红酒，浅尝慢饮，在温暖的煤气灯炉下，说说各自的近况，女朋友们必定又发现了最新的人生感悟，娓娓道来和大家一起分享。马伊琍不想在不拍戏的时候化妆，所以每次经纪人都会说要注意自己的形象。马伊琍不喜欢参加很多活动，所以很多时尚活动能不去就不去，可是这样也就少了很多在媒体上露脸的机会。马伊琍不喜欢为了一些并不想去的事而化妆穿上礼服，因为看不上那些赞助的千篇一律的设计，所以每次都自掏腰包不愿意亏待自己。马伊琍最害怕在活动上无聊的不知道该干什么，所以常常害怕自己的脸会抽筋和不自然。马伊琍不喜欢记住每一个见过的人的名字，因为常常刚听完的事她就忘了，更何况记不认识的人的名字！马伊琍不喜欢和不喜欢的导演或演员寒暄假客气。马伊琍不喜欢就同一个问题被问一百遍，还要装作第一次被问，那样新鲜和充满热情，实在打不起这个精神，也实在没有那么好的忍耐力，真的碰上有新意的问题也会很高兴和兴奋的！马伊琍不喜欢和不太认识的领导套近乎，以便让领导对自己有好印象，她不会拍马屁，偶尔说了两句肉麻话心里就骂自己没出息。马伊琍不喜欢被没有做好功课的记者采访，因为这是一种互相的尊重，如果对一个演员不感兴趣就做不好采访，不了解采访内容现打听很伤演员的心！马伊琍不喜欢与根本没看完自己作品的人聊自己的作品，因为没完整地看过就没有资格评论。她不喜欢傻乎乎地站在台上做嘉宾。马伊琍不喜欢说自己很喜欢或不喜欢哪部电影。马伊琍也不喜欢与个别根本不懂你在说什么的娱乐主持人做访谈节目，他们从来不听你怎么回答的问题，在你认真地回答的时候，她已经在背诵提纲上写好的下一个无聊的问题了。她很喜欢和要好的女朋友一起出行，女人有自己可以分享的秘密和乐趣，畅所欲言，而且她们都喜欢小饮一瓶红酒，斛光绰影，谈天说地，离开了熟悉地方的烦乱嘈杂，忘记了时间和岁月，只有她们自己。她是个注重心灵生活的人，这在当今演艺圈里真算是一个"珍稀物种"。但愿她保持这种灿若荷花、精美似水的风格。

每一个演员都有一个不寻常的经历，每一个演员都有一个不寻常的奋斗史。但马伊琍却像一个临街小妹，那么亲善近人。她那真诚似水的微笑，就像临街小妹在和你打着招呼：你好！

卫河，母亲

这是一位临西妇女，红色的脸庞蓄满着阳光的颜色。羊肚毛巾蒙在头上，已是不多见的远逝的风景。

临西与临清一河之隔，运河把两个县域分割开来，这座桥就担当着特殊的意义了。两县的人便通过这座桥，走进对方进行各种活动往来。这座桥的边沿上，也摆上商品叫卖。

这位妇女就是在这座桥上卖小农具的，她不叫卖，而是静静站在自己的小摊前，等待来往的顾客来挑选小农具。其实，她根本不会叫卖，看她那憨厚的样子，我也想象不出她会叫卖，那样她一定不好意思、会难为情的。即使顾客来挑选她的商品，她也只是笑一笑，看着顾客挑选，自己从不多嘴。这反而给顾客一种信任感，多数顾客也是并不还价，买走选中的东西便走；遇到还价的顾客她也只是笑说："俺的东西不还价！"如果是在城市的商店，服务员说："本商品概不还价！"你会感到她的服务态度不好、回答有些生硬或商店不会经营，但在这里你却丝毫感觉不到那层意思，反而感到她很实诚。

有时，她和过往的认识的路人打着招呼，询问今天做的活计可好，说着一些家常话。

桥上的风很大，阳光很灿烂。

经年的风吹日晒，已把她的脸庞磨砺得有些粗糙，但她的脸上并不缺乏笑容，就像这座桥上并不缺乏阳光。生活的艰难并没有完全是它丧失对未来的希望，她对当下生活的满足使得她既是面对着风吹日晒也心情舒坦。

她的一只手用白布缠裹着，我不好问她怎么了，反正是受了伤，说不定还在隐隐作痛。白布有些黑了、脏了，看到我注意她的手，她本能的把手往后缩了缩。

看我用镜头对着她，她赶紧躲闪，说："照我干吗？照我干吗？"

我不忍心打扰她的宁静，因为宁静就是她的幸福。作为黎民百姓，还有什么比平安宁静幸福的吗？他们深深知道富贵荣华与他们无缘，用自己的劳动得到自己的一些报酬，虽然收入很少，但要能维持一家人的日常生活就很满足了。

她的善良，她的勤奋，她的安详，她的一切，就像是我们的母亲。

敬仰，卫河。

敬仰，母亲。

卫河之水从她的脚下流淌着，其实，千千万万像她这样的人们忙碌着，不正是组成了另一条卫河吗？

人生需要掌声

当失落丧气来袭，总希望有雪中送炭的掌声。当成功和顺利降临，也期待锦上添花的掌声。掌声，是对昨天的肯定、今天的赞美及明天的祝福。让掌声响起来！

——题记

我曾经问过别人：你这一生最需要什么？有的回答说：钱。有的说：工作。有的说……很显然，他们仅限于物质上的需要。他们是否曾想过：是什么推动他们不断进取、不断进步？是物质需求能推动他们不断进步呢？还是精神需求呢？

我认为，给人以精神上的鼓励会是人前进的动力。然而，掌声是鼓励的最好体现。比如：当你面临困难或失败时，我们总希望有鼓励的掌声；当我们取得成功时，我们总希望有贺彩的掌声。可见，掌声在人的一生中是多么的重要。

我是在看过一篇名为《掌声》的励志文章后认识到的。当时，我正在遭受一次考试失利的苦恼中，这使我感到前所未有的失落。这时，我看到了这篇文章，内容大概是这样的：有一位音乐家一次和她的朋友到音乐之都维也纳去旅游。在车站附近，她们被一阵悠扬的琴声所吸引。旅客们也不由自主地倾听。一曲完毕，才发现是一位街头卖艺者演奏的，于是纷纷向他面前的钱罐扔钱，但那卖艺人看到满罐的钱后，面无表情，目光中闪出一线渴盼……她的朋友对卖艺人的表情很是不解，便问音乐家："他得到了这么多钱，为什么还不快乐？是不是有点贪心了？"也许是同行的原因，音乐家捕捉到了那一线渴盼，说："也许，他需要的是掌声。"朋友内心一震，便举起手为他鼓掌，其他人也为卖艺人鼓掌，果然，卖艺人眼里满是感激的泪水……

　　读完之后，我感慨万千，便不由自主地想起我的经历，同样也是掌声为我打开了通往成功的大门。那是我刚上学时，我的学习成绩并不好，上课回答问题并不积极，老师让我能积极参与回答问题。有一次，老师在黑板上出了一道题，这道题我会做却不敢举手回答，老师点了我的名字，我紧张地上去做，做完之后，老师让我讲给同学们听。我十分紧张，我不敢面对这么多同学，但我还是鼓足勇气，一字一字地讲了出来。讲完之后，同学们给予了我热烈的掌声，我顿时热泪盈眶。从此，我上课积极回答问题，学习成绩突飞猛进。感谢老师和同学们以掌声，鼓励我迈出了人生中重要的一步。

　　掌声，代表的是对过往经历的认可和喝彩，传达的是对未来的鼓励和期盼。它能使陷于困境的人燃起希望，重整旗鼓，它也能给处于顺境的人们无限动力，创造奇迹！

　　要给别人以掌声，送去的不仅仅是祝福，更是雪中送炭的温暖和关爱；给自己掌声，是对自己的信任和肯定，会使你的脚步更加坚定从容。有掌声的人生，是快乐的人生，是希望永随的人生。

　　掌声为你注入前进的动力，祝你走向辉煌灿烂的人生！

精神高地

宁静、博大，升腾在一片精神的圣地。他的文章，他的世界，是我们的精神高地，至今滋养着我们的精神作物。

他的思想和文采，在历史的上空尽情飞扬。

欧阳修的散文文体多样，议论、叙事和抒情兼备，采"古文"与骈文之长，融成新的风格，富于变化，开阖自如，具有和谐的韵律感。

走进你，便走进恢弘开朗。欧阳修的政论散文，不仅富于现实意义，而且语言婉转流畅，是"古文"中的名篇。从《与高司谏书》《朋党论》《五代史伶官传序》中可见一斑。

普里什文在《一年四季》里写着："人身上包含有自然界所有的因素，如果人愿意的话，他可以同他之外的一切生物产生共鸣。"最能体现他散文成就的是记事兼抒情的作品。他的这类散文，无论状物写景，或叙事怀人，都显得楚楚动人，如他最著名的《醉翁亭记》，写滁州山间四时的景色和早晚的变化以及人们游玩山间的情景，层次分明、语言流畅，抒发了一种解脱束缚后，从容怡然而又怅惘若失的情怀。《醉翁亭记》连同他的《鸣蝉赋》《秋声赋》一样，都保持了骈文注重声律辞采的特点，散文句法的加入，又使得文章节奏变化协调、舒敛自如。

你就像一轮清月，挂在远古的天空。每一篇文章都是一朵月光，从古开到今。每当读到你，就有月光洒在我心底。来自青草的芳香，在季节之间，在山水之间，在你的笔端。简约有法的叙事、迂徐有致的议论、曲折变化的章法、圆融轻快而无窘迫滞涩之感的语句，构成了欧阳修散文含蓄委婉的总体风格。一个人，在历史的长河中，是多么的渺小，是多么的微不足道。在历史面前，在自然面前，我们才会感到一个人的真正位置。

雨疏风骤，傲雪枝头。至今读你，心潮澎湃。坐在春天里，你会一梦千里。感月吟风，抒怀壮志。人生本来，风狂雨骤。走进你，便走进了一种境界。走进你，便走进自然和谐。走进你，便走进诗意亲近。走进你，便走进恢弘开朗。走进你，便走进恬静清幽。鸟语花香，如此真切。生命身心，如此舒张。抚去一路上的风尘，慰籍疲惫的心灵，挥去一切苦难，握住真实的幸福。

沿着草的芳香，就不会迷路。你看见了什么，春在溪头？

天空，是为翅膀准备的，所以天空才会高远。长空万里，山河极目，停得下脚步，停不下长江滚滚流。

几番风雨，阳光依旧。

目光，只要投向前方，希望便伴随你的脚步。梦离你最近的时候，便拥有了幸福。

你就像黄河之水，一路风尘而来，看你的奔涌，听你的涛声，奔腾而来，到达广阔。奔腾是一种生命，奔腾是一种力量。

把春天揣在怀里

把春天揣在怀里，即使在寒冬，也会感到春天的温暖。

快乐，就像阳光，无须太多的附加条件。但太多的东西会遮挡住快乐的阳光。

财富也许会带来快乐，但也许会带来厄运。斯特利戈夫24岁时，在短短3周内就一夜暴富，成为苏联第一批百万富翁。这个幸运儿在前苏解体后，又在华尔街和伦敦建立自己的金融帝国，财富高达2亿美元。成为亿万富翁的斯特利戈夫并不满足，他希望涉足政坛。2002年，他在西伯利亚地区竞选州长，之后又竞选市长。2003年，斯特利戈夫又宣布参加竞选俄罗斯总统。为了竞选，斯特利戈夫耗费了大量财富。结果全是失败。快乐，远去了。他感觉自己的生活并没有随物质的丰富而阳光灿烂。

已是百万富翁的斯特利戈夫，并没有因巨大的财富给自己带来快乐、幸福，斯特利戈夫的成功迅速引起俄罗斯黑手党的注意，生意对手和犯罪黑帮都曾向他发出死亡威胁。为安全，他被迫不停搬家。最终他每天躲在豪宅内，并雇用60名特种部队警官充当保镖。安全感的丧失，使得他整日提心吊胆。这样的日子让他无法忍受。

这也许是你想不到的，其实就是这样，财富并不一定和幸福成正比。怎么办？斯特利戈夫另辟蹊径，带着妻子莱娜·斯特里戈娃和5个孩子，搬到莫斯科南部100公里的被大片森林环绕的荒野中居住。斯特利戈夫卖掉了他的 2 架私人飞机、豪华车队、莫斯科的 4 层楼豪宅和纽约曼哈顿的公寓，并买来一匹马和一台拖拉机。如今一家人住在一个只有 3 间卧室的木屋里，靠种菜、养猪、放羊维持生活。对于今天的斯特利戈夫夫妇来说，荒野小木屋里的农夫生活是他们的天堂。当然，这里的生活并非总是那么安逸，夏天，屋子里蚊子泛滥成灾，冬天，气温最低可降到 -45℃。没有电力和煤气，房子靠烧木头炉子取暖，点蜡烛照明。屋子里没有收音机，更别提电视了。木屋周围没有任何道路、即使乘越野车也无法直接抵达，最近的邻居住在 7 公里之外。由于家附近经常有野狼出没，他们在房子周围围着篱笆，以防止狼群入侵。这世外桃源的生存环境异常艰苦。自然在赐予人快乐时，也给人以考验。斯特利戈夫的妻子莱娜说："这变化是巨大的。我曾是一名百万富翁的妻子，一直处于保镖的掩护中。但现在他成了一个农夫，而我也成了农夫的老婆。当我们结婚时，他承诺婚后将会充满冒险。的确如此，但我认为我们现在的生活棒极了。我唯一遗憾的是，现在不能洗热水澡。"尽管在荒野的生活艰辛重重，斯特利戈夫却认为自己是"俄罗斯最快乐的农夫"。他说："我搬到野外，并非因为经济问题。当苏联解体时，我所想的就是尽最大可能赚钱。但当我挣了成千上百万之后，我意识到在莫斯科富翁的生活就仿佛是苦役。每天的每一分钟都被压力和无穷的会议所占据。我们习惯了生活在一个镀金的笼子中，我希望我的孩子在远离这样的环境中长大。我们现在终于自由了。"

自由的斯特利戈夫一家在自然的怀抱里快乐着、幸福着。

这里没有充足的金钱，但这里却有着充足的阳光。

这里没有豪华的楼房，却有着新鲜的空气。这里没有高收入，却有着自由。这里没有繁华的街道，却有着广阔的田园。这里没有现代化的设施，却有着原生态的生活。

快乐其实很简单。

有一片晴朗的天空，有一片可以立足的土地，有一颗平静安逸的心，这就够了。

但是，我们往往因为太多的欲望污染了晴朗的天空，我们因太多的欲望和恶意竞争糟蹋了我们立足的土地，我们因太多的欲望搅乱了我们静美的心灵。

我们离我们的快乐园地越来越远，我们离我们的幸福源泉越来越远。

心存温善

当今的人们，对物质的贪欲几近疯狂，奉献、爱心，似乎成了另类不合时宜。对名利的追求，几乎成了当今人们唯一的追求。

是什么使得人们放弃了精神的追求和信仰？

现在的孩子沉迷于电子游戏，这成了教育的一大难题。网瘾的形成，究其原因其实是如今我们的孩子缺少可以代替网络游戏的游戏或其他活动。

我们的孩子崇拜"超女"，在孩子的心中，"超女"、周杰伦成了他们的偶像。而雷锋以及很多英雄人物却远离他们的心灵。

我有一个朋友，他致力于慈善事业。牺牲了大量的业余时间为贫困学生及危重病人募捐，他积极宣传报道这些弱势阶层，以引起社会关注，从而使这些人得到资助。他的努力使得不少人走出困境。在他筹集一场募捐晚会时困难重重，几乎每一道关口都是障碍重重。他不明白，如今各种晚会多如牛毛，举办一场商业性晚会轻而易举，为什么筹办一场慈善晚会是那么难。

我们总是感叹世事沧桑，我们又为世界贡献多少温暖？

抱抱团的活动遇到了很多尴尬，但是，它的意义将是深远的。当温暖溢满世界时，冷漠就会慢慢远离。

心中充满友善，冷漠才不会袭来。

要想走出冬天，就要走进春天。要想远离严寒，就要靠近温暖。

一位哲学家带着一群学生去漫游世界，10年间，他们游历了所有的国家，拜访了所有有学问的人，现在他们回来了，个个满腹经纶。在进城之前，哲学家在郊外的一片草地上坐了下来，说："10年游历，你们都已是饱学之士，现在学业就要结束了，我们上最后的一课吧！"弟子们围着哲学家坐了下来。哲学家问："现在我们坐在什么地方？"弟子们答："现在我们坐在旷野里。"哲学家又问："旷野里长着什么？"弟子们说："杂草。"哲学家说："对，旷野里长满杂草。现在我想知道的是如何除掉这些杂草。"弟子们非常惊愕，他们都没有想到，一直在探讨人生奥妙的哲学家，最后一课问的竟是这么简单的一个问题。一个弟子首先开口，说："老师，只要有铲子就够了。"哲学家点点头。另一个弟子接着说："用火烧也是很好的一种办法。"哲学家微笑了一下，示意下一位。第三个弟子说："撒上石灰就会除掉所有的杂草。"接着讲的是第四个弟子，他说："斩草除根，只要把根挖出来就行了。"等弟子们都讲完了，哲学家站了起来，说："课就上到这里了，你们回去后，按照各自的方法去除掉杂草。一年后，再来相聚。"

　　一年后，他们都来了，不过原来相聚的地方已不再是杂草丛生，它变成了一片长满谷子的庄稼地。弟子们围着谷地坐下，等待哲学家的到来，可是哲学家始终没有来。若干年后，哲学家去世了。弟子们在整理他的言论时，私自在最后补了一章：要想除掉旷野里的杂草，方法只有一种，那就是在上面种上庄稼。同样，要想让灵魂无纷扰，唯一的方法就是用美德去占据它。

　　没有了美好的东西占据我们心灵，丑恶的东西就会乘虚而入。要想除却丑恶的东西，最好的方法是让美好的东西驻扎我们的心灵。

　　心有阳光，便会迎来灿烂。

心中黯淡，便会招来阴冷。

心中有爱，便会远离恨。

心中有恨，便会远离爱。

心怀天下，便不会小肚鸡肠。

心怀鬼胎，便不会慈悲为怀。

让心中留存美德，心中便不会滋生丑恶。用美德占据心灵，用美丽滋养心灵。

心中拥有一个天使，生活便拥有一个天堂。

心中拥有一个魔鬼，生活便拥有一个地狱。

是飞翔还是奔跑

精神追求，就像鸟飞在天上，越飞越高。

物质追求，就像马在地上跑，越跑越累。

前者，有些不真实。后者，很现实。在天空中飞翔，大多数人只是仰望。在大地上跑，多数人乐此不疲。因为，在大地上跑，可以寻到饱腹的青草。而天空空旷，只有风只有雨。

飞翔，是一种人生姿态。

奔跑，是一种生活状态。

天空就像是我们的理想，而大地则是我们的道路。

我们需要理想，它是我们的宗教，是我们的目标，是我们的向往。但是我们也需要或更需要道路，因为只有道路才可以使我们前行。

生活中，我们是行驶在道路上的。

但是，如果没有天空，那么我们的心灵将是多么压抑？

精神是一种力量。

不要把自己当作鼠，用自己的寸光探寻食物，那样最终还是被猫吃掉。

1858 年，瑞典的一个富豪人家生下了一个女儿。然而不久，孩子染患了一种无法解释的瘫痪症，丧失了走路的能力。一次，女孩和家人一起乘船旅行。船长的太太给孩子讲船长有一只天堂鸟，她被这只鸟的描述迷住了，极想亲自看一看。于是保姆把孩子留在甲板上，自己去找船长。孩子耐不住性子等待，她要求船上的服务生立即带她去看天堂鸟。那服务生并不知道她的腿不能走路，而只顾带着她一道去看那只美丽的小鸟。奇迹发生了，孩子因为过度地渴望，竟忘我地拉住服务生的手，慢慢地走了起来。从此，孩子的病便痊愈了。女孩子长大后，又忘我地投入到文学创作中，最后成为第一位荣获诺贝尔文学奖的女性，也就是茜尔玛拉格萝芙。

一个人的精神力量是不可忽视的。

有了财富，并不一定说明快乐。有了财富，并不一定说明幸福。有了财富，并不一定说明富有。有了财富，并不一定说明成功。

一位公司总裁曾这样总结他拥有的财富和他获得财富的方

法：我的生活很节制，因而获得了健康。

我不恨人，不嫉妒人，却爱护、尊敬所有的人。我从事爱心活动，慷慨地付出，因此很少疲倦。我不要求任何人的恩赐，只要求一个特权——让所有喜欢我幸福的人跟我一起分享我的幸福。我与自己的良心交好，因此它正确地引导我做每一件事情。我的物质财富超过我的需要，因此我不贪求；我只渴望那些在我活着时让我活得有意义的东西。我的财富来自那些因分享我的幸福而收益的人。身体是革命的本钱，只有健康的心理和健康的身体是获得成功的基础。

每一个成功的人士都是拥有健康身心的人。

要成功，就让我们积极锻炼，用良好的心态面对事业、人生吧！这位总裁拥有的是真正的财富，这位总裁拥有的是无穷的财富。这位总裁是用快乐获得快乐，这位总裁是用幸福获得幸福。

这是甜蜜的财富，这是温暖的财富，这是幸福的财富。并不是所有的财富都能使人幸福。有的财富使人恐惧，有的财富使人不安，有的财富使人整天提心吊胆，有的财富把人送上法庭，有的财富把人送进监狱，有的财富把人送上断头台。这是使人痛苦的财富，是使人招来灾难的财富。

人总是在寻找，寻找精神的愉悦物质的丰富。

两样同时得到，那是鱼和熊掌同时兼得。

如果让你只得到一样，你会选择什么？

大多数人选择的是：物质。

有人家财万贯，却挣扎在痛苦中。因为他没有得到使人幸福的财富。

用爱，用勤劳，获得财富。用爱，分享财富。

用爱，用勤劳，获得幸福。用爱，分享幸福。

用爱，用勤劳，收获的财富是幸福的财富。

用爱，用勤劳，追求财富的过程也是快乐的。

用爱，用勤劳，追求财富的过程也是幸福的。

善良的生活是快乐的生活

一个小女孩在意外中受了重伤而被送到了医院，他因失血过多，亟须立即输血，但她的血型却相当罕见。

医师发现她七岁的哥哥有相同的血型，便对他说："妹妹病得很重，除非有人捐血给她，否则天使就要来带走她了，你愿意输血给妹妹吗？"小男孩的脸转为苍白，带着恐惧颤抖的声音对医师说："我愿意。"在输血过程中，小男孩看着自己的血经管子输给了妹妹，医生注意到男孩似乎很紧张，就告诉他："马上就好了。"男孩噙着这豆大的眼泪说："那我是不是就要死了？"他竟以为医生是要用自己的生命来换取妹妹的生命呢！

其实，我们很多人认为，帮助别人自己就会受到损失或伤害，这也是大多数人的心态。

有一个组织组织了一次调查体验，在一个闹市区安排一名民工打扮的人，在他的跟前放着大大小小的许多行李包，他向行人请求帮助，帮他拎一些包到 50 米远的停车点。

一个小时过去了，两个小时过去了，一个上午过去了。行人匆匆，没有一个人搭理他。即使悠闲的行人，也是冷漠地离开。举手之劳，人们也不伸出援助之手。

下午，调查体验继续进行。一个小时过去了，两个小时过去了，这时一个小伙子走过来，帮他把行李包搬到 50 米开外的停车点。

按照事先规定，小伙子得到了活动的礼品：一部手机。

小伙子说："不要，这是自己的举手之劳，能帮别人一把，自己很高兴。"

有人说小伙子是幸运的。其实，小伙子是善良的，善良的生活是幸运的生活，善良的生活是快乐的生活，善良的生活是幸福的生活。

一米阳光

透过一扇略带灰尘的窗，拂着一抹墨绿色的亚麻窗帘。是否多年以后也还会记得，眉眼微抬便遇上的那一米阳光，温暖了一整个冬日的沉寂。

蓦然发现自己的静立，像是置身每一个与青春有关的华丽辞藻之外。固执的姿态挟带着渐渐明晰起来的目光，望向可遇而不可知的未来，曾经试探性询问的一句"会怎样？"答案终是日复一日的静默。于是，不再等待，洗净的一双手开始归置自己的人生。终是带了些许的庆幸，冷眼看旁人为一身的人情债所累。早已不触碰那般繁琐复杂的关系，只一个经久陪伴的朋友足矣，何必再劳烦那么多的心思？而是否就像一句话说的那样，走得过快便不小心丢了灵魂。我却并没有轻易俯拾，故我不确定那丢失的是灵魂或仅是灵魂虚空的填充物。如同日照下地面上静止的光斑，还以为是一枚闪光的硬币，走近看不过是一口痰。只是有太多斑驳的光泽吸引着我，仿佛那才是最真实的温暖，足以支撑起血肉的身躯。心底里总有声音在呢喃，胸中横抱无数箴言与圭臬，就算再试图充耳不闻也都有耳濡目染的一天。

最怕一语成谶，不管是带着忐忑的心情，背离人生还是徒劳无谓的挣扎过后无奈面对的现实。当初，那一份心心念念的坚守已然成为嘲笑着的狰狞面孔。落荒而逃的灵魂无处安放，堕落成渐染渗透着油腥的钱币，用来买安宁，用来买舒适，却再也买不到彼时的一句"不为别的，就为喜欢。"

青春的叛逃已经历过，此时无憾，因着那是"年少轻狂"最有利的证言。

冬日的阳光最暖，所有苍白的面孔与张惶的神色都被这样的暖橙色修辞饱满。

把花种在自己的心里

玫瑰象征着赤热的火焰；百合象征着纯洁的冰晶；梅花象征着坚韧的精神；迎春象征着无限的喜悦……当这一朵朵花、一种种"象征"种入自己的心里，心就变得像一个万花筒一般光芒四射。

这是一个耕季，是一个播种下地的季节，趁这个机会，抓紧埋上种子填上土；这是一个雨季，是一个"雨贵如油"的季节，趁这个机会，抓紧多让种子喝饱发芽；这是一个花季，是一个繁花似锦的季节，你心灵的花也会慢慢开放。

一个大伯指引你回家的路，迎春花开放了；一不小心摔倒在田间被姐姐扶起，百合花开放了；同学做事遇到困难热心帮忙，梅花开放了……当每一朵花开放，又会有一颗种子深埋至心，慢慢发芽，含苞待放，这时如果有人需要帮助，花粉就会悄无声息地飘入他的心门，轻轻钻进去，打开一朵花，你也便帮助了那个人。

如果你的心灵田地变得一株花也不见了，那么你无可救药，你已经成为一具没感情、没感觉的活死人。所以，不要剪掉也不要不管你心灵的花，每一朵盛开的花后都有一个动人的故事，每一个收拢的花苞里面都有一颗心：爱心、友谊之心、感谢之心……他们将会被花粉带到别人的花中，去感受、去温暖他人。

如果你不知道怎么去种花，怎么去培育花，那么我教你。

从现在开始学会感恩，从现在开始懂得微笑，从现在开始明白他人，从现在开始知道理解。只要你做得到、做好上面四点，你便什么都会了。会笑，会哭，会种花，更会使它以最好的姿态开放。

每一朵花是不仅仅要美、要亭亭玉立的，它还要能结出丰硕的果实！千万不要接收别人的坏心眼，一旦种上，必须马上挖出来，要不它会传染你，让你的花变成黑芯，让你的真实情感变成虚情假意，你将不会再有朋友、亲人、老师……

朋友们啊，种好每一朵花吧！你的世界将变得五彩斑斓……

我用心去阅读

心，是我的最珍，是我的最贵。用心了，便认真了，不，它比认真还要高一个阶层。所以，我要用心去阅读。书，是知识的源泉，是我最渴望的精神，它是最高台阶。所以，我用心去阅读。当高级精神与高级物质所结合，我得到的，是大片的知识与能量。

用心去阅读，我进入了仙境。凤凰在天上翩翩起舞，白龙在海中翻滚嬉戏，和煦的阳光照着大地，蓝天白云融为一体，笑声歌声响彻世界！多美啊，森林中，动物们在召开歌舞会，绵羊音、百灵鸟音、青蛙音、蝈蝈音……孔雀舞，狐狸舞，猫舞……好一个大型舞会啊！

用心去阅读，我回到了古代。诗人在亭中吟咏作诗，农民在地中辛勤劳作，欢乐的闹市，多热闹啊！小巷中，老人们侃侃而谈，青年们谈笑风生，妇女们唠着家常，孩子们追逐打闹……好一个小巷啊！

用心去阅读，我来到了未来。田野中绿色满如海，天空中空气很清新，学校中学生齐欢唱，家庭中充满和睦的气息。多神奇啊，人们骑着扫帚飞上天，流浪猪托着腮帮想不停，鱼儿们带上氧气满街跑，小猫小狗很开心……

用心去阅读，我来到了奇幻世界。天啊！太好玩了，大象见到小猫要行礼，老虎碰上蚂蚁躲不停，小鱼要吃狼狗，狼狗听了晕过去！……

我用心去阅读书籍，用心阅读人生。

人生，只需三个词便可概括：生活、幸福与回忆。只有用心过好每一天，过充实，才叫作用心阅读人生。过日子也在阅读人生，过一天翻一页，任何细节也不放过！

我用心阅读人生！阅读世界！

走不进你，那我们就把你仰望

老子，我们可能永远走不进你。

走不进你，那我们就把你仰望。

老子的《道德经》，文约义丰，博大精深，我们试图走近老子，但现实、功利却让我们一步步远离老子。

其实老子是一枚瑰宝，但我们因为五彩缤纷的现实和急功近利的当下使得我们遗忘了这枚老玉。老子说：我有三宝，持而宝之：一曰慈，二曰俭，三曰不敢为天下先。

老子讲"慈爱"，孔子讲"仁爱"，墨子讲"兼爱"，释迦牟尼讲"慈悲"，基督讲"博爱"，穆罕默德讲"普爱"。慈、爱，是圣贤之本。慈、爱，是圣贤之根。圣贤也罢，平民也罢，爱是人身上闪耀的一种最圣洁的光辉。

最不为现代人接受的可能就是老子讲的"不敢为天下先"了，这是要我们为人处世不要处处争先，要退后、谦虚、忍让、居下、不争。这种带有东方智慧和美德的东西，在慢慢消失。争名夺利、尔虞我诈，明争暗抢、潜规则，把我们的职场搞得乌烟瘴气，把我们的心态搞得无所适从。我们真应该从老子身上学点智慧和美德。老子试图建立一个囊括宇宙万物的理论。

老子认为一切事物都遵循这样的规律（道）：事物本身的内部不是单一的、静止的，而是相对复杂和变化的。事物本身即是阴阳的统一体。相互对立的事物会互相转化，即是阴阳转化。方法（德）来源于事物的规律（道）。老子的"无为"并不是以"无为"为目的，而是以"有为"为目的。因为根据之前提到的"道"，"无为"会转化为"有为"。这种思想的高明之处在于，虽然主观上不以取得利益为目的，客观上却可以更好地实现利益。从"天地无人推而自行，日月无人燃而自明，星辰无人列而自序，禽兽无人造而自生，此乃自然为之也，何劳人为乎？"（见于下文老子故事孔子问礼第4段）可见：老子所说的"自然"不是类似于神的概念，万物的规律（道）由自然来指定，即是"道法自然"。有人误解了此处自然的意思。事实上，人活着犹如宇宙之存在，没有人能理性地指出其目的。因此，非理性地选择某个（些）目标成为唯一的选择。老子是站在道这个无穷高的位置来看问题。因此，老子只说了"方法"，但没有指出"目的"。人何必为刻意达到目的而痛苦不堪。无为，逍遥亦是一种为人处世之道。关于老子的宇宙观，根据之前的道，"无"与"有"（万物存在即是"有"）会相互转化。因此老子认为宇宙万物来自虚无，也走向虚无。比如：人的生与死（可参见下文老子故事圣人辞世"昔日老聃之生也，由无至有"、"今日老聃之死也，由有归无"）。老子既是周的史官，因此《汉书·艺文志》说："道家者流，盖出于史官"。此话并不是没有道理的。至于班固的诸子均出于王官说，又当别论。金德建《老聃学说出于史官考》认为："老聃学说的来历，大约是因为做周史的缘故"。他列举了《左传》《国语》《论语》《大戴礼记》等书中史官属于格言形式的话，并将

16条有关材料与《老子》相对照。比如"《左传》成公二年：'仲尼闻之曰：唯器与名，不可以假人。'《左传》昭公三十二年：慎器与名，不可以假人。《左传》这些话，显然是《老子》的'国之利器，不可以示人'（第三十六章）的语意所本。"从这些材料的对比中，说明《老子》的语句，是"史官们向来保存的知识"。可见，《老子》与史官的知识有其思想上的渊源。

水，以最优美、最随心所欲的姿态展示大自然的造化，展示它的古朴、原始、清纯和与世无争的魅力。老子十分推崇"水"：上善若水。江海所以能为百谷王者，以其善下之，故能为百谷王。天下莫柔弱于水，而攻坚强者莫之能胜。人要像水一样居下、不争、柔弱、谦让，要低姿态、高境界。实际人生能做到像水一样，反而可以无往而不胜、无坚而不摧。阳光温暖人心，山水滋养人心，精神温润人心。

老子有一种气场，这种气场可以使人安宁、乐观、智慧、宽广。

生命的格桑梅朵

生命，有很多状态。但是，最打动人的是那些逆境中生机勃勃的生命。

格桑梅朵，我们很少见到的一种花，它是一种藏区特有的花。在高寒的西藏地区，只要不被冰雪覆盖的地方就能看到格桑梅朵的身影，即使是在淤泥里。

我们知道，淤泥很难生长出美丽的花，因为花儿在淤泥里的时候，会将根努力向四周伸展，拼命想融入淤泥里，结果养分没吸收多少，自己却被淤泥紧紧包裹，最后开花没多久便凋谢了。格桑梅朵却不然，它的根并不向四周伸展，而是拼命向下生长，直到找到淤泥下面的土壤为止。

穿越生命的沙漠，才可以抵达生命的绿洲。

生命是一种力量，生命是一种美丽的飞翔。生命是向上的，生命是向美的，生命是向善的。生命是脆弱的，需要我们倍加呵护。但生命更多地表现为顽强，从而令我们感动。以生命的姿势，向生命敬礼。敬畏生命，是我们的一种博大情怀。对生命的爱的深度，便可以验证人类文明的程度。每一个生命，都只有一次。每一个生命，都是生动的。每一个生命，都是鲜活的。每一个生命，都是美丽的。每一个生命，都是可爱的。

心灵风景区

当我们拥有越来越多的物质财富时，我们的精神世界应该随之同步拥有丰富。我们注重物质追求时，同时更应关照心灵。

境界，是心灵中的景象。

它就像美丽的风景，在我们心灵的天地之间。它像喀纳斯，它像香格里拉，它像梅里雪山，它像布达拉宫。

这种风景可以是美丽恢宏的，也可以是朴素淡雅的。它是明亮的，它是温暖的。

当我们困惑时，当我们迷茫时，当我们暴戾时，当我们颓废时，那是因为我们就远离了我们的心灵风景区。

太多的东西会污染我们的风景区。

有时我们自己也会使得我们的风景区沙漠化。

美丽的心灵就像天堂，丑恶的心灵就是地狱。

拥有美好心灵的人，当他一路行走时，他便走在梦里，走在画里。

我们都有这样的感觉，每到一处寺院，我的脚步就会自动的变得轻缓。因为这里是一个清心世界，因为这里与其隔绝的是外界的那种嘈杂和喧嚣，扑面而来的是安静和香火燃烧产生的芳香。我们在这里，可以等一等被我们落在后面的心灵，关照一下被冷落的我们的心灵。我们给身体得太多，给心灵得太少。风声雨声诵经声，声声入耳。在这里可以清心养神，呼吸幽静的芬芳。听悠扬的钟声，听深沉的诵经声，心静下来，阳光温暖起来，空气清新起来。面向阳光，沐浴温暖。清风吹拂，送来离心灵最近的祝福。寺院的古树蓬蓬勃勃，预示着佛教的久远和伟大。每一棵树，都是有思想的。只是，我们能读懂它的又有多少？它的慈祥，它的高大，不就是佛教的"身姿"吗?

其实,这里就像一种世间的心灵。

腐蚀我们心灵的,侵扰我们心灵的,或来自自我,或来自身外。

也许我们认为孔子的一生孤独落寞,但我想他的内心一定丰美滋润。也许,当年的他很多理想没有实现,但他的思想却留给了我们。他高洁的精神世界,至今散发着生命的芳香。

我想,他的内心一定是一个辽阔的美好的风景。经营好自己的生活的同时,经营好自己的心灵风景区。种植上鲜花,拔除掉杂草。没有了美好的东西占据我们心灵,丑恶的东西就会趁虚而入。要想除却丑恶的东西,最好的方法是让美好的东西驻扎我们的心灵。

当我们的心灵轻灵时,脚步一定轻快。当我们心灵洁净时,我们的心情一定舒畅。

我们的心灵风景区,有时需要也是自然保护区。

人性磁场

地球,有一个磁场。

人性,也有一个磁场。

当我们面对天真的儿童时,你很难产生邪恶。那是因为你处在一种天真无邪的磁场中，那是因为你处于一种美好纯洁的磁场中。

当然，这种磁场的强度是有限的。那些拐卖儿童者之所以没有被磁化，是因为他们邪恶的磁场的强度之大。有时，我们不得不承认邪恶的力量有时也很强大，虽然是暂时的。

每年在感动中国的节目中，都能感受到那种感动。那是一种善良的人性磁场，那种人性磁场的强度集中放大，那种善良美好的人性光辉感化着很多中国人。一位叫林秀贞的老人30年来义务赡养了6位与自己毫无血缘关系的孤寡老人，为8名残疾人解决就业、婚姻、疾病等困难，资助本村和邻村的14名贫困家庭子女步入大学。从1987年以来，林秀贞共为乡里、村里的10多项公益事业捐资3.91万元。60岁的她，伺候朱书贵、刘秀焕各8年，照顾朱金林14年，照顾朱淑芬5年，照顾张振起7年，照顾朱书常已经26年，累计起来竟达68年！这是一个饱含淳朴爱心的故事，这是一个饱含真挚爱心的故事，这是一个饱含深情的故事，这是一个饱含人间真情的故事。她总是这样说：我娘说，人人都帮人，世上没穷人；人人管闲事，世上没难事。我娘说，千千治家，万万治邻，大家都好才是好。娘说，咱做不了什么大事，也要做些小事。娘经常伸出她的食指、中指、无名指这三根手指头对她说，人生就这三条道，这边的歪道不能走，那边的偏道也不能走，只能走中间这条又正又直的道。母亲给了她人生的指导。无论是娘的话、娘做的事还是娘的勤劳、要强和善良，都深深地影响了她。儿子新宇也深深受到影响，他对待老人就像自己的爷爷奶奶一样，他和妹妹下了学，就放下书包，开始和妈妈一起伺候老人，洗衣，擦身，洗脚。

在母亲的人性磁场中长大的她同样也有一种美好的人性磁场，子女们也在这种磁场下长大，我想，他的家庭就是一个美好的人性大磁场。

在贪官污吏周围工作的人会感到一种邪恶压抑的磁场，在清廉正直的领导周围工作的人们会感到一种向上快乐的磁场。环境，就是一种磁场，它往往会改变一个人，会造就一个人。

每一个人都有一个人性磁场，或大或小、或强或弱。

心情阳光

心灵的天空，有风雨阴晴，那就是心情。

明净的天空，阳光灿烂，是你美好的心情。美好的心情，一切是那么生动。灿烂的笑容，是心情的花朵，美丽芳容。几朵白云飘动，几缕微风吹过，心情的天空多了一份灵动。给心情以阳光，心情便滋润在温暖里，心情便滋养在亮丽中。

送人玫瑰，手有余香。给人一个微笑，给自己一个好心情。把坏心情丢下，把它抛在身后，和好心情同行，一路都是美丽风景。好心情是一面旗帜，招引我们加紧脚步、不断前行。好心情是一片掌声，鼓舞我们昂首挺胸、勇往直前。

心情阳光，温馨亮丽。

方向

　　方向，当你拥有一个正确的方向感时，你不会感到它对于我们的生活和心情有什么关系。

　　在援疆支教期间，可能是坐火车长时间的在大戈壁上穿越的缘故，一进入新疆，我的方向感便完全颠倒过来了。这一点特别别扭，说不出的一种感觉。但只要一出新疆，方向感马上就纠正过来了。有时和同事谈其此事，也有人和我一样的感觉，分不清东西南北。他们说习惯了，只是出门走路时不方便。

　　一次，坐车坐反了方向，明明是几站路就到，可是我坐到了终点站了也没有听到报我要到的站名。一问，才知道，反了！这还没什么，再坐回来就是了，只是耽误一些时间罢了。

　　但是有些时光是不可逆转的。比如说，你的事业努力的方向错了，那可是劳而无功。时光不会倒转，岁月不会重来。现在我们很多人忙忙碌碌，一停下来就很焦躁。问问他，说不知前景如何，不知向哪个方向奔。这很让人担忧，使很多人高兴不起来。没有目标，就会产生人生的迷茫。在头脑中地理位置方向感的遗失还不会让人生挫败，如果人生的方向感遗失，那将是带给人生的挫败。

每个人都应成为自己奋斗的规划师、管理者，每个人都应成为自己事业的设计师、开拓者。我们如何在现代生活中获取心灵快乐，适应日常秩序，找到个人坐标，则是极为重要的。

于丹曾做过一次《在圣贤的光芒下学会成长》的演讲，于丹老师的美丽语言和淡淡口吻，让我们感到了远古圣贤的力量以及赐予了我们的力量。天地给予我们力量，圣贤给予我们力量。她从小到大没有兄弟姐妹，没上过幼儿园，没有玩伴儿，自己跟着姥姥在一个封闭的大院子里长大。她的姥姥是个旗人，是20世纪20年代的大学生，写有一手极漂亮的小楷字。在这样的成长环境里，她的内心是特别纤细、敏感而压抑的。她选择了写日记，她觉得这个成长过程给了她一个好处，就是使她处于一种不断地反省过程之中，使她一辈子不会糊涂，知道自己什么时候需要什么。21世纪人类面临的是心灵困惑，于丹所解读的孔子不是一个她敬仰的圣贤，而是一个她所爱的朴素的圣贤，这种圣贤的意义就在于他能穿过这种千古的尘埃，以一种爱的方式去作为一种导火索，让所有的人在心里面跟孔子有这么一种火焰的默契，能够在点燃自己心里头一种爱，一种呼应，他眼中的孔子更多的是一种理念，他带着温度，但是他很少色彩。这种温度是一种朴素、温暖的调性。我们可以从圣贤的教诲中校正人生的方向。

找准我们的方向，人生之路才会更加顺畅。

在茫茫的大沙漠中，没有路。其实到处都是路。每一个方向都是一条路。路，在这里的真正意义是"方向"。

在一望无际的大草原上，每一个方向都是一条路。你有多少方向，便有多少路。你可以跃马奔腾，奔腾而去的是一种方向，奔腾而过的是一条道路。

在大海上，我们航行的方向，便是我们航行的道路。只要你认准一个方向，你就可以沿着这个方向，乘风破浪一往无前，抵达你理想的彼岸。

在蓝天上，我们飞行的方向，便是我们飞行的道路。展开你理想的翅膀，飞向你理想的地方。

人性的采访

在一次抗震救灾的晚会上，主持人白岩松说，在这次灾难中，有一位父母的女儿、女儿的母亲，她的父母在灾难中失去了生命，她的女儿也失去了生命。但她忍着悲痛仍然战斗在抗震救灾的一线上。在这次晚会筹备中，我们反复考虑是否请她来我们的现场，最后考虑到为了给更多的悲伤的人们重新走出灾难留下的阴影，我们还是把她请来了。看得出她的极度悲伤，也许眼泪已经哭干，她没有在现场上流泪，这种压抑的悲伤更是一种极度的悲伤。在采访中，白岩松握着她的手，但她还是明显地感到她的悲伤带来的颤抖。问了几句后，白岩松说，好了我们不说了。

白岩松深深知道，每一句的采访问话都会给当事人一次伤痛的再现，就像一次次揭开伤口。白岩松也许事先准备好很多问题要问，但是他打断了自己的采访，因为他不忍心再问下去了。

我想这是一次最人性的采访。

刚刚失去三个亲人，这对于她来说该是一个多么大的打击啊！她仍然投身在抗震救灾的一线上，也许这样能减少她一些痛苦，也许她是无奈，但不管怎么说她是伟大的。难能可贵的是，白岩松的人性的采访处理是那么使人感动。这使得我们想起有些记者喋喋不休的追问是多么的无知。另外，有些记者在采访英雄人物时的诘问更显得浅薄甚至刻薄。在这点上，应该向白岩松学习。

我们需要相信人间是存在心存大爱的人的。

我们更应该善待这些心存大爱的人。

美丽的状态

一次听作家石英老师讲座，给我留下印象最深的是他的从容与坦然。老人虽说已是高龄，但头发依然很是茂密，这让我们很多中年人很是羡慕。很多中年人，早早地秃顶了，而且面色憔悴。但是石英老师却面色疏朗，而且面部皮肤甚至可以用白皙来描绘。

老人年轻时也曾荣耀过，也曾受过难。他的《文明地狱》曾经轰动一时，人民日报、北京晚报连载，并且中央广播电台两次联播，书出版创发行天量。也正是这本书，使得他在"文革"时受难。

但我们丝毫看不出老人的沧桑遗痕。

老人说，经历多了，一切便看得清透一些。他说，不管是超女也好，其他明星也罢，我们既没必要崇拜得五体投地，也不要认为人家一无是处。他说余秋雨可谓是文化的常青树，他的著作和他在媒体上的光鲜始终不减，但他在上海本土却又如此不被重视，我们是把他看得在天上还是在地上呢？我们是看他如泰斗呢还是认为他什么也不是呢？都不对！我们应该尊重他的文化贡献。

老人用自己的经历说明，人不要因一时的走红或得意便趾高气昂，也不要因一时的低落而萎靡不振。大起大落、大喜大悲，人生走过了，也就过来了。

正巧听完课，回家的路上遇到了退休的老领导，一个人坐在路边冬青树后面的角落里，无精打采一副颓废的样子。当我过去给他打招呼时，甚至吓了他一跳。当我喊他路校长时，他浑浊的眼里透露出激动，也许，他很久没有听到有人连姓带职务的称呼他了。据说，他退下来后很多人见到他都不搭理他。看得出，他不想见到熟人。在他当校长时的那种威风荡然无存。那时，他既是校长又会写点东西，所以在单位风风光光，在我们地区的文学界也有一些官衔，虽说没写多少作品，但也呼风唤雨的。但是，后来不知什么原因他的高级职称一直没能通过，可能是因为虽说他是语文老师，但没教几年课。接着又被调到生活房产部，当时生活房产部正处于经营的低谷，谁都不愿去那个地方。他闹情绪，说什么也不去。在他去了那个单位后两年房地产突然红火起来，但他又到了退居二线的年龄了。退下来以后，他很少出门，见到同事就躲。巨大的反差使得他不能适应，他感到受到了冷落，很低落消沉。

这让我想到石英老人刚才讲的话，更感到老人的话对于一个人如何对待世事变化的重要性。保持一种静美的心境，拥有一种平淡的心态。在纷繁中淡定，在苍茫中从容。

季羡林老人面对高龄和疾病也很从容。他说："人老了，难免要添点小毛病，没什么可怕的，我从不把这些放在心上，心里没负担，身体自然也就好了。做到这步就要乐观、达观，凡事想开一些。人的一切要合乎科学规律、顺其自然，不大喜大悲，不多忧虑，最重要的是多做点有益的事。我一生也有坎坷，甚至遭遇过非人的待遇。若不是思想达观，很难想象我能活到今天。"他说："专就北京大学而论，倚老卖老，我还没有资格。在教授中，按年龄排队，我恐怕还要排到20多位以后。我幻想眼前有一个按年龄顺序排列的向八宝山进军的北大教授队伍。我后面的人当然很多。但是向前看，我还算不上排头，心里颇得安慰，并不着急。……人过了80，金钱富贵等同浮云，要多为下一代操心，少考虑个人名利，写文章决不剽窃抄袭，欺世盗名。等到非走不行的时候，就顺其自然，坦然离去，无愧于个人良心，则吾愿足矣。"可见，他是多么坦荡的一位学者。坦坦荡荡，是一生幸福的福祉。

从容面对生活和人生，坦然面对人生和世态，该是一种多么智慧和美丽的状态啊！

有香味的生活

用纯美的心情滋养生活，用生活美丽我们的心情。

这个季节，一切生机盎然。春天的气息、时尚的呼吸，散发着迷人的芳香。韵味，以时尚的容颜，迈着春天的从容步伐，走进我们的生活。

街上的精致女人已成为一道靓丽的风景，女装的千变万化与五彩缤纷创造了另一个春天，在这个春天里，女人的娇柔可人和风情万种成为春天的时尚元素。其实，我们只要与自身气质、工作特点合拍，再加上以潮流的印痕来演绎经典，这个季节也流动着春风般的朴素时尚。健康、休闲、别致、简约的生活姿势，是现代人追求自我与解放的结果，也是时尚风潮的发展必然。这个季节洋溢着多姿多彩的生活情调。原木栏杆围拢着多彩的沙发，蕾丝帘轻轻地拂在玻璃窗前，整洁而安详、高雅而时尚，如果再加上悠扬的萨克斯音乐飘出的无边的柔曼，如果再加上芳郁温暖的咖啡，那么，你就是在品尝最美的生活或者享用最美的生活。经典与时尚，仿佛是两种酒。一个散发出浓郁的醇香，细品之后方知其味；一个未入口便知其烈性。经典与时尚，仿佛是两种美人。一个脸上永远挂着蒙娜丽莎的神秘微笑；一个是超女或优雅气质的白领现代丰姿。让我们一面提高自己的修养，使自己更完美，一面用时尚来打造自己的形象，使自己更现代。或端庄典雅或时尚前卫，或静美或浪漫，当你有了明确的主题，你就可以从色彩的搭配、服饰风格的统一、发型发色的协调、彩妆妆面的得体等所有的方面，体现出鲜明的个性。温婉、柔美、淡定、从容，这个季节美丽多姿。做品味时尚的人吧！品味时尚的人爱读时尚杂志，从中认知品牌，把握潮流，谈资丰富又新鲜。品味时尚的女人爱散文漫画，爱听歌剧看舞剧，爱上网爱泡咖啡厅。品味时尚的女人爱插花、爱茶道、更爱瑜伽，品味时尚的女人爱生活，也懂生活。

美丽从心开始。一颗柔软的心、感恩的心、欣赏的心、包容的心、快乐的心，你的心灵的窗户里闪烁的一定是迷人的光芒。时尚是一种积极向上的心态，是一种健康乐观的态度。

让气质之光点亮你的生活吧，把自己修炼成人格完善、气质脱俗的灵智女人。体现高贵典雅又不失传统的豪华气派，体现现代而又不失自然气息，这种时尚以怎样的身姿进入我们的视野？返璞归真，推崇自然的时尚，给我们带来春天的心境。

这会让人心清气宁，因为这样彰显的是主人高雅的艺术涵养及非凡的生活品位。

还有一种时尚就是微笑，还有一种时尚就是恬静。还有一种时尚就是优雅，还有一种时尚就是素雅。在这个时代里，始终保持一种优雅的生活姿势，始终保持一种优美的心境，那是一种有香味的生活，那是一种美丽的生活。

天使的翅膀

1858 年，瑞典的一个富豪人家生下了一个女儿。然而不久，孩子染患了一种无法解释的瘫痪症，丧失了走路的能力。一次，女孩和家人一起乘船旅行。船长的太太给孩子讲船长有一只天堂鸟，她被这只鸟的描述迷住了，极想亲自看一看。于是保姆把孩子留在甲板上，自己去找船长。孩子耐不住性子等待，她要求船上的服务生立即带她去看天堂鸟。那服务生并不知道她的腿不能走路，而只顾带着她一道去看那只美丽的小鸟。奇迹发生了，孩子因为过度地渴望，竟忘我地拉住服务生的手，慢慢地走了起来。从此，孩子的病便痊愈了。女孩子长大后，又忘我地投入到文学创作中，最后成为第一位荣获诺贝尔文学奖的女性，她就是茜尔玛拉格萝芙。

一个人的精神力量是不可忽视的。

奇迹，往往就诞生在人的精神圣地。

我们往往看重外力过多，看重精神太少。借助外力没有错，但精神的神奇我们却不可忽视。

每一个人都是天使，只不过天使的翅膀没有生长在我们的身体之外，它在我们心中。

我们的精神，就是我们天使的翅膀。

第四辑　保存梦的最好地方

　　一个地方，正是有着人文的东西，才会支撑起这个地方精神的大厦。一个地方，正是有着人文的东西，才会不至于显得精神单薄或者精神虚弱臃肿。一个地方，正是有着人文的东西，才会变得昂扬充沛富有底气。一个地方，正是有着人文的东西，才会洋溢出幸福，才会散发出永恒的魅力。人文的东西，有着淡定而恒久的力量，如火把，照耀着人们前行的脚步。如阳光，光合出人类文明的果实。这里的风光温婉、柔美、淡定、从容，美丽多姿。这里使我们心清气宁，始终保持一种恬静、优雅的生活姿势，始终保持一种优美的心境，则是幸福的。有一种风景摄人心魄。有一种风景，使人流连忘返。有一种风景，使人魂牵梦绕。曾经的我们脚步匆匆，曾经的我们身心疲惫，那种奔忙那种喧嚣，在这里沉淀。这是一种洗礼，这是一种滋润。

温暖在故乡的怀里

临清，有着大地宽厚的一面，但同样也有着河水柔曼和美丽的一面。临清，有着山东汉子的铮铮铁骨和坚韧性格，但同样也有着临清女子贤惠俊美的一面。临清，有着天高地阔的雄伟气势，又有着运河柔美的风姿。临清，有着古色古香的建筑，又有着瓜果飘香的田园景色。临清，有着现代脚步的铿锵，又有着古老历史的厚重。

总有一些地方，离我们的心灵是那么的贴近。也许它不瑰丽，也许它不是很赏心悦目，但是它令人心境安详。这里是离心灵最近的地方。这里的风景最为深沉，这里的风景最有厚实感。这里的风景最有思想，这里的风景亘古永恒。这里，天人合一，人与人和谐相处，人与自然和谐相处。这里是滋养生命的天堂，这里是静养心灵的天堂。这里有我们心灵深处最美丽最纯美的东西。这里，是梦最丰美的地方。心怀春天，满目都是鲜花。有一颗春天的心，即使在冬天也能看到漫天飞花。不是吗？雪花不是冬天的花朵吗？给自己一个美好的心情，你会欣赏到更多的美好。欣赏到更多的美好，你会拥有更加美好的心情。拥有更加美好的心情，美好便蜂拥而至。和好心情同行，一路都是美丽风景。

临清，一个有着独特的历史文化的地方，大运河从这里流过，古桥、古塔、古寺，给人一种古朴的气息。卫河的波涛汹涌，卫河的博大胸怀，给我们视野的滋养，给我们心灵的慰藉。临清市位于山东省西北部，漳卫河与古运河交汇处，与河北省隔河相望，是山东西进、晋冀东出的重要门户，是京九铁路自北向南进入山东省的第一站，举世闻名的京杭大运河从市区穿过。

临清历史悠久，是省级历史文化名城。明清时期，临清凭借大运河漕运兴盛而迅速崛起，成为当时中国30个大城市之一，素有"富庶甲齐郡"、"繁华压两京"、"南有苏杭，北有临张"的美誉。2006年，被联合国地名专家组认定为中国地名文化遗产——千年古县。临清市境内拥有名胜古迹70余处，其中运河钞关、舍利宝塔、清真寺、鳌头矶等2组11处为全国重点文物保护单位。临清运河钞关为古代八大钞关之一，现中国古代运河税收机构的唯一典型遗存。临清市已制定规划，以运河钞关为依托，建设中国税务博物馆与运河文化陈列馆，使之成为一处弘扬祖国优秀文化、进行爱国主义教育的场所。舍利宝塔坐落在城北郊三里许卫运河套内，重修于明万历三十九年（1611年）。宝塔为砖木结构楼阁式建筑。塔高60余米，平面呈八角形，塔身9层，周长39米，南面壁门，门楣上镌刻舍利宝塔，为明万历进士按察使郡人王成德题。密檐宽1.55米，陶质斗拱，每层檐下置"阿弥陀佛"，陶砖雕，转角下莲花承托。二层以上每层八面设门。塔内每层均有石刻记载建塔宗旨，筹资等事。其第6层内有匾额一方，上书"秀聚中天"。东西两窗横眉上书"东兴岱岳"，"西引太行"。自明朝以来许多文人墨客赋诗咏怀，"孤塔临河岸，峥嵘插碧天，帆影望中没，钟声幕后圆"等不少佳句至今被人们所吟诵。舍利宝塔被收入国家文物总局编纂的《中国名胜辞典》。临清东郊陈坟村北，有1株古树松柏，为明永乐年间所植，因叶状有竹篦、米粒、喇叭、针、刺5样，故俗称"五样松"。此桧柏高16米，树围2米。临清县志中载有邑人张树梅以"东郊孤松"赋诗："中有长松高百尺，枝柯蜿蜒如龙蛇。菀枯不与凡卉并，郁然直上色参天。"凤凰岭位于临清市城区内。清乾隆皇帝南巡时因其美景而多次驻跸漫步、题榜作联，故名凤凰岭，并以"凤岭钟英"而列入临清16景名册中。它绵延数里，被京杭大运河所缠绕。南侧碑林内，有乾隆御碑、仇志海作高元钧铜像、抗日名将张自忠将军故里碑等上百通。张自忠将军纪念馆位于临清市青年路中段。中共临清市委、市政府于1998年10月建成此馆。馆占地面积约1000平方米，建筑面积约500平方米。建筑为仿古式，典雅大方。展厅分为四个部分。第一辑分为序幕厅，其中陈列有毛泽东为张自忠题写的"尽忠报国"。第二辑分为张自忠生平事迹展览，展有200余幅珍贵历史照片和部分文字资料。第三辑分为张自忠纪念碑廊，共收入朱德、董必武、季羡林等题词碑刻50余块。第四辑分为张自忠故里碑亭。该馆已被列为山东省爱国主义教育基地。

　　穿行于乡村庄稼地，感悟五谷生命的凝重。土地和水是生灵丰润的摇篮，在这里，果林农田是水土滋养出的最美的风景。在这片有着清清河水的地方，在这片依然保留着蓝色天空和悠悠白云的地方，盛产着丰美的果实，盛产着幸福和快乐。

　　抬头，蔚蓝色的天空，远望，一望无际的棉花。和棉花在一起，你的幸福又被唤醒。在这里，更能感受到大自然的体温。棉花，是大地的微笑。所有的微笑聚集在一起，那是一种什么样的情景啊？漫山遍野的微笑使人心花怒放。这些美丽的花，动人地开，迷人地开。这是世上最迷人的微笑。花儿们开始用盛开彼此致意，花儿们开始用微笑彼此温暖。站在棉田里，极目四野，你会感到你是站在梦的上面。

　　蓬蓬勃勃的庄稼或树木花草，是土地生长出来的精神和语言。它的精神和语言有时很生动，于是大地便生出蓬蓬勃勃的庄稼或树木花草。它的精神和语言有时很甜美，于是大地便生出瓜果飘香。它的精神和语言有时很美丽，于是大地便开满灿烂的花朵。它的精神和语言有时很深刻，于是大地便生出五谷杂粮。拔节的声音，生长的声音，呼吸的声音，是大地生命的歌声和心跳。那些蓬蓬勃勃的庄稼或树木花草，这些五谷杂粮，是大地的歌声和寓言。土地和自然是会微笑的，要不怎么会有盛开的花朵啊！阳光，是大地的翅膀，它使得大地生动起来，它使得大地温暖起来，它使得大地枝繁叶茂起来，它使得大地果实累累起来。

　　那片日夜涌动着生机的农田，是我们永远的诱惑。与农田相亲的是视野和肌肤，与农田相融的是灵魂。大地的博大和宽厚包容，大地的广阔胸怀，大地的永葆青春的活力，大地的恒久的情思，给了我们无穷的力量和感怀。大地是鲜活生动的，大地是真切的。

在大自然的怀抱里，在清新温润的农田间，人有一种焕然一新的感觉。

这一方水土，养育了多少临清儿女？他们或根系扎在这一方热土，或远在他乡，但临清人的坚毅、朴实、智慧、能干的品格却是一脉相承。远在他乡的临清人，走出临清看临清，更加思念故乡。临清的父老乡亲，时刻也把远方的亲人牵挂。月是故乡明，临清一家亲。远在临清，割不断思念之情。每到节假日，相思使人沉醉在浓浓的乡情之中。

临清人有着积极向上、勤劳坚忍、创新创业、追求梦想的精神风貌和时代特征。乡情，把天南地北的临清人有链接在一起，穿越万水千山，乡情依依。故乡，是最温暖的地方。心和故乡在一起，心灵便温润了。心和故乡一起走，路上也许会有风，路上也许会有雨，但这些都可以跨越，因为有故乡在为你鼓掌。路上也会有风，也会有雨，但我们可以在风雨中欣赏风景。

在过去两千多年的漫长历史上，临清曾经是一个繁荣的城市。隋代开通京杭大运河之后，临清是运河上的一个大码头，几百年中，商贾云集，百业兴隆，歌楼舞馆，鳞次栉比。据季羡林考证：英国学者亨利·玉尔的名著《东城记程录丛》中，就有关于临清的记述：这是天主教神父鄂多瑞克旅行记中的一段记载，时间是 1316 年至 1330 年，是在中国的元朝。原文是：离开了那座城市 Manzu，沿淡水运河走了八天以后，我来到了一座城市——叶作 Tenyin。它位于一条叫作 Caramoran 河的岸上，这一条河流经中国的正中，一旦决口，危害甚剧，正如 Fenara 的 Po 河。季羡林认为，"根据鄂多瑞克航行的时间，再根据此城的地望，此城必是临清无疑。"

黄色的土路，黄色的土坯房，黄土抹的房顶，那时的康庄给他的印象就是到处全是黄土，而正是这些黄土，生育了一位大师。而如今的临清却今非昔比。他在《月是故乡明》一篇散文中，用在世界上不同国家、不同环境下看到的月亮，同故乡的月亮做了比较，他说："看到它们，我立刻就想到我故乡那个苇坑上面和水中的那个小月亮。对比之下，我感到，这些广阔世界的大月亮，万万比不上我那心爱的小月亮。不管我离开我的故乡多少万里，我的心立刻就飞回来了。我的小月亮，我永远忘不掉你！"

临清有着深厚的文化底蕴，那穿越千古的文化成为现代临清人纯净心灵的甘露。临清文化遗迹承载着历史的风雨，承载着文化的厚重，它是临清的精神财富。临清古迹遗痕，记忆着临清的史脉与传衍，记忆着临清的自信和从容。一个地方，正是有着人文的东西，才会支撑起这个地方精神的大厦。一个地方，正是有着人文的东西，才会变得昂扬充沛富有底气。一个地方，正是有着人文的东西，才会洋溢出幸福，才会散发出永恒的魅力。人文的东西，有着淡定而恒久的力量，如火把，照耀着人们前行的脚步。如阳光，光合出人类文明的果实。

临清清真寺建筑规模宏大，建筑风格既具有伊斯兰宗教建筑特点，又更多地体现了我国传统的木结构建筑风貌。大殿雄姿巍峨，铜顶高耸入云，金光闪烁。纯美的圣地，在这小城中不声不响，但却始终影响着小城，给小城的人们带来吉祥。

亲情，使赤子之心纯净。故土，使浮躁的心安宁。一个人的心，永远走不出的是故乡。身体离故乡越远，心灵离故乡越近。对于故乡的情感，我想这是普天下游子最真切、纯美的情感之一，并且这种情感会随着物理距离的加剧而浓得更加深刻、真实。感恩的生活、诚恳的生活，是最美丽的生活。故乡亲人那沉甸甸的慈祥，给远方的人鼓励与安慰。故乡，是你使我学会放弃肤浅，是你令我心灵清静，是你使我学会敬仰厚重，由最初对你的仰望，变为凝望。

临清大地，壮美的风景。这里的人们是幸福的，因为纯净。纯净的生活，纯净的劳作，纯净的心灵。

这里，有着幸福的风景。我之所以说这里是幸福的风景，因为她不单单是美丽，还有一种滋养心灵的力量。临清钟灵毓秀，自然人文景观极为丰富。这里的风景，我不用"美丽"来形容，而用"动人"。

平淡的生活中，总有一种情感让我们感动并铭刻心底，总有一种温暖让我们难以忘怀。遥远，产生思念。遥远，产生牵挂。千里万里之遥，但我仍能感到亲情的体温。亲情是互相牵挂，亲情如此深沉，亲情令人魂牵梦绕，亲情使人刻骨铭心。岁月、阳光、风雨、彩虹，天空有一轮太阳，总是给我们温暖。天空有一轮月亮，总是给我们温润。千里万里，在乡情里我们做一次精神的团圆，这里，营造出温馨的时光，展望着美好的未来。在这里，我们沐浴在乡情、亲情和幸福里，尽情地享受着乡情、亲情的温馨。离开故乡的人，故乡总在梦里。梦里回到故乡，温暖在故乡的怀里。

在水一方

真正美好的地方，除了能带给你一个美好的风景，还可以给你一个美好的心情。它既可以养眼，也可以养心。在大自然的怀抱里，在清新温润的山水间，人有一种焕然一新的感觉。和着大自然的脉动，进入一个崭新的境界。

中国国际航空节是全球航空爱好者的盛大节日，精彩的活动、大量中外重量级嘉宾的出席、国际化的宣传推广、众多航空商务企业的交流，可以极大地提高莱芜的国际知名度。莱芜雪野成为中国国际航空节永久举办地，表演项目突出国际特技飞行表演，竞赛项目以动力悬挂滑翔机、热气球、跳伞、动力伞、滑翔伞、航空航天模型为主。届时将有十几个国家和地区的 800 余名运动员参加。

有水的地方，美丽会伴随而生。这里也不例外，它像水灵灵的姑娘，浑身散发着青春的美丽和活力。在莱芜神奇的大地上，雪野湖荡漾着蓝色的微笑。它蓝得异常动人，和天空蓝成一色，和天空醉在一起。

水是辽阔的，天是辽阔的。来到这里，心，也辽阔起来。

水醉了，天醉了，我也醉了，你也醉了。这种醉，不是灯红酒绿的麻醉。这种醉，醉得幸福。在这种醉里，你不愿醒来。

湖水清澈丰盈，树木或高大挺拔或依依柔曼。岸边的树木朝夕与水相伴，根须日日与水缠绵交融，使得它肌肤鲜嫩而富有神韵，就像那些长年生活在水边的女子，美丽、温柔和多情。

这是人间仙境。走进它，就像走进梦里，它是那样陌生，又是那样熟悉。你陌生，是因为这里你从没来过。你熟悉，是因为这里你曾来过，在梦里。这是世外桃源？这是一片纯净、美丽、清爽的地方。我想起了达摩达拉的一句话：只有可以自由享受广阔的地平线的人，才是世上最快乐的人。宁静而祥和，在美景中，在它打开人的视野的同时，也打开了人的心灵。这里的绿色很养眼，也温润人的心。这里，一定生长着美丽的传说，一定隐藏着动人的故事。

这里的人们是幸福的，因为纯净。纯净的生活，纯净的劳作，纯净的心灵。我似乎是沿着一个时光隧道，步入远古。这里的人，拥有的是阳光，拥有的是单纯，拥有的是美好，拥有的是幸福。

我沉浸在自然的芬芳之中。天人合一的自然景观，平静坦荡的心怀是快乐的福祉。快乐的心情之藤，爬满支起阳光的地方，那幸福、快乐的果子便会甘香美甜。

恬淡，使现实更真切。恬淡，使生活更真诚。恬淡，使希望更贴切。恬淡，使未来更美丽。幸福，洋溢开来。

　　这里，有着幸福的风景。我之所以说这里是幸福的风景，因为她不单单是美丽，还有一种滋养心灵的力量。山水是生灵丰润的摇篮，人也成了山水滋养的最美的风景。在这片有着清清湖水的地方，在这片依然保留着蓝色天空和悠悠白云的地方。这里湖若明镜，楼树桥船倒映其中，如诗如画。在时尚充斥的今天，这里更彰显出它幽幽的魅力和从容的力量。风景，只有和心境和谐时，才会放射出醉人的光彩，才能发出震撼人心的光晕。

　　风，柔柔的。像少女的小手，轻拂你的肌肤。

　　这里的风景，我不用"美丽"来形容，而用"动人"。

　　湖水，有时荡漾出一种幽怨，有时洋溢出一种欢快。乘船游走在雪野湖上，就像游走在漫漫的历史长河中。一个人，在历史的长河中，是多么的渺小，是多么的微不足道。在历史面前，在自然面前，我们才会感到一个人的真正位置。天空一片祥和，水一片安详。游性正浓，忽见一条大鱼从水中跃出，跳到船上。你抓住这条鱼，兴高采烈、欢欣鼓舞，这条鱼和你有缘。你随手把鱼又轻轻丢进水中，因为这条鱼和你有缘，所以就应该把它放回水中，和你一起，和雪野风景区一起快乐生活。

　　水波荡漾，心情也随之激动起来。

　　水做的雪野，很嫩。水做的雪野，如此鲜活、如此生动。在水的怀抱里，你如此安宁。在水的怀抱里，你如此温润。阳光如此丰美，来到这里，你就知道什么是安详，你就知道什么是幸福了。

　　总有一些地方，离我们的心灵是那么的贴近。也许它很瑰丽，也许它很赏心悦目，也许它令人心境安详，也许它令人荡气回肠。雪野湖，以最优美、最随心所欲的姿态展示自然的造化，展示它的自然、原始和清纯的魅力。雪野湖，天堂之湖，湖水明净清澈。像一位蓝色的睡美人静卧在青山的怀抱里！如诗、如歌、如梦、如幻的韵味和情绪，还有一种晶莹透明的天籁在流淌。湖面呈现海蓝宝石般的色泽，这应该是一滴来自天外晶莹剔透的寒露，翡翠般光艳的水色暗含着奇异的魅力。深远宁静的湖水周围层层叠叠的松柏站得笔直，整个山谷漫山遍野的烂漫野花盛开到了极致，这是世上最迷人的微笑。给雪野平添了诗的神韵、画的色调、歌的旋律。山上的树木笔挺秀颀，挺直着雪野人的风骨。树身挺耸着生命的姿态，它告诉我们，美丽和伟岸，可以同时拥有。幽凉的叶荫下，松脂的暗香，花草的芳馨，野果的清甜，鸟的啁啾，虫的吟唱，叶的微语，随风弥散，潜入心间的是那自然的芬芳。这里的天这里的水如此蔚蓝，这里生长着美丽，这里生长着幸福。这里的树木选择在洁净的水边生长，这些树木一定是智慧的、幸福的。生长，也因了这些优秀的水而出落得亭亭玉立，英姿勃发。它的生长，是那样的美丽和生动。这里的水，是雪野的柔。这里的山、这里的树，是雪野的刚。雪野，纯美自然的地方。雪野鱼很出名，众多的人远道而来除了欣赏着美丽风景，就是为了这雪野鱼的美味了。这里的菜肴，多以绿色食品为主，禽蛋、山珍、野菜等，丰富而又味道鲜美。在这最自然的天地，品尝着没有污染的美食佳肴，是一个人最美的时刻。山东雪野现代农业科技示范园坐落在山清水秀、碧波荡漾的雪野湖西岸，距莱芜市区 32 公里、章丘市区 36 公里、济南市区 46 公里，交通便利、风景优美。园区占地面积 500 余亩，四面靠苍翠欲滴的山麓，三面朝碧波荡漾的湖畔，园区内花丛拥簇，小桥流水，鸟语花香，融汇了中西园林文化的精髓，处处体现中国徽居建筑与现代园林景观的交融，形成了自然与人文景观交相辉映的幽雅园林风格。示范园科技种植区五个科技展示大棚面积共有 34000 平方米，分别种植热带植物、热带水果、生姜、蔬菜、花卉。酒店区域 10000 平方米，按四星级标准建造，能提供住宿、餐饮、娱乐、会议等服务。雪野现代农业科技示范园把农业生产、休闲度假、康乐美食、科普教育融为一体，建造成为具有多功能、高品位、综合性的旅游度假区，让每一个热爱大自然的都市人，都能回顾童年、回归自然、品味农夫、渔夫的生活。热带植物园热带植物园占地约 10000 多平方米，总设计理念是营造一种原生态的热带雨林效果，以亚马逊河的河水颜色黄色为基色，拥有热带植物 200 多种，绝大部分的植物是从广东，云南的西双版纳，福建，海南，越南等地运来。步入园区，云雾缭绕，空气湿润，一片热带风光，游客可以尽情地体验南国情调，异国浪漫，海南岛的万种风情，热带雨林的神秘诡异。科技种植示范区有五座生态科技控温大棚，总面积为 34000 平方米，现代化的通风、恒温和灌溉技术，展示无土栽培等农业高新技术，大棚内引进热带树木、热带水果、珍稀花卉，无公害蔬菜、植物，营造出一年四季瓜果生长、花团锦簇的美好环境。温室内培育各类花卉植物繁多，蜿蜒曲折的小桥流水、返璞归真的楼台亭阁，穿梭其中仿佛置身于一个植物大观园。丰富多彩的各类蔬菜瓜果在温室内自由生长，处处流露出农家的田园风光。在科技种植区，大家还可以了解生姜的培育、生长过程，认识不同品种的生姜及根据姜的不同功效，开发研制的各种生姜产品。景观区园区正门是按二十四节气设计的门楼，二十四节气是华夏祖先历经千百年的实践创造出来的宝贵科学遗产，是反映天气气候和物候变化、掌握农事季节的工具，体现了我国古代劳动人民聪明智慧。五色土广场代表了广袤富饶的大中华，同时也体现人们期盼风调雨顺，土地肥沃、年年五谷丰登的美好愿望。农耕体验区"让城里人种地，让孩子当地主"，园区内设有农耕体验区为您提供了一块可供认养的土地，让您和家人进行个性化的种植体会田间劳作和收获的快乐。特色家畜禽类养殖区散养着莱芜特有的禽畜：黑猪、黑山羊、本地鸡。莱芜黑猪以瘦肉率高、肉质醇香而闻名，被誉为"中国江北第一猪"。黑山羊肉质鲜美，品种稀少。留住脚步的风景，一定是美丽的风景。这摄人魂魄的地方，她沉涵的丽质和飘忽的灵性。雪野湖水，充满了柔美的动感。

大山大水，赐予了这里朴实原始的秉性。自然的静美，是雪野的心态。铺满绿色的群山，苍苍茫茫，逶迤起伏，伸向远方。

空气清凉如水。

吉祥的白云，自由的飘。云，漂浮在蔚蓝的天空中。

　　这是圣洁的风景。梦幻般的山水，披着一身神圣的光。登高远望，雪野湖美景打开远方绿色群山的宁静、绵延。

　　这里，天人合一，人与人和谐相处，人与自然和谐相处。这里是滋养生命的天堂，这里是静养心灵的天堂。这里是一片人间净土，这里有我们心灵深处最美丽最纯美的东西。这里，是梦最丰美的地方。

　　这里的水，很嫩。在这里，人会变得鲜活、生动起来。在自然的绿色怀抱中，栖息于山水间，自然的芬芳气息使人心旷神怡。这里是温润的天然氧吧。

　　上帝很垂青这里，把一汪月亮般的水存放在这里。

　　人，制造别墅。上帝，创造天堂。再豪华的别墅也是人造的，是可以复制的，而且，它禁锢心灵、阻隔天然。而天堂是上帝造的，是心灵安顿的地方，是天人合一的地方。这里就是天堂，这里是无比美好的栖身地，在这里可以诗意地栖息。

　　这里，是梦最芳香的地方。这里诞生传奇的神话，这里拥有人间仙境。莱芜雪野，遥远的梦境，最近的风景。

　　我们匆匆穿行在都市现代文明的五彩灯光下，那种奔忙、那种喧嚣在雪野湖的湖光中沉淀。这是一种洗礼，这是一种滋润。

　　在水一方，这是生长梦的地方，这是最自然的地方，这是最天然的地方。我把梦放在你这里，这里，是保存梦的最好的地方。

　　我想，我们应向雪野湖道歉，请它原谅我们打搅了它的宁静。我们应向雪野湖道谢，感激它使我们看到了一种壮美、绮丽。它给我们视觉的盛宴，它给我们心灵的盛宴。温婉、柔美、淡定、从容，雪野湖的美丽多姿，给我们带来春天的心境。她让我们心清气宁、恬静优雅，在这个时代里，始终保持一种优雅的生活姿态，始终保持一种优美的心境，则是一种有香味的生活，是一种美丽的生活。

走近兴隆塔

有一种光芒，穿越千年万年，至今照耀着我们。它的体温穿越千年万年，至今温暖着我们。

走近兴隆塔，你会感到远古的灵魂和着文化的芳香在弥漫着。虽古老，但依旧有着鲜活的呼吸，如春风轻轻地掠过。这是精神的丰碑、文化的象征。

兴隆塔始建在隋代开皇（589—600）年间，塔高 54 米，十三层，为八角楼阁式砖塔。塔的造型端庄挺拔，直插云天，下部厚重，七层以上骤然缩小，如一小塔置于大塔之上，这种形式为国内所仅见。沿着塔内梯级可以攀登到第七层的平台上，抚石栏远眺，兖城风物尽收眼底。视野开阔明朗，我想起了达摩达拉的一句话：只有可以自由享受广阔的地平线的人，才是世上最快乐的人。

　　兖州，是个好客的城市，是个热情温暖的城市。这个城市，至今留存着远古圣贤的体温。这里拥有丰富的佛教文化，那壮美的建筑，就是立体的凝固的佛教文化。现代化的步伐并没有完全掩盖住它的远古背影，或者说，圣贤的魅力是一种伟大的力量，什么也不可使它淡漠，什么也不可将它代替。

　　我们看到兴隆塔，我们感到它承载着历史的风雨，承载着文化的厚重。底基周长 48 米，高 54 米，二层外部设平座，二、四、六、七层盲窗修饰，通体区分两截，上下叠加，呈母子相托状。下七层粗大深厚，内设台阶式砖梯踏步，层间设回廊，游人可顺梯拾阶回旋而上；两截间形成 2 米宽的阳台，四周有石雕栏杆，凭栏远眺，风物尽收眼底。上六层骤缩细小，挺秀玲班，直入云端；六层空心，设有楼板木梯直至塔顶（现已拆除）；塔顶用琉璃瓦制成的莲台宝相式宝刹，塔内有题名碑记 6 块。

　　旧时每年正月十六此处有庙会。文人骚客，商贾云集，多登塔览胜，题诗赋文。明代宗藩朱当沔《登兴隆塔》诗云："高临斗，峥嵘直倚天。铃声闻十里，鹤迹阅千年。舍利前朝化，心灯午夜然。我来登绝顶，举手挹云烟。"更有前人"高入白云，影落灵光；翠色独凝洙水，风声遥应岱峰"之语，"峥嵘塔与白云齐之感喟。"那颗古老的心脏，该是泵发多么滚烫的血液。一双目光，汇成历史的支流。一个很深的名字，埋在很久很深的历史里。一个很高的名字，站在很长很远的历史中。

　　它像一位历史老人站在那里，令我们产生无比的敬仰。我们不得不为古老的建筑感叹，我用敬仰的姿势观看这神圣的建筑。

这里给人感觉平静而深厚、宁静而祥和，在这美景中，在它打开人的视野的同时，也打开了人的心灵。它给予了我们视觉的盛宴，也给予了我们丰美的精神盛宴。俗传夏至日太阳初升，城西三十里的嵫阳山奎星楼其影绰绰可现，霞光蔚成兖州八景之一的"兴隆塔影"。宝塔倩影，山色流金，牧童笛声，古庙松柏，仙人踏歌，灵光生辉，相映成趣。在时尚充斥的今天，古朴更彰显出它幽幽的魅力，古朴更从容的力量。这里的色彩不是五彩缤纷，它有一种水墨画的风格，散发着水墨画的芬芳。我仿佛走进历史的隧道，触摸到远古文化的体温，亲临远古文化的洗礼。走在这佛教文化的长廊里，你的心会得到纯洁和滋养。

有多远走多远。这里，是离心灵最近的地方。这里的风景最为深沉，这里的风景最有厚实感。这里的风景最有思想，这里的风景亘古永恒。

在这里，我们的脚步就会自动的变得轻缓。这里是一个清心世界，与其隔绝的是外界的那种嘈杂和喧嚣，扑面而来的是安宁与悠闲产生的芳香。我们在这里，可以等一等被我们落在后面的心灵，关照一下被冷落的我们的心灵。我们给身体得太多，给心灵得太少。

在这里可以清心养神，呼吸幽静的芬芳。心静下来，空气清新起来。清风吹拂，送来离心灵最近的祝福。

150

保存梦的最好地方

梦到什么季节

心开始温润

梦到什么地方

你可以听到自己的怦怦心跳

江南的小镇，她的娟秀，她的灵气，她的风采，她的韵味，令人爱恋，使人回味。

走进古镇枫泾，就像走进画里，就像走进梦里。这里展现出一个活生生的世外桃源，这里有着美丽的风景，这是世外桃源？这里如人间仙境一般。走进它，就像走进梦里。这里的风景很养眼，也温润人的心。站在高处，极目四野，你会感到你是站在梦的上面。原始、古朴、纯净、质朴。这里是滋养生命的天堂，这里是静养心灵的天堂。这里有我们心灵深处最美丽、最纯美的东西。来到这里的人，都如进入梦中。

把脚步放慢，和心灵一起前行。这是人间仙境。走进它，就像走进梦里。枫泾镇成市于宋，建镇于元，是一个已有一千五百多年历史的文明古镇，地跨吴越两界。枫泾镇，周围水网遍布，区内河道纵横，素有"三步两座桥，一望十条港"之称，镇区多小圩，形似荷叶；境内林木荫翳，庐舍鳞次，清流急湍，且遍植荷花，清雅秀美，故又称"清风泾"。游走在古镇的青砖铺就的街道和石桥，穿梭在时空交错的深深庭院和小巷，乘一弯摇橹的木舟，梦，就这样弥漫开来。在这里，我们可以触摸到一种温和的力量。在这里，我们可以呼吸到一种温润的气息。我们的脚步自动变得轻缓，我们怕打扰这里的清静。我们在这里，可以等一等被我们落在后面的心灵，关照一下被我们冷落的我们的心灵。

水是古镇枫泾的脉络，水是古镇的灵魂，一条东西走向的小河贯穿着枫泾古镇。如诗如歌如梦如幻的韵味和情绪，弥漫在小镇的怀里。水，是有灵性的。美丽的天空之所以美丽，是因为有一轮月亮。上帝很垂青这里，把一汪汪月亮般的水存在这里。小桥、流水、人家，它们以最优美、最随心所欲的姿态展示自然的造化，展示它的古朴、原始、清纯和从容的魅力。现代人，看多了都市的灯红酒绿，那只能带来一种麻木或躁动，而这里，却带来的是一种陶醉。这里流淌着的，是一种多么奢侈的浪漫情调啊！这里的水，很嫩。有水的地方，美丽会伴随而生。这里也不例外，它像水灵灵的姑娘，浑身散发着青春的美丽和活力。真正美好的地方，除了能带给你一个美好的风景，还可以给你一个美好的心情。它既可以养眼，也可以养心。这里生长着美丽，这里生长着幸福。

枫泾文化发达，是蜚声中外的金山农民画的发源地。蓝印花布、家具雕刻、灶壁画、花灯、剪纸、绣花、编织等民间艺术源远流长。农民画与丁聪的漫画、程十发的国画和顾水如的围棋，这些在国内外都具有相当影响的"三画一棋"，集中于枫泾一镇，是国内罕见的一种地域文化现象。一个地方，正是有着人文的东西，才会支撑起这个地方精神的大厦。一个地方，正是有着人文的东西，才会不至于显得精神单薄或者精神虚弱臃肿。一个地方，正是有着人文的东西，才会变得昂扬充沛富有底气。一个地方，正是有着人文的东西，才会洋溢出幸福，才会散发出永恒的魅力。人文的东西，有着淡定而恒久的力量，如火把，照耀着人们前行的脚步。如阳光，光合出人类文明的果实。

这里的风光温婉、柔美、淡定、从容，美丽多姿。这里使我们心清气宁，始终保持一种恬静、优雅的生活姿势，始终保持一种优美的心境，则是幸福的。有一种风景摄人心魄。有一种风景，使人流连忘返。有一种风景，使人魂牵梦绕。曾经的我们脚步匆匆，曾经的我们身心疲惫，那种奔忙那种喧嚣，在这里沉淀。这是一种洗礼，这是一种滋润。

这里有一种气场，这种气场可以使人安宁、乐观、智慧、宽广。进入三间四柱的"枫泾"石牌楼，沿着包围老镇区的市河和分叉小河，穿进"东栅"石坊，走过一条又一条的青砖石板的沿河老街，跨过一座又一座的石桥，一片又一片的古建筑群顺长达五里的河街铺展开来。江南古建筑的落檐房子，古朴中显得典雅，错落有致。一律的灰色的小瓦，一行行从屋脊上延伸下来。壮美的建筑，就是立体的凝固的文化。这是圣洁的风景，披着一身神圣的光。这里的色彩不是五彩缤纷，它有一种水墨画的风格，散发着水墨画的芬芳。最具人情味的江南水乡的典型建筑——长廊。这条长廊全长268米，是江南水乡现存的长廊中为数不多的。我们感到它承载着历史的风雨，承载着文化的厚重。当风景和精神同时洋溢在一个地方时，这个地方就是你心灵的家园。

每一处，你都是美妙的音符，我们聆听着动听的音乐。

每一处，你都是精彩的图画，我们欣赏着恢宏的画卷。

我们羡慕这里，大自然赐予这里如此美妙绝伦的景观。

我们徜徉在美丽和宁静之中，心中荡漾起安宁带来的快乐。

这是一个神秘的地方，这是一个美丽的地方。

真，有时如水，从最善美的地方涌出。把心放在梦里，全身都会温暖。记住一个名字很容易，而要记住一个梦，需要在心的最纯洁处留一个地方。我把梦放在你这里，这里，是保存梦的最好的地方。

地下画廊

经过 2 个多小时的路程，我们终于抵达目的地——沂水天然地下画廊。

一下车，我们就置身于清新的空气和美丽的风景中。这里没有城市的喧嚣，也没有工业区的污染。春天来到这里，你会感到生命和鲜花的芬芳；夏天来到这里，你会感到清风徐徐；秋天来到这里，你会感到落叶有声、天高云淡；冬天来到这里，你的心依旧会感到温暖。美丽的风景滋养着我们的心情，心情之花在风景中盛开。

在通往地下画廊的途中，首先映入眼帘的是一架水车，它转动着，似乎在讲述着一个久远的故事，我贪婪的倾听着，安静地读着它。美丽的风景中，有了它的转动，更加生动起来。

天然地下画廊，位于九顶莲花山麓。洞内钟乳遍布，石笋林立。她如梦如幻，如诗如画。沂水天然地下画廊，你在地下尘封千年万年，依然保持你那惊羡的容颜。我似穿越时空，漂流在你的怀中，如漂流在历史的长河里。

我用视觉贪婪地把你抚摸，我用身心痴迷地感受你的体温。

我惊叹大自然的鬼斧神工，"北国风光"、"宇宙奇观"、"南国风情"、"海底世界"四幅各具特色的巨幅画卷，自然天成。"北国风光"画卷把我带入银装素裹的冰雪世界。在"宇宙奇观"画卷中，天锅、天河、天桥、牛郎织女等烁烁繁星使人进入神秘的宇宙空间；"南国风情"画卷，奇山、怪石、沙滩、小桥、流水让我领略了秀美的江南风景；神龟、海象、游龙等动物，天瀑、玉峰、水晶宫等景致使我仿佛置身于海底世界。层层叠叠奇形怪状的钟乳石，像晶莹剔透的玉石一般雕砌在洞壁周围，就像女人裸露出的肌肤。那娇娆壮丽、震撼心魄的气势平添了我许多的豪迈之气，似乎自己也变成了纵横驰骋，驾驭千军万马的大将军，穿行在茫茫千里的北国，何等的气派！

石乳、石笋、石柱、石幔、石帘、石花、石旗、石葡萄、鹅管、飞瀑等各类象形钟乳石，千姿百态、栩栩如生，为我展现出一幅幅精妙绝伦的神秘画卷，我走进梦里，走在画中。沂水天然地下画廊，独具神韵，瑰丽奇妙，原始纯真，据说，她是钟乳石发育最丰富的溶洞。这里有北国冰川的冷峻，这里有南国山水的秀美。"小桥雨巷凸现南国风姿，竹筏漂流、游船往来演绎浪漫情怀，地下长河尽显恢宏气势"。亲临沂水天然地下画廊，果不其然。我小心地行走在洞中美丽的小路上，一路风景使我忘记途中的疲劳。我两只眼睛几乎不想眨一下，不想错过哪怕一点点的美景，这是视觉的盛宴，更是心灵的盛宴。走进她，就走进了一幅灿烂的风景，走进她，就仿佛走进了美丽的童话。

一座平凡的山体下面，竟然蕴藏着一个魔幻般神奇美妙的天然画廊，就像一位看似平凡的人，却拥有着博大的胸怀和丰美的思想。

这里有瑰丽奇谲、荡气回肠的雄峻壮美，这里有梦境般的奇异世界。我好像穿行在岁月沧桑的历史丛林，感触着大自然的造化。天然地下画廊；你是雄伟激荡的交响乐，豪迈、博大；你是清澈悠扬的轻音乐，深邃、悠长。你就是九顶莲花山麓的心。我必须马上离开你，否则，我会离不开你。明天，我还会想起你，永远都不可能会忘记你。

江北水城

聊城，江北水城。聊城，最显示聊城特色的是水了。江北水城，有"中国江北地区罕见的大型城内湖泊"之誉的东昌湖以及湖中心已有千年历史的聊城古城只是他们引以为豪的城市名片之一。聊城曾经是"漕挽之咽喉，天都之肘腋"，被誉为"江北一都会"。聊城，城中有水，水中有城，城河湖一体，船在水上行，人在画中游。

古运河河水清澈丰盈，垂柳依依柔曼。聊城，在古运河的怀抱里，千年万年一路走来。河两岸的柳树，长着柔柔顺顺的枝条，瀑布般倾泻下来。它朝夕与水相伴，根须日日与水缠绵交融，使得它肌肤鲜嫩而富有神韵，就像那些长年生活在水边的女子，美丽、温柔和多情。

这是人间仙境。走进它，就像走进梦里，它是那样陌生，又是那样熟悉。你陌生，这里你从没来过。你熟悉，这里你曾来过，在梦里。这是世外桃源？这是一片纯净、美丽、清爽的地方。我想起了达摩达拉的一句话：只有可以自由享受广阔的地平线的人，才是世上最快乐的人。宁静而祥和，在美景中，在它打开人的视野的同时，也打开了人的心灵。这里的绿色很养眼，也温润人的

157

心。这里，一定生长着美丽的传说，一定隐藏着动人的故事。这里的人们是幸福的，因为纯净。纯净的生活，纯净的劳作，纯净的心灵。我似乎是沿着一个时光隧道，步入远古。这里的人，拥有的是阳光，拥有的是单纯，拥有的是美好，拥有的是幸福。我沉浸在远古自然的芬芳之中。天人合一的自然景观，平静坦荡的心怀是快乐的福祉。快乐的心情之藤，爬满支起阳光的地方，那幸福、快乐的果子便会甘香美甜。

生活也是这样。

人生也是如此。

恬淡，使现实更真切。恬淡，使生活更真诚。恬淡，使希望更贴切。恬淡，使未来更美丽。幸福，洋溢开来。

我喜欢这里，在这里，可以热爱的东西很多，几乎都是不用理由的。黄天厚土，沙泉日月；草肥水美，阳光风霜。在这里，你会很快沉醉，在似醉非醉似醒非醒间，乡愁会侵蚀到骨髓深处，泪水也就欢腾了。在这里，有和谐自然，遵循伦常，山水是生灵丰润的摇篮，人也成了山水滋养的最美的风景。辽阔弥补视线的浅短，灵犀愈合精神的溃疡。无论走向哪里，心皈依于故乡，我的根扎在这里。

在这片有着清清河水的地方，在这片依然保留着蓝色天空和悠悠白云的地方。京杭大运河从南向北穿过阳谷、聊城、临清，流经聊城境内长达百公里。明清时期，聊城借京杭运河漕运之利繁荣400余年，城内商贾云集、会馆林立，河中帆樯如林、舟楫相接，成为运河九大商埠之一。清康熙帝四过聊城，乾隆帝更巡幸聊城九次之多。

来到聊城，不能不到山陕会馆。它开始兴建于乾隆八年(1743年)，会馆复殿正堂的脊檩上至今仍保留着"乾隆八年岁次癸亥闰四月初八日卯时上梁大吉"的朱墨文字。在会馆里，山门、戏台、钟鼓二楼，每个细节都渗透着乡情乡思，有着让人解读不尽的醇厚韵味：画梁雕柱是终南山的木料，巧夺天工的精美构件是汾阳木工的匠心。走进会馆山门，迎面便是华美的戏楼，戏楼门上大书"岑楼凝霞"，其意为戏楼虽小，但高可与彩霞相接，内饰华丽，好似彩霞一般。门两边各有一幅线雕石版画，左为松鹤，右为梅鹿。戏楼前的天井内巨碑矗立，古树参天，翁郁成荫，庄严肃穆。戏楼正面雕梁画柱，各种彩绘浓墨重彩。楼顶造型奇特，白色葫芦顶，外檐向四隅伸出十个翼角，如凤凰争飞，似孔雀斗艳，最能显示古建筑的艺术匠心。山陕会馆俗称关帝庙，"祀神明而联桑梓"，联的是乡情，敬的是关公。会馆极盛时期，内外共有各种花灯350盏，每更换一次蜡烛就需要350支，其中大殿供桌前的一对大蜡烛有五尺多高，直径超过一尺。据说，两个大蜡烛点上后可以燃烧一年。每年快到关帝生日的时候，那个商人就选好日子，用一头小毛驴驮着两支大蜡烛起程了，在关帝生日这一天赶到聊城，点上新蜡烛以表对关帝的尊敬。山陕会馆关帝大殿前有两只石狮子，雕琢之精美堪称绝世。

京杭大运河穿长江过黄河来到聊城，荡舟聊城运河，河水清清，杨柳依依，沿线古桥、古塔、古寺到处可见，石雕、石刻、庙宇遥相呼应，好不惬意。

这里，流域面积在 30 平方公里以上的河流有 23 条，其中 100 平方公里以上的有 3 条。黄河在东部奔腾咆哮百余里；运河从中部蜿蜒曲折过市区；卫河从西部携水弄潮冀鲁豫；还有马颊河、徒骇河等纵横交错，东昌湖、鱼丘湖相互辉映。仅聊城市区，湖、河水域面积就多达 13 平方公里，占建成区的 1/3。众多的河流，美丽的湖泊，使聊城形成了"湖水相连，城湖相依，城在水中，水在城中，城中有湖，湖中有城，城河湖一体"的独特水城风貌。水，造就了聊城。聊城，也造就了水文化。水孕育了生命，也造就了文明。

多少名人雅士，多少传奇故事，滋养在一方水土里。《水浒传》《金瓶梅》《聊斋志异》《老残游记》等古典名著中描述的许多故事都发生在聊城。军事家孙膑、唐初名相马周、哲学家吕才、宋代医学家成无己、明代文学家谢榛、清代开国状元傅以渐、"义学正"武训、抗日名将张自忠、国画大师李苦禅、领导干部的楷模孔繁森、国学泰斗季羡林等，都是聊城人。这是聊城人的自豪。

名胜古迹，数不胜数。山陕会馆、光岳楼、宋代铁塔、海源阁等名胜古迹和新景点孔繁森纪念馆，遥相辉映；湖若明镜，楼树桥船倒映其中，如诗如画。来到聊城，你会感到祖国的大好河山是多么壮美。

来到聊城，你不能不去临清。来到临清，你不能不去清真寺。临清原有三座清真寺，现保存完整的是北寺和东寺。临清清真寺建筑规模宏大，建筑风格既具有伊斯兰宗教建筑特点，又更多地体现了我国传统的木结构建筑风貌。在鲁西北地区可称寺庙之冠，充分表现出古代劳动人民的聪明才智，又体现出中华各民族大融合、大团结的优良传统。游览完清真寺，可径直登上大运河堤，再回头遥望清真寺，大殿雄姿巍峨，铜顶高耸入云，金光闪烁，迎旭日朝辉，送晚霞余虹，仰对碧空繁星，无不赞叹古代劳动人民的智慧和高超技艺。清真寺，阿拉伯语称为"麦斯吉德"，意为"礼拜的场所"，临清俗称"礼拜寺"。

这里拥有丰富的佛教文化，那壮美的建筑，就是立体的凝固的佛教文化。望月楼，沐浴房，南、北讲经堂，南、北角楼，正殿，后殿，影壁，后门等殿、堂、楼、阁86间。望月楼为歇山重檐牌楼式建筑结构精巧，玲珑别致。门楣正面镶毛泽东手书"清真寺"匾额。望月楼后面悬挂两块匾额，一块书"正意诚心"，一块书"彝伦攸叙"，系清代乾隆、嘉庆年间名人书写。这里一切是那么安详，一切是那么端庄。纯美的圣地，在这小城中不声不响，但却始终影响着小城，给小城的人们带来吉祥。穿过望月楼，便步入石材垒砌的丹墀四面玉石栏杆环抱。一座宏伟壮观，富丽堂皇的高大建筑便展现在面前，这就是清真寺的主体大殿。它由隆起前殿、后殿，抱厦等组成勾连搭式建筑。殿顶为庑殿式结构，是封建社会规格最高的建筑形式。殿顶覆有黄、绿色琉璃瓦，飞檐四出，扰雄鹰振翼，雄伟壮观，殿门为落地花格扇，斗拱、透雕挂落，雀替仍保留着明代建筑的风格。正门两侧悬挂的是清代康熙年间临清知州、著名书法家王勃书写的楹联，上联是："物何明伦何察萃千古希贤希圣俱是克念得来"；下联是："乾资始坤资佳极两仪成像成形莫非真宰造化"。正殿广厦后檐连接着后殿，殿顶为勾连搭式，上部是三个六角形伞盖式亭楼为主体的窑亭，窑顶峰折陡峭，攒尖顶部装以鎏金葫芦形装饰。大殿左右，建有角亭对称。角亭建在台基之上，玲珑剔透，将大殿衬托得更加庄严肃穆。大殿南北两侧便是讲经堂相互对应。讲经堂前为卷棚廊厦，花格落地门，八角开窗，匾额、楹联装点其间，似透露山缕缕书香。进入殿内，深沉而神秘的气氛扑面而来。殿内列柱林立，高大而空旷，墙壁上彩绘以暗红、棕和金色的卷蔓纹及阿拉伯文字组成的图案。殿正中设有"圣龛"，朝向圣地麦加，右方有敏拜楼，殿间有拱门贯通，殿内可供 2000 余人礼拜。弥足珍贵的是殿内拱门两面墙体上仍保留着明代的壁画，花卉果树，生动写实。后殿藻井绘制更是精巧，以阿拉伯文字和花卉组成几何形图案，工整细腻，古朴典雅，历经数百年仍光彩照人。整个清真寺建筑，是由两排左右对立、中高两低的木牌坊与歇山重檐楼阁合为一体。建筑形式以我国传统形式为主调，透露着外来气息，布局精巧，结构紧严，舒展大方，是不可多得的建筑艺术佳构。院内古柏参天，幽深静雅，名人佳句、先贤哲语跃然匾额楹联之上，让人赏心悦目，流连忘返。我们不得不为古老的建筑感叹，我用敬仰的姿势观看这神圣的建筑。

　　东寺，与北寺遥相呼应，是著名的临清三大寺之一。始建于明代成化元年（1465 年），距今已有 500 多年的历史。占地面积 2 万余平方米。建筑有大门、二门、穿厅、正殿、对厅、南、北讲经堂、沐浴室等组成。正殿为宫殿式造型，殿顶呈凸安形四角飞檐，门为落地格扇。殿内松木地板，悬阿文经字匾六块，水彩各形阿文通天木柱八根。尤为珍贵的是殿内至今保存 30 副绵纸壁画，为国内同类建筑中仅见。殿内圣龛两侧为阿文圆光，左侧字意为："你们进入穆斯林行列吧"。右侧字意为："你们进入主的乐园吧"。殿堂内雕梁画栋富丽堂皇。对厅面阔三间，进深二间，落地格扇，六门相连，八角两窗．前有门楼彩绘精雕，造型别致。上悬古匾三方，为"万化朝真""一本万殊""道有统宗"。整个建筑融中国传统建筑艺术与伊斯兰文化为一体，是不可多得的建筑艺术精品。走在这佛教文化的长廊里，你的心会得到纯洁和滋养。临清历史悠久，西汉初年即设立县制。多年来就有"小天津"之称，是运河重镇。境内有伊斯兰教、天主教、基督教、佛教、道教、在理教、家理教等。佛教，给这里的人带来精美的心境、善良的品行和安静的心态。临清的街道，干净、

安宁，走在城区里，你的脚步不会因都市紧张的节奏而加紧脚步，你可以随着小城悠闲的节奏漫步街道，感受慢节奏带给人的幸福。

聊城，祖国大好河山中的璀璨明珠。

藏满神话的华山

华山，在莱芜的西北部，它像一枚精心雕琢的玉，温润、细腻。它是一处天然氧吧，绿色、清新。这里生长着美丽、古朴，这里孕育着梦幻。它总面积46平方公里。境内山峦起伏，沟壑纵横，有大小山头96座，其中海拔700米以上的25座。西部最高点为香山，海拔918.7米，是全市海拔最高的山峰，东部最高点为大山，海拔823米。相传在大舟院、志公殿、白龙庙、黑龙庙、永宁崮等古迹遗址距今有数百年甚至上千年历史。这是一座美丽而神圣的山，这是一座使人神往的山。当我第一眼看到它时，我的心被震撼了。那种冰清玉洁，那种高峨威武，那种摄人心魄，那种超凡脱俗，使得我联想起泰山和天山，它们完全有着不同的风格，它既有着泰山的壮观，又有着天山的风姿。

走在梦里，走在画里。这里有雄伟的山峰、茂盛的森林、多姿的奇石、神秘的潭瀑，又有各种依附与山水的传说故事和古迹遗址。黑、白龙潭是莱芜市著名景观，自古有"八宝莱芜县，黑白二龙潭"之说。这里有黑、白龙王庙，太子庙，玉皇庙等古迹遗址和诸多神话传说故事。这里绿荫掩映，纯朴壮丽，树木遮天蔽日，郁郁葱葱，地上绿草茵茵，花团锦簇。圣洁的森林里，幽凉的叶荫下，松脂的暗香，花草的芳馨，野果的清甜，鸟的啁啾，虫的吟唱，叶的微语，随风弥散。

绿水青山，相互辉映，兽鸣鸟啼，醉荡芳心，丰富多彩的植物景观，珍贵稀有的动物生态，组成了一副天然的画卷，体现了大自然的丰姿。

我们进入一片滋养生命的绿色氧吧。

传说天宫上一位神仙羡慕人间的生活，便来到尘世下凡。玉皇大帝规定他只能选择人间十九座华山的一处定居。他走遍了十九座华山，有"一鉴四海双眸空"的西岳华山，有"兹山何峻拔，绿秀如芙蓉"的济阴的华山，有太行山区的黄华山，有江南九华山……都没有使他动心，后来他来到了莱芜的华山，它气势磅礴，洋溢着一种雄奇、壮丽的美。他高兴极了，决定留在这里。神仙们纷纷前来帮助，为他修建住处和整理园地，东海黑白两条龙在华山劈开两条清澈见底的深潭，织女栽下美丽的山花，兜率陀天神给他移来小泰山，托塔天王给他建起观龙亭。神仙们很是羡慕这里，每年秋天，各路神仙们都前来这里相聚，华山又留下了许多的石刻和遗迹。神仙羡慕的天堂，原来离我们这么近，可是我们浑然不知，真是遗憾！

传说迷魂阵是古时候周围村民用来奠祭神灵的，奠祭神灵需要用全猪全羊。一次，有一人在祭祀时说："什么全猪全羊啊！少个尾巴少只腿，没有什么关系的！"他没有奠祭完就往回走。行至半路，突然看到洪水滚滚而来，挡住他回家的路。一袋烟的功夫以后，奠祭的村民赶来，他还困在那里。村民们问他怎么不走了，他说："前边是滚滚大水，无法前行。"村民笑道："哪有什么大水啊？"他如梦初醒，是自己说了不恭敬神灵的话，陷入了迷魂阵。

人应该有敬畏之心。敬畏自然，敬畏长辈，敬畏生命，敬畏世界。

看到山中有一处小庙，我们的脚步自动变得轻缓，我们怕打扰这里的清静。这里是一个清心世界，与其隔绝的是外界的那种嘈杂和喧嚣，扑面而来的是安静和香火燃烧产生的芳香。我们在这里，可以等一等被我们落在后面的心灵，关照一下被我们冷落的我们的心灵。我们给身体得太多，给心灵的太少。在这里可以清心养神，呼吸幽静的芬芳。心静下来，阳光温暖起来，空气清新起来。面向阳光，沐浴温暖。清风吹拂，送来离心灵最近的祝福。

小庙周围的古树蓬蓬勃勃，预示着佛教的久远和伟大。这里的每一棵树，都是有思想的。只是，我们能读懂它的又有多少？它的慈祥，它的高大，不就是佛教的"身姿"吗？

天上人家，这里是清凉的高地，这里是天上的森林，这里是天上的河流。

山，是俊朗的。水，是温润的。

　　有水的华山，是生动的华山。这里的水，很嫩。

　　有水的地方，美丽会伴随而生。这里也不例外，它像水灵灵的姑娘，浑身散发着青春的美丽和活力。

　　水，使华山灵动起来。水，历来都是最动人的生灵。我之所以把它比作为生灵，我认为水是有生命的。因为水与生命相连，生命与水相通。有一群孩子在这片清凉的水中嬉戏，虽说已是中秋，但孩子们在水中的嬉戏和欢笑，给我们返璞归真的感觉。我羡慕生存在这里的人，他们是幸福的，他们是快乐的。美丽质朴的风光，美丽质朴的人们，幸福不会远离他们。孩子们天真可爱和纯真的笑脸，是这里的另一道风景。这些孩子像生长在这里的蓬蓬勃勃的绿色植物，有着极强的生命力，保持着自然的原生态。这些赤条条的孩子像天使一样，给了我们欢笑。只有亲近自然，才能回到童年、回到纯真。

　　这里摄人心魄的自然生态美使人流连忘返，使人魂牵梦绕。我们匆匆穿行在都市现代文明下的霓虹灯的五彩灯光下，那种奔忙那种喧嚣在这片山水中沉淀。这是一种洗礼，这是一种滋润。

　　这里的山水温婉、柔美、淡定、从容，美丽多姿。返璞归真，推崇自然的时尚，给我们带来春天的心境。这会让人心清气宁、恬静、优雅，在这个时代里，始终保持一种优雅的生活姿势，始终保持一种优美的心境，则是一种有香味的生活，则是一种美丽的生活。

　　真正美好的地方，除了能带给你一个美好的风景，还可以给你一个美好的心情。它既可以养眼，也可以养心。这里被称作济南后花园、莱芜最养尊处优之风水宝地。

在大自然的怀抱里，在清新温润的山水间，人有一种焕然一新的感觉。和着大自然的脉动，进入一个崭新的境界。

在千年银杏下，我们呼吸着历史的气息，感悟着历史的沧桑。

大舟院建有山脉曲折起伏的石院墙，形似船形，所以叫大舟院。这里山势陡峭，谷地幽深，森林茂密，景色秀丽，环境幽雅，并有志公殿遗址。

这里是清爽的高地，这里是天上氧吧。这里有雄伟的景象震撼人心，也有清静风景美丽醉人。它诱惑着多少前来旅游的人？久居都市的人儿，快来这里吧，来清心，来洗肺。

导游说这里有一个长寿村，这里的人都很长寿。

一个文友说："我不回去了，我就住在这里了。"

是啊！住在这天然氧吧里，住在这美丽的地方，该是一种多么奢侈、多么幸福的生活啊！

这是你梦到的地方，这是生长梦的地方。只要还能做梦，你便不会失去幸福。这是最自然的地方，这是最天然的地方。它，可以安抚一切劳倦的心灵。幸福的心灵，不留一粒尘埃。天人合一，最蓝的天，最生动的花草，用芳香滋润我们的灵魂。真，有时如水，从最善美的地方涌出。每一条小溪，都闪烁着动情的目光。把心放在梦里，全身都会温暖。记住一个名字很容易，而要记住一个梦，需要在心的最纯洁处留一个地方。我把梦放在你这里，这里，是保存梦的最好的地方。

多情的海南，美丽的海南

这里的水，很嫩。

海南，梦中的海南，走进你，走进梦里。海南是中国南端最大的岛屿，是天涯海角，纯净的碧海珊瑚、简单的岛居生活，这就是海南。浩渺宽阔，神秘无边的南海，诱惑着多少前来旅游的人？久居都市的人儿，快来这里吧，来清心，来洗肺。它的色彩不是五彩缤纷，它有一种水墨画的风格，散发着水墨画的芬芳。

椰风海韵，使人醉而忘归。这里有碧波滔滔，有环海而卧的沙滩，有一棵一棵摇曳的椰子树。这里有天涯海角，为你见证爱情。生活在大都市的人们，来到这里，尽享阳光，尽享天然。海水清澈幽蓝，整个海面就像一块巨大的深蓝的绸缎迎风招展。海水有时汹涌澎湃，有时安详静美。海风把你抚慰，海水把你滋润。珊瑚礁丛造型奇特，陡峭壮观，水在阳光下分了几层颜色，每一层都在展示着她迷人的风情。多情的海南，美丽的海南。大群水鸟追逐嬉戏，不时溅起一串串欢快的浪花。这里的天，这里的水，如此蔚蓝，这里生长着美丽，这里生长着幸福。这里，天人合一，人与人和谐相处，人与自然和谐相处。自然纯朴的海南人，洋溢着阳光般的微笑，洋溢着阳光般的欢乐。海南的小阿妹，纯美动人，阳光般的热情，水一般的柔情，是海南最美丽的另一种风景。

这里被称为"海上丝绸之路"。自古商贾往来络绎，早在隋代，我国已经派使节经南海到过今天的马来西亚，唐代高僧义净亦由此到达印度。当年那些满载着陶瓷、丝绸、香料的商船在此驶过。海上文明，使我们对南海有了一种虔诚的端详。

海南，温润的海南。海南的水清秀温和，海南的人温润平和。海南迷人的亚热带风光，淳朴的少数民族风情，给我们留下深刻的印象。

这里的石头嶙峋兀立，因水而生温柔浪漫。石头以大丈夫的沉默守望着，海水以柔美女子的多情环绕着。力与美，刚与柔，在这里有了最完美的结合。

椰林、沙滩、海浪，迷人的海南风光。

夕阳时分。落日把海面染成灿烂辉煌的金色与红色，又为椰子树刻下浓黑的剪影——白天的云淡风清在此时都变得浓烈了。

我们一路走来，领略着大自然的美景，这里的花多姿多彩，精美的睡莲，妖艳的扶桑，素雅的三角梅，使得我们心花怒放。

被国际旅游组织列为 A 级旅游点的五指山位于海南岛中部，五指山峰峦起伏，形似五指，故得名。这里简直是人间仙境，林木苍翠，白云缭绕。五指山中的最高峰为二指，海拔 1876 米，在一峰二峰之间，山势非常险要，有一座由天然巨石架成的"天桥"，传说是座"仙桥"，神童仙女常到桥上云游玩耍。二峰之后是三峰，原是五指山的最高峰，后被雷劈去一截。接着四峰、五峰，这 5 个峰虽然峰巅分立，但 5 个峰却山体相连。五指山，鬼斧神工，真是大自然的造化。

海南，拥有着无数大自然的赐予，五指山区遍布热带原始森林，层层叠叠，逶迤不尽。这给海南增添了一种神秘的色彩。进入原始森林，在圣洁的树林里，幽凉的叶荫下，松脂的暗香，花草的芳馨，野果的清甜，鸟的啁啾，虫的吟唱，叶的微语，随风弥散，潜入心间的是那远古的清寂。五指山还是珍禽异兽的王国，这里生活着的动物，计有两栖类、爬行类、鸟类、兽类等等。

据记载，南丽湖风景区是省级旅游生态示范区，其内的南丽湖是因修建水库而形成的人工湖，湖面 12 平方千米，怀抱大小岛屿 16 座，如弯月，似清眉。湖岸绵延 138 公里，湖内有二十多种野生鱼类，如白鲢、沙蚌鱼等。南丽湖湖畔的丽湖银湾大酒店是 4 星级休闲生态度假酒店，占地 135 亩，拥有水陆客房 402 间 (套)，会议室 8 个 (5000 平方米)，餐厅、烧烤园 (3886 平方米) 等配套设施齐全。

在海南，人会变得鲜活、生动起来。在海南的怀抱里，你会变得异常安宁。这是人间的天堂，栖息于山间、海边，树木的芬芳气息使人心旷神怡。海南，你如此温润，海南的阳光，你如此丰美。

海南，你悠悠的脚步，度量着明静的心情，度量着岁月的从容，你静静的，随着时光流逝散步般的前行着。来到这里，你就知道什么是安详。来到这里，你就知道什么是幸福。海南，古朴，幽静。在时尚充斥的今天，古朴更彰显出它幽幽的魅力，古朴是更从容的力量。风景，只有和心境和谐时，才会放射出醉人的光彩，才能发出震撼人心的光晕。

风，柔柔的。像少女的小手，轻拂你的肌肤。这里的风景，不单是多么美丽，而且完全可以说它是如此动人。水，有时荡漾出一种幽怨，有时洋溢出一种欢快。乘船游走在水上，就像游走在漫漫的历史长河中。一个人，在历史的长河中，是多么的渺小，是多么的微不足道。在历史面前，在自然面前，我们才会感到一个人的真正位置。水波荡漾，心情也随之激动起来。有水的地方，美丽会伴随而生。这里也不例外，它像水灵灵的姑娘，浑身散发着青春的美丽和活力。它蓝得异常动人，和天空蓝成一色，和天空醉在一起。水是辽阔的，天是辽阔的。心，也辽阔起来。来到这里，心随之真切起来。

阳光下的海南，亮丽的海南，风情万种的海南，多情的海南。

海南，我美丽的梦境。

古城怀古

对于高昌古城，我一进入它便为之震撼了。一片废墟，我很难想象，以前这里曾是繁华的城域。那像火炉一样的干热，或者说像刚烧完最后一窑砖瓦就倒塌的土窑，土褐色是这里的主色调。

在古城口，按要求我们换乘维吾尔族人赶的小毛驴车进入古城，驴车在布满深浅不一车辙的大道上奔跑起来，古城几乎全是土褐色的色调，车上毛毯和罩帘为古城增添了一抹色彩。维吾尔族人风趣地和我们交谈，为我们讲解着这里的一切。不一会，小毛驴慢了起来，不紧不慢的在里面游走。像穿越时光隧道，行走在历史的长廊里。残垣断壁，腐土、干土、焦土，满目沧桑。

我们走在古城里。

这时我想，我们走在人生路上，是踩着别人的喜怒哀乐，是踩着别人的悲欢离合，是踩着他人的成功或失败，是踩着他人的欢笑或忧愁。脚下发出的有时是鞭策，有时是警告，有时是鼓励，有时是劝阻。但是，有多少是别人让我们停下来的？我们有时停下我们的脚步，大多都是自己停下自己前行的脚步。

站在古城里，我的思绪飞向远古。高昌故城位于吐鲁番市以东偏南约 46 公里火焰山乡所在地附近。城郭高耸，街衢纵横，护城河道的残迹犹存，城垣保存基本完好，分内城、外城、宫城三重。外城大体呈正方形，墙厚 12 米，高 11.5 米，周长 5.4 公里。为夯土版筑，部分地段用土坯修补，外围有凸出的马面。每面大体有两座城门，而以西面以北的城门保存最好，有曲折的瓮城。内城居外城正中；西南两面城墙大部分保存完好。周长约 3 公里。宫城为长方形，居城北部，北宫墙即外城北墙，甫宫墙即内城北墙。这一带尚存多座 3～4 米高的土台，当时为回鹘高昌宫廷之所在。内城中偏北有一高台，上有高达 15 余米的土坯方塔，俗称"可汗堡"，意为王宫，稍西有一座地上地下双层建筑，为宫殿遗址。外城内西南有一大型寺院，寺门东西长约 130 米，南北宽约 85 米，占地约 1 万平方米，由山门、庭院、讲经堂、藏经楼、大殿、僧房等组成。大殿内尚残存壁画痕迹。唐代高僧玄奘西游取经，于贞观二年（628 年）春，曾到高昌国讲经一月余，据即在此寺内。寺院附近，还残存手工作坊和集市遗址。外城内东南部有一小型寺院，残存的壁画较上述大寺完美。高昌城始建于公元前：世纪，初称"高昌壁"，为"丝路"重镇。后历经高昌郡、高昌王国、西州、回鹘高昌、火洲等长达 1300 余年之变迁，于公元 14 世纪毁弃于战火。那时的繁荣，那时的辉煌，永不再来。

残破的墙壁上仍然可以看到炊烟的痕迹，似乎可以闻到阵阵饭香。

我的嗓子由于干热干渴得几乎冒烟，有一种被干蒸的感觉。于是拼命地喝水、喝水。

几个维吾尔族小孩手持铃铛和其他小纪念品追着马车跑，他们干黑瘦小，跑啊跑，向我们推销他们的东西。

我接过他们的铃铛，铃铛有些烫手。这些孩子奔跑在酷热的古城里，有一种超越常人的耐力。

这时，几只骆驼出现在古城里，使得古城有了一种动感。我想，也许是旅游部门特意放进几只骆驼来增加高昌古城的韵味。

　　这座曾留下大唐高僧讲经的国度，如今已是残破得面目全非。这里没有水，没有生命，只有远古留下的信念。唐太宗元年，唐玄奘西行取经途中到了伊吾（今哈密）。高昌王鞠文泰知道后，即派使者把玄奘接到了高昌国。高昌王每日在三百弟子面前跪地当凳子，让法师踩着他的背，登上法庭讲经，时间过了十几天，唐玄奘执意西行，高昌王苦苦挽留，并要以弟子身份终身供养玄奘法师，还要让全国居民都成为法师弟子，每日沐浴执香，洗耳恭听法师讲经。但玄奘坚持不允。两人相持不下。高昌王虽每日捧盘送食，礼仪有加，但玄奘滴水不进，以绝食表示西行的决心，直至奄奄一息。高昌王最后只好答应，提出唐僧取经归来时，在高昌古城住三年，受弟子供养，继续讲经授道的请求，玄奘也答应了。临行那天，全城僧侣、大臣以及老百姓倾城相送，高昌王紧抱法师恸哭不已，还亲自送了数十里才回去。此时，古城已废。如果玄奘能够再来此地，一定颇为伤感。

　　我们走在古人生活过的地方，想聆听一下远古的声音，想静下来，静下心来聆听大唐高僧的经声。但是，我们不会听到了。这时，我倒是真的羡慕起古人来了。

　　风，是这里最奢侈的东西。哪怕是一丝风，也会带来极大的享受。

　　阳光，是这里最铺张的东西。阳光，在这里是不受欢迎的东西，它加剧着这里的干热。

　　高昌古城，带给我的是思考和感叹。就要离开古城了，我不住地回头看着它，看着它，直到它消失在我的视线里。

古城，再见！也许，以后我还会再来看你的。

编者：

旅游文学是旅游的结晶，对导游来说，它们本身就是一篇篇优秀的文学作品，能提高即景鉴赏力；对游客来说，旅游文学具有指导性，能提高观赏力、想象力。对于初游者，还有很大的吸引力。

敦煌市曾是古丝绸之路上的一个重镇，莫高窟位于敦煌市东南 25 公里，有东方艺术宝库之称。佛教传入西域，再传入内地，敦煌正是从西域到内地的咽喉处。西域北路的龟兹国，南路的于阗国，都是佛教特盛的国家。在这些国家里，开凿石窟供奉佛和菩萨，其中有塑像，有壁画，形成西域式与天竺式相结合的一种石窟艺术。

敦煌，已成为现代人的旅游胜地。

走在梦境敦煌

我想，我们应向敦煌道歉，请它原谅我们打搅了它的宁静。我们应向敦煌道谢，感激它使我们看到了一种壮美、绮丽。

对于敦煌，我是向往的。之所以向往，是因为我与它的距离。而我真正走进敦煌时，我为我的肤浅惭愧。越是走进敦煌，越是感到我和它的距离。我永远听不到它的心跳，我永远读不懂它的眼神。

莫高窟是我国四大石窟之一，敦煌飞天也早已声名远扬。它开凿始于公元 366 年。从十六国到元朝，石窟的开凿一直延续了十个朝代，1500 年。在唐朝武则天时代建造的洞窟已达到一千余龛，因之俗称千佛洞。莫高窟经过风沙侵蚀仍保存着十个朝代的 750 多个洞窟，窟内壁画四万五千平方米，彩塑三千余身和唐宋窟檐木构建筑五座。

岑寂，只有佛守着这一顷荒园。

不，这里有很多醒着的灵魂和不朽的文化。

这时我想，我们走在人生路上，是踩着别人的喜怒哀乐，是踩着别人的悲欢离合，是踩着他人的成功或失败，是踩着他人的欢笑或忧愁。脚下发出的有时是鞭策，有时是警告，有时是鼓励，有时是劝阻。但是，有多少是别人让我们停下来的？我们有时停下我们的脚步，大多都是自己停下自己前行的脚步。卷轴散溢孤香远，一度狂沙几飞天。一片从阴暗洞窟中升起的辉煌，一幅丹青妙手的佳作。莫高窟，完成了一个时代与另一个时代的承接，于地下沉睡，于众人皆醉中醒来。远去了，历史的脚步悄然走过，曾经的辉煌与没落已化为一泓淙淙逝水，飘然远去，记忆深处，一帘敦煌的残梦幽然垂落。

莫高窟是集建筑、雕塑、壁画三位一体的立体艺术宝窟。中国石窟艺术源于印度，印度传统的石窟造像乃以石雕为主，而敦煌莫高窟因岩质不适雕刻，故造像以泥塑壁画为主。整个洞窟一般前为圆塑，而后逐渐淡化为高塑、影塑、壁塑，最后则以壁画为背景，把塑、画两种艺术融为一体。壁画内容大量描绘了人们生产活动的片段和佛教史迹等，生动地反映了我国6世纪到14世纪的部分社会生活及艺术发展情况，是目前世界上最长、规模最大、内容最丰富、保存最完整的画廊。窟内壁画的内容和色彩有时看不大分明，雕塑高大、威严，颇有气势。最大的那三尊几十米高的佛像——两尊巨型的坐佛和一尊巨型卧佛颇为壮观。

一个地方，有美丽的自然风光，这是大自然的赐予。一个地方，有深厚的历史文化，这是古人的赠予。

不要把沙漠作为一种风景。因为大漠的厚重、辽远，已超出了风景的含义。它不是单薄的美丽，而是一种壮丽。更多的时候，显现的是一种悲壮。沙漠的深处，有古老的历史，有深厚的文化。

月牙泉处于鸣沙山环抱之中，其形酷似一弯新月而得名，古称沙井，又名药泉，一度讹传渥洼池，清代正名月牙泉。水质甘冽，澄清如镜，涟漪萦回，水草丛生，处戈壁而泉水不浊不涸，久雨不溢，久旱不涸。流沙与泉水之间仅数十米，但虽遇烈风而泉不被流沙所淹没，风起沙飞，均绕泉而过，从不落入泉内。清道光《敦煌县志》载："泉甘美，深可测"，"四面沙龙，一泉清澈，为飞沙所不到"。这种沙泉共生，泉沙共存的独特地貌，确为"天下奇观"。

月牙泉最早的记载见于东汉《辛氏三秦记》："河西有沙角

178

山，峰愕危峻，逾于石山，其沙粒粗色黄，有如干薯。又山之阳有一泉，云是沙井，绵历千古，沙不填之。"这里所记"沙井"便指今日月牙泉。自此之后，关于月牙泉的记载便屡见史籍，并与鸣沙山紧密地连在一起。唐《元和郡县志》载："鸣沙山有一泉水，名曰沙井，绵历古今，沙填不满，水极甘美。"

月牙泉，东西长 300 余米，南北宽 50 余米，泉形酷似月牙，四周是高耸的沙山。它的神奇之处就是流沙永远填埋不住清泉。过去，人们难解大自然的奥秘，却以丰富的想象力创造出优美的神话传说来解释自然现象。相传很久以前，敦煌一带是一望无际的大戈壁，没有鸣沙山，更没有月牙泉，有一年这里大旱，树木庄稼都枯死了，人们干渴难忍，大放悲声。美丽善良的白云仙子路过这里，听到人们撕心裂肺的哭声，心如针刺，伤心地掉下了同情的泪珠。泪珠落地化为清泉，解救了人们干渴的灾难。为了感恩戴德，人们修了一座庙宇供奉白云仙子。这样，便惹恼了神沙观里的神沙大仙，他抓把黄沙一扬，化作沙山想填埋清泉，赶走夺他香火的白云仙子。白云仙子道行浅，斗不过神沙大仙，便来到九天找嫦娥，借月亮与神沙大仙斗法。这天正好是初五。白云仙子借来一弯新月，放在沙山中间化为清冽莹澈的月牙泉，供人们饮水浇田。神沙大仙又使出妖法，去填月牙泉，嫦娥知晓后，非常生气，谴责神沙大仙蛮横无理，欺人太甚，轻轻将衣袖一拂，大风顿生，把填泉的流沙吹上山顶。气得神沙大仙吼声如雷，沙山因此而鸣响。

有一个故事：从前，这里没有鸣沙山也没有月牙泉，而有一座雷音寺。有一年四月初八，寺里举行一年一度的浴佛节，善男信女都在寺里烧香敬佛，顶礼膜拜。当佛事活动进行到"洒圣水"时，住持方丈端出一碗雷音寺祖传圣水，放在寺庙门前。忽听一位外道术士大声挑战，要与住持方丈斗法比高低。只见术士挥剑作法，口中念念有词，霎时间，天昏地暗，狂风大作，黄沙铺天盖地而来，把雷音寺埋在沙底。奇怪的是寺庙门前那碗圣水却安然无恙，还放在原地，术士又使出浑身法术往碗内填沙，但任凭妖术多大，碗内始终不进一颗沙粒。直至碗周围形成一座沙山，圣水碗还是安然如故。术士无奈，只好悻悻离去。刚走了几步，忽听轰隆一声，那碗圣水半边倾斜变化成一湾清泉，术士变成一摊黑色顽石。原来这碗圣水本是佛祖释迦牟尼赐予雷音寺住持的，世代相传，专为人们消病除灾的，故称"圣水"。由于外道术士作孽残害生灵，便显灵惩罚，使碗倾泉涌，形成了月牙泉。

梦境飞扬的地方，幸福落定。月牙泉，梦一般的谜，千百年来不为流沙而淹没，不因干旱而枯竭，堪为奇迹。

有一个梦

埋在历史的深处

有一种美丽

盛开在过去的春天里

躲进岁月

藏入大漠

用寂寞掩盖热烈

荒芜弥漫辉煌

但我仍然可以望见你

跃马奔腾

那飞扬的披风

是你前行的旗帜

辽阔

空旷

千古之谜

如黄沙漫漫

沧海桑田

千年一叹

记忆的天空

云起云落

人生的大海

潮起潮落

生生落落

烟云从头过

敦煌

你那轮明月

又在哪里升腾

你的歌声

在远方飞起

千年的守望，是否迎来一丝命

运的光亮？敦煌带给我的是思考和感叹。

就要离开敦煌了，我不住地回头看着它，看着它，直到它消失在我的视线里。

敦煌，再见！也许，以后我还会再来看你的。

大漠飞歌

在新疆，有一个地方默默无闻，这个名气并不大的地方，却有着使人魂牵梦绕的魅力。去过那里的人们，无不为那里的沙漠震撼。在一望无际的戈壁荒漠上旅行，独有一份苍凉之美，荒凉、寂落、浩瀚、雄浑。

一个地方，有美丽的自然风光，这是大自然的赐予。一个地方，有深厚的历史文化，这是古人的赠予。大自然赐予了鄯善博大，赐予了鄯善浩瀚。库姆塔格大沙漠广袤无垠，2500平方公里之大使人震撼。沙漠边缘，就是鄯善。这里，大漠与城市相连，绿洲与黄沙相伴，飞鸟伴驼铃起舞，大漠风光与江南秀色相映。这种自然景观极其罕见，是自然造化，还是上天赐予？

新疆鄯善的大漠，别具风格。大漠，是异域极致的风光。大漠给予这里的，是粗犷与神秘。

不要把沙漠作为一种风景。因为大漠的厚重、辽远，已超出了风景的含义。它不是单薄的美丽，而是一种壮丽。更多的时候，显现的是一种悲壮。沙漠的深处，有古老的历史，有深厚的文化。

无风的大漠，宁静得像一个淑女，亲近得像我们的母亲，细腻平滑的沙漠，可以抚平人们心底一切纷乱思绪。

来到大漠，心灵便得到一次洗礼。

大漠上的太阳明晃晃的，赤裸裸的阳光，赤裸裸地洒在赤裸裸的大漠上。

阳光很好！

起风了。

风，造就了沙漠的各种神态。有的像大鹏展翅，有的像动物头颅，有的还像筋脉琴弦。无际的沙海，蜿蜒起伏不定的沙涛翻腾鱼跃，有的还酷似沙岭长城。沙漠地形地貌有沙窝地、蜂窝状沙地、平沙地、波状沙丘地、鱼鳞纹沙坡地、沙漠戈壁混合地等。沙丘轮廓清晰、层次分明；丘脊线平滑流畅，迎风面沙坡似水，背风坡流沙如泻。

唐代文书称："大海道，右边出柳中县（今鄯善鲁克沁镇）界，东南向沙州（敦煌）一千三百六十里。常流沙，行人多迷途。有泉井，咸苦，无草。行者负水担粮，履绕沙石，往来困弊。"

只要风不大，有风的大漠便有了更多的灵性，生动极了、美丽极了。大漠有了风，大漠便有了翅膀。被风吹动的沙子如同海浪一般在沙丘与沙丘之间荡漾着，风把他们的足迹顷刻间就打磨得无影无踪。

　　沙漠，正如时间，不论人的足迹多么深，都会将它抹平。人生的苦难也可以被时间抹去，不留下任何痕迹。赤足走在绵软的细沙上无论是视感，手感，足感，都觉得是在绸缎里行走。

　　大漠荒原，千年胡杨，宁静、博大，同时升腾在这精神圣地。大漠，是我们的精神高地。大漠，滋养着我们的精神。我们的精神，在大漠的上空尽情飞扬。大漠的上空，飞扬着思想的翅膀。

　　大漠的前身，也许是美丽的绿洲，也许是繁华的都市。它拥有美丽的风光，它拥有深厚的文化。只是，沧海桑田，今天它把大漠呈现在他们面前。

　　是迷失，是永恒？

　　感谢大漠，它让我们懂得了很多。

　　大漠，以它的从容让我们敬仰。大漠，以它的大寂大寞让我们感叹。大漠，以它的一望无际使我们目光高远。以它的平展使我们把一切的患得患失统统留下。大漠，静静的对我诉说，诉说沧海，诉说桑田。任何一个人，在大漠面前仅仅属于它的一粒沙砾。大漠之大，一个人是多么的渺小，多么的无力。

　　大漠，是一种厚重的历史，足够你读它千遍万遍，足够你读它千年万年。只要用心，才能把它读懂。把一颗心贴紧大漠，你会感觉到大漠的心跳；把一颗心贴紧大漠，你会感觉到大漠的呼吸。走进大漠，用心灵走进大漠，所有的风沙为你的心灵洗礼。只有真正用心灵走进大漠的人，大漠才会使你魂牵梦绕。大漠，像一位父亲，满脸沧桑、静默深沉。他的脚步坚定，他的肩膀宽厚，他的目光深邃，他的思想深沉。

这里的阳光，是一种赤裸裸的阳光，是一种没有粉饰的阳光，是一种无遮无掩的阳光，是最纯、最真的阳光。大漠最懂得阳光，阳光最懂得大漠。站在大漠上，沐浴着阳光，天、地尽现眼前，你多么的富有！

大漠，使我们的心灵飞扬。

大漠，不属于贫瘠。大漠，不属于荒芜。它的宽阔，如天、如海。它的深处，埋着它的心脏，永远的怦怦跳动。大漠，是心脏的启搏器。大漠，是心灵的按摩师。大漠，使你激情荡漾。大漠，使你的浮躁安顿。

大漠，人生的父亲。

大漠，人生的母亲。

坐在大漠上，心静如水。

一只风筝升上天空。大漠上飞起风筝，大漠生动起来、鲜活起来。

梦境飞扬的地方，幸福落定。

梦楼兰

楼兰，曾经的辉煌，曾经的喧嚣，已不再来。楼兰，一个神秘的古国，就这样遁入远方。

　　关于楼兰，关于它的远古的荣华，关于它的神秘消失，关于它的一切一切，我们疑惑、我们叹息。楼兰曾是古西域的一个小国，建国距今已有三千多年，后改名为鄯善。在《史记·大宛列传》中，曾有中国历史上对楼兰的第一次记载："楼兰、姑师（后称车师）邑有城郭，临盐泽（今天的罗布泊）。"在《汉书·西域传》中，详述了楼兰作为丝绸之路重镇的情况，"鄯善国，本名楼兰，王治于泥城，去阳关千六百里，去长安千六个一百里。"其记载中楼兰有"户千五百七十，口万四千一百，胜兵二千九百十二人"，繁盛时期，古鄯善国的疆土东起罗布泊地区的古楼兰城，西止精绝国（今尼雅遗址），可谓地域广阔。楼兰，现在成为遥远的历史记忆。

　　楼兰，一定是个诗意恣意的地方。多少文人墨客的笔端触及楼兰？李白的《塞下曲》中有"愿将腰下剑，直为斩楼兰"的诗句。诗人王昌龄在《从军行》中曾写道："青海长云暗雪山，孤城遥望玉门关。黄沙百战穿金甲，不破楼兰终不还。"就连僧人也对它情有独钟。唐朝僧人玄奘在《大唐西域记》中记录道：东行入大流沙，沙则流漫，聚散随风。人行无迹，遂多迷路，四远茫茫，莫知所指，是以往来者聚遗骸以记之。乏水草，多热风，风起则人畜昏迷，因以成病。时闻歌啸，或闻号哭，视听之间，恍然不知所至，由此屡有丧亡，盖鬼魅之所致也。……至纳缚波（罗布泊）故国，即楼兰地也。楼兰，故去的天堂。

昔日的罗布泊消失了，一个古国被埋在这里。楼兰，争着惊恐的眼睛，迷失在漫天风沙之中。

守望大漠的，只有胡杨。

千年的守望，是否迎来一丝命运的光亮？

也许也是命运使然？

那遥远的地方，在天边。其实遥远并不遥远，它在你的梦里，也在你的心里。

如今，面对浩瀚荒漠中的废墟，很难想象它最初的容颜。

楼兰曾是古西域交通枢纽，是塔里木盆地东部的十字路口，往西、往东、往南、往北可通向西域全境，形成交通网络。公元前104年，汉武帝为求大宛宝马，派贰师将军李广利率军西击大宛，李广利大军就是经过罗布泊的楼兰古国后，来到地势高敞的高昌，在那里建立了高昌壁。通过楼兰的丝路南道、中道和北道，一直是丝绸之路的主要通道，楼兰则是这三条通道必经之地，"常主发导，负水担粮，迎送汉使"，但却因为身处汉、匈奴两强之间而无法顾全，卷入危险、复杂的漩涡之中。因充当匈奴耳目，阻挠甚至攻劫汉使等罪，其楼兰前王曾先被汉将赵破奴破姑师时所擒，后被贰师将军李广利攻大宛时所获，但楼兰仍是在汉与匈奴间左右摇摆。正是这样一处西域要地，至公元330年前凉时期，数百年的繁荣后，悄然消失了。留给我们的是荒漠和叹息。

瑞典探险家斯文·赫定来到这里，他的发现给世界一个惊奇，他的眼睛有着西方人的幽蓝，他的脚步有着探险家的坚

187

定。"楼兰终究被人们完完全全忘记了，仿佛已经从地球上清除了一般。"他叹息道。

33年后，他再次来到楼兰古城，楼兰使得这个西方人魂牵梦绕。这次他看到了楼兰美女在等待着他，也许，这是一个千年的约定。这次，他又有了新的发现：在一个船形木棺中，他发现了一具经3800年仍保存完好的女尸，那是一个年轻高贵的"睡美人"，她长发披肩，脸上的皮肤已经硬得像羊皮纸，但形状和容貌并没有因时间而改变。她闭着已深陷的眼睛躺在那里，微翘的嘴角上挂着微笑。他在日记中写道："她无疑看到了楼兰驻军去攻打汉朝部队，看到了成队的战车和士兵，她也会看到经过楼兰的大小商队带着昂贵的中国丝绸由此西去。""荒原的微风掠过她那黄色的脸颊，掀起了她的长发。她孤独地在坟墓中躺了两千多年，直到今晚才走出墓地，又回到了这个世界上。但此时她已变成一具木乃伊，河水又回到她曾度过短暂一生的土地，正在唤回树林、果园、田地、牧场的生命，但她已经很久没有看到这些景色了。""她没有泄露以往的秘密，当年繁华的楼兰古城充满生机的绿色大地，春日中泛舟湖上，这一切昔日的生活都被她带入了坟墓。"这位西方探险家，一次次领略着东方的神秘。

古楼兰的消失，有人认为，是由吐鲁番的高昌直通焉耆的天山南麓道，吐鲁番通敦煌的大海道代替了经楼兰的道路，而使其由繁荣变得萧条，周边环境恶化。有人认为，楼兰国毁于大规模"太阳墓葬"中的砍伐树木。"太阳墓"上木桩由内向

外圆形排列，并呈太阳光芒状规则放射，据说早期楼兰周围森
林覆盖率达 40％，但七座"太阳墓"中成材圆木量竟达 1 万
多根。也许，这是一个永远的谜。

有一个梦

埋在历史的深处

有一种美丽

盛开在过去的春天里

躲进岁月

藏入大漠

用寂寞掩盖热烈

荒芜弥漫辉煌

但我仍然可以望见你

跃马奔腾

那飞扬的披风

是你前行的旗帜

辽阔

空旷

千古之谜

如黄沙漫漫

沧海桑田

千年一叹

记忆的天空

云起云落

人生的大海

潮起潮落

生生落落

烟云从头过

楼兰

你那轮明月

又在哪里升腾

你的歌声

在远方飞起

莲花山

　　普里什文在《一年四季》里写着："人身上包含有自然界所有的因素，如果人愿意的话，他可以同他之外的一切生物产生共鸣。一座山，一朵莲花，就这样联系在一起；一个高峻，一个美丽，就这样联系在一起。"

　　一座山，起了一个花的名字。

　　莲花山，一听到这个山名，我就有些向往。虽说以前也去过，但还是想再次登临。我参加了莱芜日报、莱芜新闻网组织的采风活动，又一次拜访了莲花山。莲花山又名宫山、新甫山，因九峰拱围如莲，故名"莲花山"。它距莱城 15 公里，总面积 17 平方公里，有大小山头 10 余座。主峰莲花尖海拔 994 米，是莱芜第一高山。峰巅容量 17 万立方米的莲花天地，为山东第一高山湖泊。景区内沟壑纵横，山高水长、风光秀丽，自然和人文景观计 100 余处。我们为莲花山的多姿多彩所折服。

远离城市的喧闹，我们来到静如莲花、美如莲花的圣地。

文友们有的端庄优雅，有的诙谐幽默，给此次爬山带来美好的感觉。我们互相品味着网友们那怪异的网名，观赏着莲花山那奇异的风光，此时，怪异的网名和奇异的风光相映成趣。

我们一边爬山，一边交流写作和体会对莲花山的感觉。莲花山有着丰厚的历史文化积淀。我国最早的文学典籍《诗经》就有"新甫之柏"的记载。公元前 110 年，汉武帝曾巡游莲花山，遗有"迎仙宫""汉离宫""甘露堂"等古迹。唐宋以来，这里为一方香火圣地和游览胜区，形成了佛道儒诸家并存，互相影响的文化格局。纵览山中诸多寺观、庙宇、庵堂遗址，亦可洞观莲花山辉煌的古代文明。在抗日战争和解放战争时期，莲花山为革命根据地，著名的"莲花山起义"彪炳千秋。我们对莲花山肃然起敬。

这里的树木过滤着阳光的影子，倾听风的声音。它的生长，是那样的美丽和生动。

不同的时期来莲花山会有不同的感觉，莲花山一年四季敞开胸怀。春天，有淡黄的迎春花垂崖绽放，还有漫山遍野的百花竞开蜂飞蝶舞。夏天，绿荫覆盖，流水潺潺，观云海、看飞瀑、沐松风，清爽惬意。秋天，天高云淡，赏红叶、品野果，接受大自然的赐予。冬天，瑞雪纷飞，莲花山银装素裹，雾淞、冰花、冰瀑、冰柱构成了冰堆玉砌的美妙景观。我们一面爬山，一面对大自然感怀。

莲花山，有三条游路，东路看绿，中路看险，西路看水，形成了"汽车开上山，遨游莲花尖，天池去垂钓，宫山观夕照"的游览特色。

神山圣水，在这里体现得淋漓尽致。莲花山奇石天趣。妙造自然。古猿猴、白象石、雄狮出山惟妙惟肖；真假猴王、金童玉女形象逼真；玉麒麟、石奶奶、灵龟拜观音呼之欲出。莲花山碧水长流，海拔 860 米处的莲花天池乃华东第一高峡平湖；玉莲潭、碧莲潭、红莲潭清明如镜；杏花泉、槐花泉、玉液泉屑玉流辉。山比五岳秀，水比西湖美，是对莲花山的真实写照，每年七十二场浇花雨，莲花河瀑布成群，龙潭瀑、红莲瀑飞花碎玉；云门瀑、莲花瀑飞流直下，生落沉雷，蔚然壮观。莲花冰瀑景观壮美，冬季因水流重重结冰，形成长约百米的巨大"冰龙"，银麟玉爪，势欲腾飞。这里，山是俊朗的，水是清冽的。

每一块石，似乎都蕴藏着一个故事、一个传说。这里寺庙古刹遗址，诉说着莲花山的古代文明，展示着佛家的深奥，儒家的高古，道家的真妙；诉说着秦汉古风，唐宗遗韵；诉说着安期生得道成仙的奇妙、孙健子打虎的威武，莲花仙子修炼的真功……我们为齐鲁人的想象力和大自然的巧夺天工喝彩。

圣洁的树林里，幽凉的叶荫下，松脂的暗香，花草的芳馨，野果的清甜，鸟的啁啾，虫的吟唱，叶的微语，随风弥散，潜入心间的是那远古的清寂。莲花山山峻壑幽，绿荫覆盖；莲花河曲折蜿蜒，瀑潭连珠，清澈透明，流水潺潺，源头直至海拔900米的甘露池。山绕水转，水秀山明，透出一种"悠然神会，妙处难与君说"的意境。这是圣洁的风景。梦幻般的山，披着一身神圣的金光。登高远望，她的美景打开远方黛青色群山的宁静、绵延。

有一个文友对山上的花草异常钟情，我们都警告他：路边的野花你不要采！他却说：不采白不采！

谈到花草，他眉飞色舞。一个花痴！拈花惹草！

说笑归说笑，见他还真的把那些花草包好，并歉意地对周围的花草说：我把你的姐妹带走了，对不住了！不过，我会善待她的！

他说，她们寂寞地开在寂寞的山崖上，紫色的小花盛满了安详，她的美引起了他自私的贪念，他要带几棵回去，他想把她做成盆景，放在家里自私的观赏。但在山上时他却不知道她就是唐磊歌中的丁香花，直到下山，在回莱芜的路上，有人告诉他，她的名字叫丁香花，可以入药。此时，他哼起唐磊的歌"你说你最爱丁香花／因为你的名字就是它／多么忧郁的花／多愁善感的人啊……"

莲花山，给了我们视觉的盛宴，给了我们心灵的盛宴。这里诞生神奇的神话，这里拥有人间仙境。这里有天然氧吧，这里是心灵的家园。

她精美的梦境，是我们快乐的天堂，这里有我们遥远的梦境，这里是离我们最近的风景。

大美钢城

钢城，有着大山的巍峨气势，又有着汶河柔美的风姿。钢城，有着钢铁的硬实的性格，又有着瓜果飘香的田园景色。钢城，有着现代脚步的铿锵，又有着古老历史的厚重。人文钢城，散发着永恒的芳香。

钢城区，有着深厚的文化底蕴，那穿越千古的文化成为现代钢城人纯净心灵的甘露。对钢城人文的心灵重温，会创造出心灵的碰撞。穿越千古的时间隧道，体悟人文精神内核。在对历史文化的景仰中，我们依然感到那遥远的光芒。有一种光芒，即使穿越千年万年，仍然可以照耀着我们。它的体温即使穿越千年万年，仍然可以温暖着我们。

在钢城，文化的身影几乎随处可见，这是一个盛产传说的地方。在棋山有一座玄之又玄碑，"玄之又玄"语出道家创始人老子的《道德经》，"玄之又玄碑"又名"雪蓑碑"。明朝万历年间，棋山观村西盖起一座宏伟的庙宇，但感觉缺少一个碑，村里的人便请来各地书法工匠来商议。正在这时，人们看见有一位老人飘忽而来，老人雪白的胡子脚穿草鞋腰系草绳，来回穿行于商议立碑的人们之间，并不停地问这问那。书法工匠们不耐烦地问这位不速之客："怎么？莫非你也想写吗？"谁知老人听罢此话，竟然脱去鞋子，以脚拭墨，写出"玄之又玄"四个草字，只见这四个草字笔势如蛟龙腾空，人们无不惊叹。随后老人穿上草鞋，一转身，便消失得无影无踪。后来，人们才知道老人是住在雪蓑洞里的雪蓑。雪蓑，河南杞县人，工书法、善诗赋，喜欢古董和炮制药材，并能行医看病。他浪迹江湖，性情怪诞，高兴时开怀畅饮，醉眼朦胧中尤其喜欢冒雪披蓑。雪蓑子约生于明成化末年，死于嘉靖末年。他与莱芜腆膳官董空壶是八拜之交，因此多次游历莱芜，经常歌咏题词，留下许多墨宝。其书法如老干怪虬，苍古逼人，尤其喜欢书写大字，往往信手飞步，倏忽而成，矫健有势。雪蓑碑现存于棋山观村内，据考证立于明朝嘉靖三十七年（公元 1559），高 3.13 米，宽 1.18 米。碑正面刻写"玄之又玄"四个大字，有雪蓑的款式、立碑的年月和一些工匠的姓名。"玄之又玄"中仅一个"之"字就长达 2.62 米，"玄又玄"三字在捺左，如神龙掉尾，既表达了雪蓑子身属道家对宇宙之宏观，又展现了道人狂放不羁的性格，是莱芜市重点文物保护单位。如今，玄之又玄碑历经风风雨雨，但依然散发着神秘的色彩。走近玄之又玄碑，你会感到贤哲的灵魂和着文化的芳香在弥漫着。虽古老，但依旧有着鲜活的呼吸，如春风轻轻地掠过。这是精神的丰碑，这是文化的象征。每当看到它，仿佛走进历史的隧道，触摸到历史文化的体温。历经岁岁月月，今天的我们依然可以寻到历史文化的体温，在历史文化的体温里为我们的心灵取暖，这是我们钢城人的幸福。它像一位历史老人站在那里，令我们产生无比的敬仰。我们不得不为古老的玄之又玄碑感叹，我们用敬仰的姿势观看这神圣的凝固文化。

棋山，几乎是风景与文化的聚集地。一个地方，有着深厚的文化，是祖先的赐予；一个地方，有着美丽的风景，是"上天"的赐予。棋山文化历史悠久，宋代的佛洞子、棋山观，明代的后宫、佛爷殿、雪蓑碑，近代的徐向前元帅碑、抗匪英雄碑等人文景观，形成了深厚的棋山文化内涵。棋山风景区，位于莱芜市钢城区里辛镇东部，海拔596米，总面积25平方公里。棋山，自然景色优美，人文古迹荟萃。这里树木茂密，是天然氧吧。幽凉的叶荫下，松脂的暗香，花草的芳馨，野果的清甜，鸟的啁啾，虫的吟唱，叶的微语，随风弥散，潜入心间的是那自然的芬芳。这里生长着美丽，这里生长着幸福。这里的树木选择在洁净的水边生长，这些树木一定是智慧的、幸福的。生长，也因了这些优秀的水而出落得亭亭玉立，英姿勃发。它的生长，是那样的美丽和生动。莱芜古八景之一的"棋山柯烂"坐落于此。嘉靖年间莱芜史志上记载，诗云："流水行云世代殊，石棋山上有樵夫。至今传说樵柯烂，不识当年柯烂无"。传说棋山脚下棋山观村有个叫王质的，一天，他上山打柴，来到棋子垭，见有两位老者下棋。他对此很感兴趣，他便悄悄站在一位老者背后观看。一会，他感到口渴了，便端起老者的一碗水喝了一口。奇怪的事情发生了，他眼前忽明忽暗，就像白昼黑夜、春夏秋冬来去匆匆的感觉。等两位老者弈罢离去，他才想起砍柴之事，回头一看，斧柄已烂。回到村里，竟无一人认识他，原来"山中方一日，人间已百年"。棋山文化历史悠久，以儒、道、释三教，天、地、人三才融汇的文化特色浓郁鲜明。棋山风景区，中国古今文化相交融，自然人文景观相呼应。棋山后宫，始建于1498年，距今已有503年历史。观棋台，是今人为游客观仙人对弈才设定的一个景点。相隔1000米，但见棋子正在凡眼不能窥视的神手里欲拾欲落，全然已脱离了整座山体，使人暗自叹惋，这里是最佳观赏角度，哪怕方圆里差个厘米也会失去最佳效果。雪蓑洞，洞口面北，呈簸箕状，高约一米，宽10余米，上方阴刻"雪蓑洞"三个行书大字。入洞后向东南方向延伸有一条通道。传说明朝嘉靖年间有姓苏名州的雪蓑道人曾经在此居住修炼仙道。棋山又是革命老区，徐向前元帅亲笔题写的"抗日阵亡烈士纪念碑"是革命传统教育基地。这里的棋山柯烂、后宫、雪蓑碑、雪蓑洞、佛洞子、三清殿、抗日烈士纪念碑等名胜古迹很多，如今，望海石、人站泉、石瓮、风箱道燕子窝、后洞等20多个景点又进入人们的视线。在这美景中，在它打开人的视野的同时，也打开了人的心灵。它给予了我们视觉的盛宴，也给予了我们丰美的精神盛宴。在时尚充斥的今天，古朴更彰显出它幽幽的魅力，古朴更从容的力量里，是离心灵最近的地方。这里的风景最为深沉，这里的风景最有厚实感。这里的风景最有思想，这里的风景亘古永恒。

最值得一提的是花鼓锣子，它的表演惟妙惟肖，很受大众欢迎。花鼓锣子源于莱芜颜庄一带的民间舞蹈，自清朝末年流传至今，已有近百年历史。这是颜庄历史遗留下的宝贵文化遗产。从形式到内容上，花鼓锣子也在不断地发生着变化。最初的花鼓锣子的演唱形式为五人集体舞。领头者为青年英雄扮相，一身青，紧束口，腰系板带，足穿薄底靴，头戴英雄巾，此人打鼓；第二人打小锣，为姑娘扮相，梳一条大辫子，绿褂红裤镶金边，足穿大缨子花鞋；第三人为丑角扮相，一身青，反穿山羊皮坎肩，手打夹板；第四人为姑娘扮相，穿着同第二人，打小镲；第五人为丑角扮相，打扮同第三人，肩背褡子，打雨伞。演员表演时蹦蹦跳跳，舞姿优美朴实，并不时插科打诨，做许多滑稽动作，是老百姓极为喜闻乐见的表演形式。如果对其深入挖掘不断补充新的更有活力的元素，相信它一定会焕发出青春，会焕发出更强的生命力。

报载：山大文物普查工作队在莱芜发现鲁长城。这一发现将为我国长城史、古国史、战争史和周代考古提供重要实物资料，也为钢城人文的源远流长提供了又一个有力的证据。新发现的这段鲁长城，西起莱城区的崇崖山，向东沿徂徕山余脉蜿蜒分布，东至黄羊山与青羊崮一带，全长30余公里。长城遗迹均位于山岭北侧，由石砌的城墙与城堡组成，城墙现存高度一般在1米左右，厚度为1.2米—2.8米。现场勘测显示，这段城墙多修筑于两山之间的平缓地带，并于山顶之上构筑城堡和防卫哨所，悬崖绝壁之处则往往依据自然天险。城堡多呈圆形或近圆形，居于山顶最高处，由 2 至 3 个城圈依山势修建。城堡内中央部位常见有圆形或方形石砌建筑。大盘顶是此次调查中所发现的面积较大的城堡，南北最长 85 米、东西最宽 42 米，该城堡城墙最厚处 3 米左右，残存高约 1.1 米至 2.5 米；城堡内残存石砌方形房址 20 余座，目前大多数仅残存高约 0.3 米至 0.4 米的底部。有学者认为，与齐长城相比，现存鲁长城的墙体较窄，体量较小，除了考虑防御北部劲敌齐国之外，更应关注其经济上的功能，即城墙和城堡的"关口"征税功能。普查队员在长城遗迹所经过的山顶及山下关口附近还发现多处春秋战国时期遗址。

　　钢城文化遗迹承载着历史的风雨，承载着文化的厚重，它是钢城的精神财富。在钢城区辛庄镇赵家泉村，至今可以寻到春秋战国时期牟子国古都城的遗址。牟国遗址，位于莱城东二十华里的赵家泉村，为市级重点文物保护单位。在村西发现的石碑上记载："大清光绪二十五年岁次梅月，重修古牟国城寨。"《中国古今地名大辞典》记载："牟，周国名，子爵，故城在今山东莱芜县东二十里。"《春秋·桓公十五年》又云："牟人，葛人来朝，汉置牟县，晋东牟，南朝复故，北齐省，隋置牟城县。宋又省。"明《嘉靖莱芜县志》也记载："牟城在县东二十里，隋开皇间分属兖州，今废。"这一古老城址，南北长 620 米，东西长 520 米，总面积为 32.24 万平方米，原城墙底宽 15 米，拐角处呈弧形，建有南、北、东三个城门。据查，1929 年前城郭尚好，后因当地群众用地和改河造田，东、西、南三面城墙遭到破坏。现在，只剩下北面300米左右的残墙段，最高处距地面5米。遗址中出土的陶鬲、陶罐及其他器物残片，多为春秋时期的文化遗物。陶鬲内还存有一条硬化了的卤鱼。牟国古城址的文化遗存中，有较明显的叠压层，上层以汉代文化遗迹尤为丰富，下层则有明显的商周文化遗址。可见遗址与文献记载相符，即春秋时期的牟国与汉朝的牟县故址。正如《中国历史地图集》所说："牟城是莱芜境内出现的有文字记载的唯一的一个都城。"呼吸历史文化的芬芳，人文精神溶在我们的现代生活中。

我不只是一个传说，钢城孕育着灿烂的文化。这里，有着浓烈人文气息和众多历史遗迹。浩瀚、深邃的钢城人文之河，滋润了钢城本土的人文思想、人文精神和人文景观，滋润着钢城前行的铿锵步伐。钢城古迹遗痕，记忆着钢城的史脉与传衍，记忆着钢城的自信和从容。一个地方，正是有着人文的东西，才会支撑起这个地方精神的大厦。一个地方，正是有着人文的东西，才会不至于显得精神单薄或者精神虚弱臃肿。一个地方，正是有着人文的东西，才会变得昂扬充沛富有底气。一个地方，正是有着人文的东西，才会洋溢出幸福，才会散发出永恒的魅力。人文的东西，有着淡定而恒久的力量，如火把，照耀着人们前行的脚步。如阳光，光合出人类文明的果实。

一座古城，一部厚重的历史

一座古城，就是一部厚重的历史。

驻足滦州古城，这古色古香的古城让我们心怀崇敬。滦州古城，原为殷商时期黄洛城旧址，距今已有 3500 多年的历史。它是一位历史老人历经风雨、饱经沧桑。

如果你是梦，那我就不愿醒来。梦是飞扬的，而你是凝重的。滦州古城，留给我们厚重的思索。喧嚣浮躁烟飞云灭，而历史恒久空寂永恒。据旧志载，滦州城设东西南北四门，与城内四条大街相通。十字路口有钟鼓楼一座，俗称"阁上"。古城四门之上，均嵌有一块平滑的碑石，上刻各门名号，东门叫"御滦门"，为防御滦河水灾之意；西门叫"迎恩门"为西对京城感谢皇恩迎接钦命之意；南门叫"安岩门"因岩山状如伏虎，安岩即"降伏、安抚"之意；北门叫："靖远门"，因元朝残余势力经常南下侵扰，"靖远"含有"绥靖威镇"之意。四门建筑规格一致，均高大宽敞。门洞高 2.1 丈，宽 1.75 丈，长5.5 丈。门外围筑半月形城垾，名"月城"，也叫"瓮城"。瓮城半径 9 丈，其城门稍矮于主城城门。东西月城门朝北，南北月城门朝东，瓮城与主城浑然一体，上面马道垜堞紧密相连，敌台、垜口和城垾、瓮城前后交错呼应，守护城防，无懈可击。历史旋转着身子，让我们从后影看到前身。筑起历史的站台，透视一个岁月的内脏。一个响亮的历史取样，复制了一个久远的呼吸。一段段唱酥了的故事，又翻身深深喘息。谈笑之间，打捞结晶的情节。

东门白义庵，供奉白娘子；西门文昌庙，供文昌帝君；南门关帝庙，供汉寿亭候；北门真武庙，供龟蛇二神。此外城内城外还有按皇朝旧制统一设立的庙宇，如文庙、武庙、魁星阁、玉皇阁、城隍庙、五道庙、三官庙等，以及纪念当地历代名人的诸公祠和一些其他宗教性建筑。恬淡，使现实更真切。恬淡，使生活更真诚。恬淡，使希望更贴切。恬淡，使未来更美丽。幸福，洋溢开来。

让它三尺有何妨的"仁义胡同"的传说，在滦州人世代相传，古朴的民风源远流长。这里的人们是幸福的，因为纯净。纯净的生活，纯净的劳作，纯净的心灵。保持一种静美的心境，拥有一种平淡的心态。在纷繁中淡定，在苍茫中从容。人不应该因为外界的影响而变得突然高兴或者沮丧。淡定的力量给人的是一种内心的定力。有阳光照耀心灵，心底里便会一片碧绿。心静下来，阳光温暖起来，空气清新起来。面向阳光，沐浴温暖。清风吹拂，送来远方的祝福。世事沧桑，风起云涌，坐看一株雅菊，它的鲜艳、它的芳香，是对你的问候。春天的温暖，夏日的热烈，秋天的清爽，冬雪的洁白，是四季对你的赐予。花红柳绿，山清水秀，是自然对你的赐予。拥有善美的心，夜里便拥有一轮清月。拥有善美的心，清晨便拥有一轮红日。

清末十大巨案之一、轰动全国的杨三姐告状的故事曾经发生在这里。灰色的古衙门楼、灰色青砖砌成的墙垣、灰色青条石铺就的路面、灰色的檐瓦、灰色的古城墙、老头灰色的衣帽……灰色是这里的流行色。这里少有色彩，却饱含温度。历史古城，是我们世代的精神财富和栖息居所。历史古城，洋溢着温情和暖意。古衙门楼是一处典型的明清式木构建筑，门侧两壁呈八字状外撇，两大檐柱为披麻裹漆朱红木柱，柱基分别为方形莲花式和覆盆式石础。梁架斗拱不见一钉一铆，全是插榫结构。四角飞檐，筒瓦盖顶，正脊上嵌砖雕花卉，两侧各嵌一吞脊怪兽，蹲立朝天，张目上顾。州衙后院就是"北花园"，为全城制高点，登园远望，州城尽收眼底，一览无余。古城，我的至亲至爱的古城。我想，走出千里万里，滦州古城依然在我梦里。走出千里万里，滦州古城依然在我心里。

风风雨雨，滦州古城自辽代筑城历经宋、金、元、明、清、民国、日伪统治、中华民国至中华人民共和国 1100 多年，阅尽人世沉浮，饱经战乱沧桑。古城就像美酒一样，时间越久，越是醇美。它给我们视觉的盛宴，它给我们心灵的盛宴。原始、古朴、纯净、质朴。这里是滋养生命的天堂，这里是静养心灵的天堂。

滦州古城，精神圣地。

滦州古城，心灵家园。

梦里水乡

有一个水乡在梦里，在我的梦里有一个水乡，那就是白洋淀。她位于北京、天津、保定三地之间的安新县境内，距京津各 140 公里，距保定 45 公里，是华北平原上最大的淡水湖。淀内沟渠纵横，共有 146 个大小不等的淀泊，白洋淀是众多淀泊中面积最大的一个，故以此命名。淀区内共有 36 个村庄，8000 公顷芦苇，146 个淀泊。河淀相连、沟壑纵横，苇田星罗棋布。走进她，便走进梦里、画里。电影《小兵张嘎》、散文《荷花淀》、小说《雁翎队》，讲述的故事就发生在这美丽的地方。梦里的地方，走进你，走进梦里。这里的自然风光美丽而神奇，民俗风情浓郁而独特，令人神往。她诱惑着多少前来旅游的人？久居都市的人儿，快来这里吧，来清心，来洗肺。它的色彩不是五彩缤纷，它有一种水墨画的风格，散发着水墨画的芬芳。

白洋淀水域辽阔，烟波浩渺，势连天际。白洋淀芦苇荡漾，它朝夕与水相伴，根须日日与水缠绵交融，使得它肌肤鲜嫩而富有神韵，就像那些长年生活在水边的女子，美丽、温柔和多情。白洋淀中有自然形成的千亩荷花淀，每年的农历 5—8 月份粉、白两种荷花盛开，淀内香气四溢。白洋淀水域辽阔，春季青芦吐翠；夏季红莲出水；秋天芦苇泛金黄色；冬季泊似碧玉。白洋淀物产丰富，盛产大米、鱼虾、菱藕和"安州苇席"。被誉为美丽的鱼米之乡。明代诗人鹿善继叹曰：白洋五日看回花，馥馥莲芳入梦来。

这是人间仙境。走进它，就像走进梦里，白洋淀气候宜人，风景绝美，四季竞秀，妙趣天成。春光降临，芦芽竞出，满淀碧翠；每至盛夏，蒲绿荷红。它是那样陌生，又是那样熟悉。你陌生，这里你从没来过。你熟悉，这里你曾来过，在梦里。这是世外桃源？这是一片纯净、美丽、清爽的地方。我想起了达摩达拉的一句话：只有可以自由享受广阔的地平线的人，才是世上最快乐的人。宁静而祥和，在美景中，在它打开人的视野的同时，也打开了人的心灵。这里的绿色很养眼，也温润人的心。

这里，一定生长着美丽的传说，一定隐藏着动人的故事。鸳鸯岛度假村正成为中国情侣文化圣地，岛内有宏伟壮观的"天下第一铜锁"，灵秀神圣的"月老祠"和集居着世界各地珍奇鸳鸯的"鸳鸯池"。鸳鸯岛度假村以"爱情"为文化理念，将古老的爱情传说与中国爱情的象征"鸳鸯结合起来"，诠释着中国的情侣文化，把"鸳鸯岛"大造成"中国爱情岛"，创中国情侣文化品牌。有爱的白洋淀，更增添了一份美丽动人的色彩。

这里的人们是幸福的，因为纯净。纯净的生活，纯净的劳作，纯净的心灵。人的心灵美，就像这里的荷花。荷花观赏区内荷塘15公顷，蜿蜒曲折的荷桥穿梭于荷塘之中，犹如一条玉龙在荷塘中游动，穿芦荡、跨荷塘、把三区景观有机地连在了一起，游客既可踏桥赏荷、观鱼、戏水留影，每到夏季，荷花盛开，争奇斗艳，花香怡人，站在桥上俯瞰眺望，天水一色，苇淀相连，渔帆点点，妙趣天成，独特的自然风光和荷塘奇景尽收眼底。

我似乎是沿着一个时光隧道，步入远古。这里的人，拥有的是阳光，拥有的是单纯，拥有的是美好，拥有的是幸福。

我沉浸在远古自然的芬芳之中。天人合一的自然景观，平静坦荡的心怀是快乐的福祉。快乐的心情之藤，爬满支起阳光的地方，那幸福、快乐的果子便会甘香美甜。这里水域宽广，水质清澈，周围芦荡莽莽，水中荷叶田田，蒲草萋萋，鸡头丛丛，菱角点点。风和气清，百鸟翔集，白洋淀风习习，波光粼粼，视野开阔可以看到淀区秀丽的风景；夜晚渔家灯火，鸳鸯映月，如诗如画可以让你领略微风环抱的感觉。

生活也是这样。

人生也是如此。

恬淡，使现实更真切。恬淡，使生活更真诚。恬淡，使希望更贴切。恬淡，使未来更美丽。幸福，洋溢开来。这里水光天色，四季竞秀。春光降临，芦芽竞出，满淀碧翠；每到盛夏，蒲绿荷红，岸柳如烟；时逢金秋，芦花飞絮，稻谷飘香；隆冬季节，坚冰似玉，坦荡无垠。淀内沟壕纵横相连，芦荡、荷塘、渔村星罗棋布的地貌在全国独一无二。叠叠荷塘、莽莽芦荡是白洋淀的特色景观。

我喜欢这里，在这里，可以热爱的东西很多，几乎都是不用理由的。在这里，你会很快沉醉，在似醉非醉似醒非醒间，乡愁会侵蚀到骨髓深处，泪水也就欢腾了。在这里，有和谐自然，遵循伦常，山水是生灵丰润的摇篮，人也成了山水滋养的最美的风景。辽阔弥补视线的浅短，灵犀愈合精神的溃疡。无论走向哪里，心皈依于故乡，我的根扎在这里。

在这片有着清清淀水的地方，在这片依然保留着蓝色天空和悠悠白云的地方。水孕育了生命，也造就了文明。

这里的水，很嫩。一个风光旖旎的地方。

生活在大都市的人们，来到这里，尽享阳光，尽享天然。放河灯是淀区渔民为祈求吉祥而形成的传统习俗。起初是为了使这些在水中丧生的渔民早日投胎转世，每年阴历的七月十五晚上，人们用榆皮面调上植物油做成窝头状的灯，放荷叶之上，一边点燃一边奏乐。整个大淀到处都有荷灯闪烁，构成了灯的世界，场面十分壮观，美不胜收。

这里的天，这里的水，如此蔚蓝，这里生长着美丽，这里生长着幸福。这里，天人合一，人与人和谐相处，人与自然和谐相处。自然纯朴的人，洋溢着阳光般的微笑，洋溢着阳光般的欢乐。这里的女人纯美动人，阳光般的热情，水一般的柔情，是最美丽的另一种风景。

在这里，人会变得鲜活、生动起来。在它的怀抱里，你会变得异常安宁。这是人间的天堂，栖息于山间、水边，树木的芬芳气息使人心旷神怡。它悠悠的脚步，度量着明静的心情，度量着岁月的从容，静静的，随着时光流逝散步般的前行着。来到这里，你就知道什么是安详。来到这里，你就知道什么是幸福。它，古朴，幽静。在时尚充斥的今天，古朴更彰显出它幽幽的魅力，古朴是更从容的力量。风景，只有和心境和谐时，才会放射出醉人的光彩，才能发出震撼人心的光晕。

　　风，柔柔的。像少女的小手，轻拂你的肌肤。这里的风景，不单是多么美丽，而且完全可以说它是如此动人。水，有时荡漾出一种幽怨，有时洋溢出一种欢快。一个人，在历史的长河中，是多么的渺小，是多么的微不足道。在历史面前，在自然面前，我们才会感到一个人的真正位置。水波荡漾，心情也随之激动起来。有水的地方，美丽会伴随而生。这里也不例外，它像水灵灵的姑娘，浑身散发着青春的美丽和活力。它蓝得异常动人，和天空蓝成一色，和天空醉在一起。水是辽阔的，天是辽阔的。心，也辽阔起来。来到这里，心随之真切起来。再豪华的别墅也是人造的，是可以复制的，而且，它禁锢心灵、阻隔天然。而天堂是上帝造的，是心灵安顿的地方，是天人合一的地方。这里就是天堂，这里是无比美好的栖身地，在这里可以诗意地栖息。鹰排前后各有几个鹰架，放鹰时，一声口令，鱼鹰"哑哑齐下"，墨色身形如黑云压城，遮住银鳞出没的淀面。这时，鱼鹰在水中一会扎猛子潜入水中，一会仰头浮出水面。有的鹰嘴里叼着鱼头钻出水来，鱼尾在淀面来回甩动；有的两三只鹰齐心协力抬上一条大鱼。牧鹰人眼疾手快，一手抄回子，把鱼头抄进去，一手抓鹰，把鱼扔进舱里，顺手拿出一条小鱼填进鱼鹰嘴中，用手一抻皮条的活扣，鱼鹰的皮囊解开了，小鱼进入鹰嘴。然后用篙一架，把鹰放到架上休息。这一连串动作，麻利有序，不能有一丝迟延。

打水仗是白洋淀水区人们常用的一种水上娱乐方式，游客也可以参加：分为两组，分别乘一条渔船，在水质清凉、行船较少的区域，打水仗开始，双方用船工早已备好的泼水工具（脸盆、勺子、雨衣等）"围追堵截"、"相互攻击"，炎热的夏天，清水泼溅在身上，好玩刺激！在白洋淀也体会到了"泼水节"的乐趣。

人，制造别墅。

上帝，创造天堂。

吉祥的白云，自由的飘。云，漂浮在蔚蓝的天空中。

这是圣洁的风景。梦幻般的天堂，它给我们视觉的盛宴，它给我们心灵的盛宴。原始、古朴、纯净、质朴。这里是滋养生命的天堂，这里是静养心灵的天堂。

读你，用我的心灵

这是一段低矮颓废的石墙，站在它面前，它没有给予我视觉上的震撼。周围茂密的野草和高大树木没有烘托出它的伟岸，反而喧宾夺主地暗淡着它的存在。我这样说也不对，首先我对野草们和树木们道歉，大自然中你们也是主人，我不该说你们喧宾夺主。自然界中的任何一个生命或物质，都是主人。

我们应该敬重它们。我要说的眼前的石墙不是普通的石墙，它是一段遗存下来的齐鲁边界的鲁长城。此时，它默默地留守在这荒郊野外，它在守望着什么？是守望遗失的时空，还是守望一种信念？是守望心中的疆土，还是守望早被收容了的战火？你看到了风云变幻，你看到了历史沧桑。你看到了风风雨雨，你看到了悲欢离合。你该更懂得什么是虚无，你该更懂得什么是永恒。

我看到是沉默，我看到是无语。在这沉默中，我感到了它的伟岸和壮怀激烈。

我们匆匆地拜访了这段颜庄境内的古长城遗址，还没有读懂它，就要离开它了。

我不仅没有读懂它的心，甚至没有读完它完整的容颜。

接下去的路程里，有泉水的地方一个接着一个，这种滋养生命的天使没有翅膀，她不是来自天国，她来自大地的心脏。这种温润的生灵，滋润着大地上的生命。

张老师说，我们村民经常来打这里的泉水喝，比你们花六七块钱买的水还好喝那！

我们说，你别馋我们啊！你再说，我们就在你们这里落户了。

旷野里笑声飞扬。

我此时也看到了泉水的微笑。

九龙山就在前面，我们一路上看到因为修路被切开的山体，那种被解剖的肌体真实而美丽，让我们读到大山表层以下的内容。

当然，这还不是大山的实质。大山的实质，用眼睛你是读不到的，要想读到大山的实质，需要用你的心灵。

再往前行，远远望去，有着布满斑驳花纹的一片山体，这就是九龙山的龙鳞。

再往前行，一片茂密的森林。

这里面的负氧离子含量很高，是一片天然氧吧。湿润的空气中，弥漫着松脂的芬芳。

来这里洗肺吧！吐尽你在大都市里或工业区里吸进的浊气，吸进这没有污染的清新空气。

站在高处，我读到了秀美的景色，读到了山下美丽的村落，读到了全景式的恢弘画面。

走下山来，接下来的沿途中，我们看到了漫天遍野的野花。九龙山，我们看到的是它的巍峨和硬朗。眼前的景象，因这些花的开放，我们的心变得柔美起来。九龙山，在一朵花的开放中，变得芳香起来。

颜庄大地，在一朵花的开放中生动起来。

我们来到庙宇前，庙宇前有两棵高大的梨树，梨树上结满梨子。粗大的树身，斑驳的树皮，看样子这两棵梨树有一些年头了，而正是在这老树上，依然生出茂密的绿叶，依然结出累累硕果。那梨果散发出的香气弥漫在空气中。我们读着它，它低着头不敢看我们。哦！它不是不敢看我们，累累硕果压得它太累了，或者它正在想着什么香甜的心事。

庙宇中有两颗古柏，粗大的树身，几个人手拉手才能把它环抱住。据说这里原来有十棵柏树，日军侵华时来到这里，便用锯砍伐柏树，当锯到第九棵树时，树身里流出红色的液体染红了锯条，鬼子一见，失魂落魄弃树而逃。于是，便留下了这棵柏树。如今，它已是参天大树。庙宇古旧，但更显得它的珍贵，古朴带给我们的是厚重的力量和深刻的思索。

穿过一片庄稼地，在一片山楂树林里，有一棵松树，它的粗大极为罕见，几乎可以称作松树之王了。而就是这样的一棵巨大的松树，淹没在一片山楂树林中。

有山的地方，男人都是硬汉子。就像有水的地方，女人都很柔美一样。有山，我们的骨骼就不会缺钙。有山，心会很踏实。有山，脚步会很铿锵。山，永远在那里，山，是有根的。

钢城大地，一部厚重的书，读它，不能用我们的眼睛，需要用我们的心灵。

蒙山

星期六早5：30到达了集合地点出发，大约一个半小时后，我们到达了蒙山脚下。稍作休息，准备出发。我所在的团队是去爬云蒙和天蒙。背好登山包，正式出发。

蒙山历史上属于东夷文明，是世界著名养生长寿圣地，一直为文人骚客、帝王将相所瞩目。颛臾王曾主祭蒙山，这里留下了孔子、庄周、老莱子、鬼谷子、李白、杜甫、唐玄宗、苏轼、康熙、乾隆等帝王圣贤足迹。蒙山，又名东山、东蒙。蒙山在古代曾是一座宗教文化名山，有"岱宗之亚"的称号，近代又因是沂蒙山区革命根据地而闻名遐迩。大凡山川的得名，多由来于本身的主要特征，如东岳泰山，古时作"大山"，"大"字读"太"音，即大山的意思；西岳华山，因其形似莲花，华与花通；东北的长白山，因石色多白；新疆的火焰山，因石为红色；黄河因其水浊色黄；长江因其源远流长等等。也有因历史人物或物产得名的。或象形，或状体，或表色，或传史，莫不名实相符。那么蒙山的"蒙"字，其确切的含义是什么呢？这在我国古典名著称为群经之首的《易经》中可以找到答案。《易经》六十四卦中第四卦是"蒙卦"，其卦体符号是艮上坎下，艮代表山，坎代表水，艮上坎下的卦象，即象征山下有水；另外，坎又象征凶险，艮又代表停止，因此，解释蒙卦卦象和卦义的象辞说："山下有险，险而止，蒙。""山下出泉，蒙。"对此，三国魏王弼注解说："退则困险，进则阂（阻隔之意）山，不知所适，蒙之义也。"又说："山下出泉，未知所适，蒙之象也。"再看蒙山的形势，它绵亘于鲁中南大地，跨平邑、蒙阴、费县、沂南等县，层峦叠嶂，云雾弥漫，给人以深邃莫测、晦明难辨之感；千峰耸峙，万壑争流，常陷人于山重水复、进退无路之境地。蒙山的形势，不正是蒙卦卦象的标本吗？反过来，蒙卦卦义也正是蒙山形势的写照。再者，上古时期的蒙山，被洪水包围着(《尚书·夏书》："洪水滔天，浩浩怀山襄陵。")当比以后的蒙山险恶得多。由此，我们可以得出蒙山的"蒙"字有山水相连，形峻势险，深邃莫测，使人迷茫之义，简言之，蒙山即险峻莫测之山。

我们走了一段水泥路后，到了一个小屋门前。领队带我们从一条小路爬到了山坡顶上。开始向前进，刚开始的路还算好走。可是绕过一个弯弯的山路之后，路突然变陡了。领队在前方告诉大家："一定小心点，靠里走不要靠外走。"我们小心翼翼地通过了第一个险区。继续向前开去。

当我们到达一片杜鹃形成的茂密丛林时，野草把小路都盖住了，我们只能"践踏草坪"了。这野草长得实在是太高了，有的都能扫过我的手臂。"哎呀！"有人大叫了一声。原来是一种长了"牙"的草把我的胳膊给"咬"破了。

又走了大约一个小时后，我有点耐不住性子了，问领队："我们走了多远了？快到顶了吧？"领队冲我笑了笑，说："才走了三分之一。"我的神经有点崩溃，心里打起了退堂鼓。但碍于面子，便忍下来了。

"看！核桃！"前面一个人叫起来。

"哇！这一大片都是核桃叶唉。"我正沉浸在如此美景之中。

领队大叫了一声："快让孩子们先过，这核桃叶上的水滴在身上会使皮肤肿起来。"

我们继续前行，不料脚下的一块石头长了苔藓，让我栽了个大跟头。原地休息了一会儿，顺便吃了点自带的小零食。便匆匆忙忙向前赶去。

又行了一段开阔的路，来到了一个树藤隧道，我只得"匍匐前进"。由于戴着帽子没办法抬头，只得将头低得更深，总算是"柳暗花明又一村"。往前走了几步就是觉得有点不对，原来，帽子被钓在了藤上。我只得自己去把帽子拿回来。心里还不时地说今天怎么那么倒霉啊！

我刚刚归队，只听得前头一声"啊！"往前一看。那一幕，那叫一个惊心动魄。一位队友脚下一滑，身体向外倒去。你们觉得不就是摔倒了嘛，有什么大惊小怪的。可要是告诉你，那位阿姨身体歪倒的方向就是悬崖。你还会这么想么。幸好有一片树丛将他接住，不然，后果不堪设想。

好不容易到了云蒙山顶，领队说要原地休息，可以合影留念。我往前望去，两个山峰间有几缕烟雾飘出，宛如仙境。这是人间仙境。走进它，就像走进梦里。我想如果那里有人住的话，一定是仙人；如果没人住，我将来可以住到那去，说不定还能成仙。我回头一看，竟有一只苍鹰，有人大叫起来，其他人也被他的叫声吸引过来。咦，不对。是两只苍鹰。它们一同翱翔在云里雾里，那场景，那叫一个唯美，当我们应过来时，驴友们已经拍下了这场景。

休息半个小时后，领队带我们走山梁，向天猛冲去。

山梁的路还算好走，走过一片树林之后，依稀看得到天蒙山顶，但是又一险区摆在我们面前，那是一个巨石压顶的山路，不、不、不，都不是山路了，而是"石路"头顶的巨石与脚下的巨石形成了大约 60 度的角，石头的边缘就是悬崖。我壮着胆走在了老爹的前面，还好顺利通过。

又走过一片树林后，到达了天蒙山顶。休息片刻后看时间还早便向山底冲去。在下山的路上还不时能看见几片农田，经过大片花椒树后，看到了长长的一条的溪水。领队说："我们沿着这条溪水就能到达山底。"其他驴友们似乎也是想家了，风一样的向前冲去。当我来到溪边时，看到溪水时缓时急地流过，那叫一个美呀！我顺便把溪水当作镜子理了理头发，洗了洗脸上的汗。我往上看去却怎么也寻不到水的源头。我们趟着溪水一路向下赶去。

我们来到树荫下时，领队说："中午在这吃饭。"

吃完饭后，将垃圾收拾了一下。继续下山去了。

这里有雄伟的景象震撼人心，也有清静风景美丽醉人。

在临近山脚下的一座古楼旁，坐着一位年近百岁的老人，在他旁边有一棵很大的古槐树，老人对我们说："这棵树已经有 300 多年了。"领队又问："老人家，您多大岁数了？""90。"老人的脸上露出了慈祥的笑容，"这棵树从我爷爷那辈就传过来，你们等过几天再来，这棵树开花，可香了。"这里的环境优美，空气清新，水清澈甘甜含有丰富的矿物质，长年饮用，延年益寿。

十分钟后，我们回到了车上，准备回家。

你是一个梦

期盼已久的青岛终于到了。翻遍了青岛的地图，还是决定不了要到哪里去玩。不过，因为好久没有游泳了，所以还是决定要去海边。就算是要去游泳，也要选一个好地方，虽然觉得去哪都行，但和大家商量一下觉得金沙滩比较好，所以选中了它。金沙滩水清滩平，沙细如粉，阳光照在沙滩上金光闪闪，故称"金沙滩"。金沙滩又被号称"亚洲第一滩"。到了那里，我迫不及待的就跳进海水，享受海水的清凉。可它就像是在跟我作对一般，刚进海水，还没熟悉它的温度，一个大浪就冲过来了。

大海波光粼粼，像一位母亲，在轻轻微笑，她中间的岛屿就是他的宝贝。大海在唱歌，唱给她那些宝贝们，让她的宝贝安然入睡。

大海用自己的双手托起大船和小船。

大海就像一个百宝箱，她那里藏有宝藏。

海风微微的吹着。我抓了一把沙子，那沙子细腻的从我的手中流失。我们光着脚丫子在沙滩上跑来跑去，有趣极了。

大海，在帆船上看你，你是多么的宽广，多么的伟大啊！

大海，你是各种鱼类的母亲，也是各种珊瑚的母亲。

啊！大海，我爱你！不知不觉，就已经过了两个小时，还没玩够的我，只得恋恋不舍地离开。第二天，我们一行人去了极地海洋世界，那里有憨厚的北极熊；有可爱的企鹅；有聪明的海豚和白鲸；还有凶猛的白狼。在那里，要说最有趣的，还要数海豚们的精彩表演。什么唱歌、跳舞；什么空中旋转；什么呼啦圈……都不在话下。只要有吃的，转一天也没问题。第三天，我们游览栈桥和小青岛。栈桥又名前海栈桥、南海栈桥和大码头。在它的北方，与小青岛隔海相望。从栈桥上往海水里望去，成群结队的小鱼游来游去，仿佛是栈桥的守卫队。小青岛，因其形状像一把古琴，所以又名琴岛。在小青岛上，如果仔细一听，能听到美妙的曲子，海浪就像是它的伴奏者，与它一起弹奏出自然的音乐。

在回宾馆的路上，我看到了青岛的鬼屋。所谓的鬼屋，并不是游乐园里的鬼屋，而是一栋房子。相传，在半夜，能听到有人在哭，现在竟然被建成宾馆，想到这里，我就不敢再往下想了，那里实在是太恐怖了。青岛，一座美丽的城市，一座美丽的海滨城市。

坎儿井

一眼望去，沙漠无边无际，四野沙海茫茫。戈壁大漠，是新疆的雄浑。

坎儿井，便使得新疆柔情脉脉。

坎儿井井水清澈，温润如温泉。坎儿井是新疆独特的风景，是乡亲们的生命泉。坎儿井，是"井穴"的意思，早在《史记》中便有记载，时称"井渠"，而新疆维吾尔族语则称之为"坎儿孜"。坎儿井是荒漠地区一特殊灌溉系统，普遍于中国新疆吐鲁番地区。坎儿井与万里长城、京杭大运河并称为中国古代三大工程。吐鲁番的坎儿井总数达 1100 多条，全长约5000 公里。清代萧雄《西疆杂述诗》云："道出行回火焰山，高昌城郭胜连环。疏泉穴地分浇灌，禾黍盈盈万顷间。"它说出了"疏泉穴地"这吐鲁番盆地独特的水利工程的最大特点。

坎儿井是干旱荒漠地区，利用开发地下水，通过地下渠道可以自流地将地下水引导至地面，进行灌溉和生活用水的无动力吸水设施。坎儿井在吐鲁番盆地历史悠久，分布很广。长期以来是吐鲁番各族人民进行农牧业生产和人畜饮水的主要水源之一。由于水量稳定水质好，自流引用，不需动力，地下引水蒸发损失、风沙危害少，施工工具简单，技术要求不高，管理费用低，便于个体农户分散经营，深受当地人民喜爱。

坎儿井是中华文明的产物。盛弘之《荆州记》中记述："隋郡北界有厉乡村，村南有重山、山下有一穴，父老相传云：神龙所生林西有两重堑，内有周围一顷二十亩地，中有九井，神农既育，九井自穿。汲一井则众井水动，即以此为神农社，年常祠之。"九井自穿相通，一井牵动众井，这与地下暗渠相通的坎儿井结构相同。神农是我国农业和医药发明的传说人物，把穿井与他连在一起，可见其历史悠久。司马迁《史记·五帝本纪》云："瞽叟又使舜穿井，舜穿井为匿空旁出。舜既入深，瞽叟与象共下土实井。舜从匿空出去。"舜穿井时，就挖了一条从旁出的"匿空"（地道），这与坎儿井的挖掘方法极其相似。如果："匿空"为水平地道，就是坎儿井，这是公元前21世纪的史迹，比传说波斯于公元前8世纪有坎井，要早1000多年。《庄子·天地》篇云："子贡南游于楚，反于晋，过汉阴，见一丈人，方将为圃畦，凿隧而入井，抱瓮而出灌，搰搰然用力甚多，而见功寡。子贡曰：'有械于此，一日浸百畦，用力甚寡而见功多，夫子不欲乎'？"子贡向其介绍当时的先进灌溉提水工具桔槔，而圃者答以"吾非不知，羞而不为也。"他害怕使用机巧工具而乱了思想，坚持遵古法凿隧取水。可见在春秋时期凿隧取水已是一项古老技术，而这种技术运用于坡度较大地段，就可挖成坎井。《庄子·秋水》篇的"埳井"，即"坎井"。蛙"擅一壑之水，而跨跱埳井之乐"。这类井似同于壑，应是流水深沟或地下暗渠。（荀子·正论）又云："坎井之蛙，不可与语东海之乐。"坎井之名，正式出现在先秦典籍之中。人们相信波斯地下暗渠起于公元前800年，却没有认真考究中国史籍中有关坎井的记述，不无偏废之嫌。虽然这些记述没有指明坎井的具体形成时间，却充分显示出产生坎井的文化背景源远流长。

维吾尔族姑娘像天使般在河边洗衣服，她们穿着漂亮的花裙，在阳光下鲜花般美丽。歌声、笑声在寂静的小河上空飘荡，音色优美，与自然浑然一体，是粗犷、单纯的村民心生丝丝婉约。

　　这里的人都很长寿。老人们谦和慈祥，有自然赐给他们的鹤发童颜，有梦境赐给他们的明亮目光。他们又白又长的胡须向前翘，目光是那么平静，神采是那么自信。

　　村民们春天种植葡萄、甜瓜，秋天晒葡萄，她们不知道啥叫忧郁。是因为这里四季都可以吃到鲜美的瓜果？还是因为这里的人们对生活的寄托向蓝天白云一样明净？

　　麦西来甫的古乐声响起来，小伙子姑娘们的舞蹈跳起来，手鼓打起来，独塔尔弹起来。作为歌舞之乡，你可以随时进入一片歌舞的海洋。载歌载舞，人们的生活都是喜气洋洋。对于在大都市生活的人来说，很难享受到如此纯净的生活，很难享受到如此简单明快的生活，很难享受到如此快活的生活。

　　坎儿井的水流淌着，静静的。

　　这动人美丽的小河，这明亮、纯美的阳光，这令人魂牵梦绕的地方，这遥远的地方，是那么令人心动。

风满乌拉泊

　　新疆的乌拉泊满是风，除了风，便是风扬起的尘沙。

　　太阳明晃晃地挂在天上，把灿烂的阳光赤裸裸地投放在赤裸裸的大地上。风是冷的，阳光是温暖的。一方面是冷硬，一方面是温软，同时在这里拥有。乌拉泊是富足的。

"乌拉泊古城怎么走？"

"乌拉泊古城？不清楚！"

"乌拉泊古城怎么走？"

"古城？不知道！"

"乌拉泊古城怎么走？"

"……"

"乌拉泊古城怎么走？"

"向前走，前面可能就是吧。"含糊其辞。

一片湖水，一群野鸭。

湖水是那么的蓝，蓝的没有一丝杂质，这片湖也算是野湖吧？它静静的在这里蓝着，它静静的在这里温润着。

是我打扰了它，对不起了。

但愿没有太多的惊扰它。

乌拉泊古城淹没在历史的记忆里，它在人们的视野里消失，很少有人再去关注那些破败的城墙。但在许多年以前，它曾是那么的辉煌、繁荣。

乌拉泊古城展现在我的面前，风雨已经把它销蚀得残存无几。残垣断壁，墙面斑驳。我无法想象它过去的繁华，它是怎么残败废弃的呢？

一位维吾尔族老人坐在半堵墙体上，悠闲地抱着一杆放羊鞭。不远处是他的一群羊，羊儿低着头啃着地上的草，那草低低地贴在地面上，似乎想要钻进地里，以免遭受羊的啃噬。但羊儿似乎很执着，不放过任何一丝绿色的东西。干裂的大地上，这些绿色的精灵，给古城多少带来了一些生机。

风又紧了一些。

风声，似乎在诉说着什么。

面对低矮残破的土墙，我不敢登上去，我也不忍登上去。它承受得太多太多。风风雨雨，沉重的历史，我们不应再给它增添更多的负担，它已经承受不了了。

风过乌拉泊，留下的是更坚硬、沉实的沙粒。留下的是荒凉和寂寞，留下的是思索。

吐鲁番的葡萄熟了

听着刀郎的歌，去吐鲁番。

"二〇〇二年的第一场雪，

比以往时候来得更晚些。

……"

但吐鲁番的热浪涌来，刀郎的歌声漂浮在干烈的空气中。

烟云缭绕的火焰山下，郁郁葱葱的木头沟河畔，有一座规模宏大的人文景观大漠土艺馆。

火焰山腹地的五百罗汉谷，是佛光宝地。著名的佛教遗址——柏孜克里克千佛洞就开凿在此谷，在古代是高昌回鹘王国的王家寺院。

想当初也是雕梁画栋、金碧辉煌，因历史上的宗教战争，人为和自然的破坏摧残早已疮痍满身、面目全非，引发了人们无限的历史感慨，万佛宫，是大漠土艺馆的主体工程。这个大型宫堡由三个直径十米、高十二米的窟窿顶建筑组成，是迄今新疆境内最大的佛教艺术殿堂。据考古学家发现，新疆古代的佛寺不少就是采用了这种式样的建筑。有趣的是，世界三大宗教：基督教、佛教、伊斯兰教都对窟窿顶建筑情有独钟。进入宫内迎面一尊十米高的彩绘大佛雄伟壮观、气派不凡，是依据焉耆出土的雕塑精品红衣佛放大塑造的。

万佛宫西侧为四个穹顶建筑，像串糖葫芦似地连续在一起，为玉石、帽子、服装、铜器等展室。西北角的木制品展室展示多种旋制、彩绘的木制品和土式机械。穿过钟亭可参观土陶展院，这里有老式以脚踏为动力的陶轮和一片很壮观奇特的土馒头（制作大陶的模具）。

北侧小院有两座土陶窑，一座是从新疆土陶之乡英吉沙县移植的，一座是吐鲁番本地馕坑窑（馕——新疆的烤面饼）游人在这里可参观土陶制做的全过程，还可观赏土陶器皿。经过一条往下的阶梯，便进入一个半地下的、结构繁复的民居建筑，属于典型的吐鲁番式土拱院，庭院冬暖夏凉。

吐鲁番可以说是古代生土艺术的精粹之地，但随着古代宗教战争的破坏和现代化进程导致的风俗的移易，生土艺术日渐式微，仅存的也不过是些废墟遗迹，生土艺术的存续面临断裂。而大漠土艺馆因地制宜，利用吐鲁番干旱少雨之条件，就地取材，直接用当地的泥土为材料进行建造和雕塑。大漠土艺馆内的建筑和雕塑完全根据生土艺术塑造原则建造而成，有浑然天成之趣，是古代西域生土艺术的一种现代成熟展示。

高昌故城规模宏大，十分壮观。总面积 200 万平方米，是古代西域留存至今最大的故城遗址。城呈长方形，周长 5 公里，分外城、内城、宫城三部分。城内，可参观外城墙、内城墙、宫城墙、可汗堡、烽火台、佛塔等留存较为完整的建筑，其余的便是残破土墩、败落壁垣了。

内城北部正中有一座不规则的方形小城堡，当地人称"可汗堡"。佛寺两侧曾立着高大的佛塔，院内正中有残存塔柱，而佛龛内则残存着菩萨像和壁画。据考证，这是当年唐僧玄奘西游路过高昌国时，被国王菊文泰挽留一月讲经之处。

葡萄沟，缀满"珍珠玛瑙"。上帝给吐鲁番最充足的阳光，最热情的阳光，也给吐鲁番最甘美的果实。

这是上帝的果实。

坐在葡萄架下，听一个风趣的故事：有一个汉族人买了一把维吾尔族人的扇子，用了一天便坏了，他找到卖扇子的维吾尔族人说扇子不耐用，维吾尔族人对他说，你扇子的用法不对，我们都是这样扇扇子的，维吾尔族人举扇子的手并不动，而是来回摇晃动着脑袋。

我们为维吾尔族人的风趣欢笑。

挂满甘美葡萄的吐鲁番，也挂满欢笑。迷人的葡萄沟，是火洲的"桃花源"。位于吐鲁番市东北 10 公里的火焰山中，这是一条南北长约 7 公里、东西宽约 2 公里的峡谷。这里依山傍水、安静、幽雅，景物天成，数条葡萄长廊深邃、幽静，你可以信步葡萄架下，仰首尽情观赏珍珠般的葡萄，你可以坐在葡萄架下品尝鲜葡萄。天山雪水沿着第一人民渠穿沟而下，潺潺流水声给葡萄沟增添了青春的活力。两面山坡上，梯田层层叠叠，葡萄园连成一片，到处郁郁葱葱，犹如绿色的海洋。在这绿色的海洋中，点缀着桃、杏、梨、桑、苹果、石榴、无花果等各种果树，一幢幢粉墙朗窗的农舍掩映在浓郁的林荫之中，一座座晾制葡萄干的"荫房"排列在山坡下、农家庭院上，别具特色。夏天，沟里风景优美，凉风习习，是火洲避暑的天堂。

新疆有一首歌谣"吐鲁番的葡萄哈密的瓜，库尔勒的香梨人人夸，叶城的石榴顶呱呱。"在葡萄沟品尝葡萄的甜美和清凉，可以领会吐鲁番火辣辣之外的那份清凉惬意。

我不知道这里是否也埋藏着痛苦，但我从这里阳光般的欢笑中丝毫看不出它们的一丝愁倦。这里的老人多、孩子多，有老人、孩子多的地方，我想一定是拥有最美时光的地方。这里的老人都很长寿，脸上洋溢着满足的笑容，腰板硬朗，有着自然赋予的明亮的目光。我想这除了它们可以享用最鲜美的瓜果，更重要的是他们没有都市人贪婪的欲望和纷乱的心绪。天人合一的自然景观，平静坦荡的心怀是快乐的福祉。

快乐的心情之藤，爬满支起阳光的地方，那幸福、快乐的果子便会甘香美甜。

生活也是这样。

人生也是如此。

学会恬淡。

恬淡，使现实更真切。恬淡，使生活更真诚。恬淡，使希望更贴切。恬淡，使未来更美丽。

梦境丽江

有一个水乡在梦里，在我的梦里有一个水乡，雄奇壮美的山川孕育了丽江这块肥沃的土地，洁白的雪山，美丽的古城伴着古色古香的纳西音乐飘荡在神奇、美丽的滇西北上空。梦里的地方，走进你，走进梦里。这里的自然风光美丽而神奇，民俗风情浓郁而独特，令人神往。她诱惑着多少前来旅游的人？久居都市的人儿，快来这里吧，来清心，来洗肺。它的色彩不是五彩缤纷，它有一种水墨画的风格，散发着水墨画的芬芳。

丽江古城，它宛如一方美玉大砚，平落在丛山之中。

这是人间仙境。走进它，就像走进梦里。古镇古色古香，一个"古"字，集中说明了纳西先民选址营建古镇的聪秘智慧。古城位于开阔的坝子中间，海拔 2400 米。她北倚象山、金虹山，西枕狮子山。使屏立的山麓挡住了西北寒流的入侵。城东南面向数十里的沃野良田，这里阳光充足，花木早苏，是古城的粮仓。到了六、七月份，南风徐来，吹走了热气，为古城带来了难得的清爽。我似乎是沿着一个时光隧道，步入远古。这里的人，拥有的是阳光，拥有的是单纯，拥有的是美好，拥有的是幸福。

我沉浸在远古自然的芬芳之中。天人合一的自然景观，平静坦荡的心怀是快乐的福祉。快乐的心情之藤，爬满支起阳光的地方，那幸福、快乐的果子便会甘香美甜。

这里的人们是幸福的，因为纯净。纯净的生活，纯净的劳作，纯净的心灵。在古城中心有一块近6亩地的方形街市，四周均是整齐的店铺，俗称"四方街"。这就是由于丽江地处滇川康藏交通要道的结合点，自清初，就有四方商旅来这里贸易，使丽江古城成为滇西北主要的商品集散地和手工艺品产地。纳西语称这里为"工本"，那意思即是"仓库聚集的地方"。藏族地区的毛纺织品、山货药材从丽江转销内地。西双版纳、凤庆、下关等地的茶叶、日用百货从丽江运往藏区。丽江古城处处闪耀着民族团结进步的光辉。

它是那样陌生，又是那样熟悉。你陌生，这里你从没来过。你熟悉，这里你曾来过，在梦里。这是世外桃源？这是一片纯净、美丽、清爽的地方。我想起了达摩达拉的一句话：只有可以自由享受广阔的地平线的人，才是世上最快乐的人。宁静而祥和，在美景中，在它打开人的视野的同时，也打开了人的心灵。这里的绿色很养眼，也温润人的心。最奇的是造城建镇者巧妙地调用了清澈的玉泉水。当汩汩泉水流至城头双石桥下时，人们将泉水分做三叉，分别穿街过巷，就像人体的经脉，泉水流遍全城千家万户，形成居民洗菜用水最远不过50米的便利条件。当你徜徉街头，随时都有水的陪伴，或在旁淙淙欢唱，或在下潜游路中，令人心驰神往。水是人类生活须臾不可或缺的资源，有水才有生命，才有生活，才有蓬勃向上百花纷繁的希望。水，不仅使大研古镇不断注入新生的朝气，也成为大研的佳妙美景。

玉龙大雪山位于青藏、云贵高原犬牙咬接处，是喜马拉雅山系最南端的云岭山脉的主峰，也是北半球处于纬度最南的现代海洋性冰川，终年积雪的玉龙十三峰，由北向南逶迤排开，绵延 35 公里。前头的主峰高昂龙首，其后峰峰相连，犹如龙脊蜿蜒。远远望去，云腾雾绕，托出好一条银鳞闪烁的玉龙！最南端的主峰扇子陡，海拔 5596 米，被誉为"玉柱擎天"。

丽江人在缆车站到云杉坪的原始森林间，开辟出一条曲曲弯弯的栈道，清朗古朴，幽静深远，像是靠近玉龙的序曲，先由管乐飞出一串悠扬的旋律。久居闹市，一踏进浓墨般重绿的原始大森林中间，我的心都要碎了，那伟岸大木排列得遮天蔽日，那满地郁郁葱葱的万种草木，无不透露生命、生长、生生不息的真谛。

泉水环绕连接每家门庭，开门即河，迎面即柳，形成高原水乡"户户泉水，家家垂柳"的特有风采。他们用水十分讲究，名为三眼井，即泉水喷涌的第一眼井供饮用；下流第二眼井为洗菜；再下流第三眼井方可用以洗衣服，严格分开，不准乱用。一石跨渠，即成一家，水绕民家，自然处处以桥通路。大研保存了许多座明清的石拱桥，虽经几百年的风雨剥蚀、兵火焚毁，乃至多次大地震的破坏，石桥如故，至今依然雄跨主河，为这个"中国的威尼斯"、"高原姑苏"赢得一份古朴的壮丽。生活也是这样。

人生也是如此。

恬淡，使现实更真切。恬淡，使生活更真诚。恬淡，使希望更贴切。恬淡，使未来更美丽。幸福，洋溢开来。这里水光天色，四季竞秀

这里，一定生长着美丽的传说，一定隐藏着动人的故事。千余年前，纳西古民的"东巴"（经师、智者）用一种奇特的象形文字书写经文，完整地保存了纳西族的古代文化。1300多个东巴文字，附以1000多种拼写组合，记述了他们的历史、理想、文学、艺术，成为今天趣味盎然的一个"奇迹"。且不说他们的《创世纪》《黑白争战》《鲁般鲁饶》三大史诗，古老的《蹉模》舞蹈教程，至今还保留在白沙的明代壁画以及堆满玉龙十三峰的民间传说……纳西人所创造的东巴文化揭示了一个民族从荒蛮走向文明，广收博采，从不自封的历程。

我喜欢这里，在这里，可以热爱的东西很多，几乎都是不用理由的。在这里，你会很快沉醉，在似醉非醉似醒非醒间，乡愁会侵蚀到骨髓深处，泪水也就欢腾了。在这里，有和谐自然，遵循伦常，山水是生灵丰润的摇篮，人也成了山水滋养的最美的风景。辽阔弥补视线的浅短，灵犀愈合精神的溃疡。无论走向哪里，心皈依于故乡，我的根扎在这里。

在这片有着清清江水的地方，在这片依然保留着蓝色天空和悠悠白云的地方。水孕育了生命，也造就了文明。

这里的水，很嫩。一个风光旖旎的地方。

　　生活在大都市的人们，来到这里，尽享阳光，尽享天然。

　　这里的天，这里的水，如此蔚蓝，这里生长着美丽，这里生长着幸福。这里，天人合一，人与人和谐相处，人与自然和谐相处。自然纯朴的人，洋溢着阳光般的微笑，洋溢着阳光般的欢乐。这里的女人纯美动人，阳光般的热情，水一般的柔情，是最美丽的另一种风景。

　　在这里，人会变得鲜活、生动起来。在它的怀抱里，你会变得异常安宁。这是人间的天堂，栖息于山间、水边，树木的芬芳气息使人心旷神怡。它悠悠的脚步，度量着明静的心情，度量着岁月的从容，静静的，随着时光流逝散步般的前行着。来到这里，你就知道什么是安详。来到这里，你就知道什么是幸福。它，古朴，幽静。在时尚充斥的今天，古朴更彰显出它幽幽的魅力，古朴是更从容的力量。风景，只有和心境和谐时，才会放射出醉人的光彩，才能发出震撼人心的光晕。

　　风，柔柔的。像少女的小手，轻拂你的肌肤。这里的风景，不单是多么美丽，而且完全可以说它是如此动人。水，有时荡漾出一种幽怨，有时洋溢出一种欢快。一个人，在历史的长河中，是多么的渺小，是多么的微不足道。在历史面前，在自然面前，我们才会感到一个人的真正位置。水波荡漾，心情也随之激动起来。有水的地方，美丽会伴随而生。这里也不例外，它像水灵灵的姑娘，浑身散发着青春的美丽和活力。它蓝得异常动人，和天空蓝成一色，和天空醉在一起。水是辽阔的，天是辽阔的。心，也辽阔起来。来到这里，心随之真切起来。再豪华的别墅也是人造的，是可以复制的，而且，它禁锢心灵、阻隔天然。而天堂是上帝造的，是心灵安顿的地方，是天人合一的地方。这里就是天堂，这里是无比美好的栖身地，在这里可以诗意地栖息。

人，制造别墅。

上帝，创造天堂。

吉祥的白云，自由的飘。云，漂浮在蔚蓝的天空中。

这是圣洁的风景。梦幻般的天堂，它给我们视觉的盛宴，它给我们心灵的盛宴。原始、古朴、纯净、质朴。这里是滋养生命的天堂，这里是静养心灵的天堂。

千年古镇的体温

历史，匆匆走过。岁月，沧海桑田。时间，留下的痕迹成为我们珍贵的记忆。千年古镇大通是一个拥有近三千年历史的江南古镇，其区位优势明显，交通便捷，历史悠久，文化底蕴深厚，是历史上众多重大历史事件的发生地。历史的脚步，留下深深浅浅的脚印。在千年古镇面前，我仿佛走进历史的隧道，触摸到千年古镇的体温。

阳光，在曾经微笑过的地方留下的是温暖。花朵，在曾经微笑过的地方留下的是果实。风雨，在曾经微笑过的地方留下的是彩虹。瀑布，在曾经微笑过的地方留下的是壮观。年轮，是树木曾经微笑过的地方。那里，有智慧菊花般开放，这是岁月的沧桑，这是岁月对我们的奖赏。古镇，是历史留给大通人的宝贵的恒久的财富。大通人是幸福的，因为历史离他们很近。

美丽的大通，这种美丽是一种壮美。这里临江、含湖、依山，风景优美，旅游资源丰富，拥有"国家级长江淡水豚自然保护区"、佛教重点寺庙"九华山头天门"大士阁、曾拥有"三街十三巷"的和悦老街以及生态景观得天独厚的白浪湖、祠堂湖等众多著名景点。我们沉浸在壮美中，我们沉浸在历史厚重的文化中。

在历史面前，在古镇的怀里，我们感受着历史的久远和亲近。铜陵大通镇，它曾与安庆、芜湖、蚌埠齐名的安徽"四大商埠"之一。清末民初，是大通古镇的鼎盛时期，小小的古镇上居住着10余万人，有着"小上海"的美誉。大通镇自然景观旅游资源有：青通河、长江、鹊江、祠堂湖、白浪湖、潜洲沙滩湿地、江心洲田园风光、国家级淡水豚自然保护区（现为国家3A景区）。人文旅游资源有：九华山头天门——大士阁、和悦老街、澜溪老街、清代的天主教堂、明清古井、古渡口、盐务招商局、三家日报社（清末民初时期的《大通日报》《鹊江日报》《新大通报》）。这里，至今还保留20世纪60到70年代的痕迹。历史的长河，流经岁月的大地，激起朵朵浪花。在每一朵浪花里，我们看见了历史的容颜。这里曾诞生神奇的神话，这里拥有人间仙境。

　　在这里，建筑是一种历史文化，是一种凝固的历史。大通钟楼，它是一座至今已经有着近 70 年历史的建筑物。这座钟楼用料考究，造型别致，坚固雄伟，高高地屹立在大通镇中心的长龙山"西瓜顶"上，呈四方立柱型，边长约为 4 米，圆形拱门，高约 20 余米，上下三层，是目前大通镇上最高的建筑，登临其顶，大通美景尽收眼底，鹊江两岸一览无余。这座钟楼是西班牙人在大通修建的，现在大通钟楼已被铜陵县人民政府列为重点文物保护单位。我们每当站在这些历史留下的建筑面前，总是感慨万千。在这些古建筑面前，我们似乎看到了历史的背影。

　　遥远的梦境，最近的风景。在千年古镇的怀里，我们感到了古镇的从容，我们触摸到古镇的心跳，我们感到了古镇的体温。

第五辑　储存幸福

　　我们的物质贪欲越来越高，我们的杂物堆积得越来越满，所以我们对生活越来越不满了。人人都希望过上幸福快乐的生活，而幸福快乐只是一种感觉，与贫富无关，更与杂物囤积无关，它与感觉相通，它与内心相连。让我们赶快清理出盛放幸福的空间。我们希望拥有的越多越好，殊不知这样有着很大的负面作用。《囤积是种病》告诉我们，囤积物品和喜欢收藏的人不同，因为收藏者会按照物品的价值进行选择，但喜欢囤积物品的人却可能囤积垃圾或者没有任何价值的东西。对于具有囤积物品习好的人，最好的治疗办法是励志小组和各种认知疗法。学会经营心灵生活。拥有一颗空灵的心，便拥有一片生动的天地。只有有一颗空灵的心，才会注入快乐、注入幸福。让我们清理出一个空间来，来储存幸福。否则，我们的幸福无处可存。

储存幸福

今天帮朋友搬家具，很简单的一件事，就是把一部分不用家具搬到储藏室，可是我们六七个人忙了半天才结束。储藏室里的东西塞得满满的，需要把它们清理出来，才能搬进去家具。清理出来的废纸整整装满汽车车箱。运走废纸后，又把一些木头啊、家具啊等等乱七八糟的东西装满两车箱。我们简直惊呆了，也累傻了，这间小屋里怎么塞了这么多的东西啊？这些东西，四、五十年前的都有。主人把有用没用的东西全部塞进屋子里了。

其实，我们很多人都或多或少的有这种毛病：囤积。这也舍不得丢，那也舍不得丢，杂物便堆积占满我们的空间。有些东西是我们花钱买来的，买来后发现又没用了，便存起来了。有些是我们费了很多事弄来的，当时感觉有一种占有欲和满足感，弄到手却没有用处，也便存起来了。当然，也有些废品被我们存起来。

这是一种很微妙的心理，却有着普遍的现象，只是我们没有意识到而已。这让我想起一本书，叫《囤积是种病》。这是一本解读人囤积心理的一本书，它告诉我们，为什么囤积症患者只考虑眼前拥有某物的快感，却忘记他们没钱购买或者没地方存放那么多东西的痛苦？为什么囤积症患者会希望一生一世都占有一切，即便生命、金钱、地位、身材、脸蛋、名车、名表都只是一时归他所有？一个囤积者有两个自我，一个在黑暗中醒着，一个在光明中睡着。当你囤积东西的欲望变大时，属于你的世界就变小了。生活中，你是一个喜欢囤积物品的人吗？你的衣柜是不是塞得满满的？你的电脑是不是积累了太多不知道何年何月下载的文件？如果你是一个喜欢阅读的人，你的房间里面是不是堆满了多年前的报纸、杂志？我们突然惊醒了，我们的喜好是一种病态啊！有个年轻朋友说，我们家我常收拾，我收拾出来一大堆准备扔掉，装在袋子里，扔在门口，还没等丢到垃圾箱里，趁我一不注意我妈妈又收回来了。我讨厌家里满满的，我喜欢空间大一点，拥挤了就会觉得压抑。但妈妈喜欢囤积。我们的物质贪欲越来越高，我们的杂物堆积得越来越满，所以我们对生活越来越不满了。人人都希望过上幸福快乐的生活，而幸福快乐只是一种感觉，与贫富无关，更与杂物囤积无关，它与感觉相通，它与内心相连。让我们赶快清理出盛放幸福的空间。

我们希望拥有的越多越好，殊不知这样有着很大的负面作用。《囤积是种病》告诉我们，囤积物品和喜欢收藏的人不同，因为收藏者会按照物品的价值进行选择，但喜欢囤积物品的人却可能囤积垃圾或者没有任何价值的东西。对于具有囤积物品习好的人，最好的治疗办法是励志小组和各种认知疗法。学会经营心灵生活。拥有一颗空灵的心，便拥有一片生动的天地。只有有一颗空灵的心，才会注入快乐、注入幸福。

让我们清理出一个空间来，来储存幸福。否则，我们的幸福无处可存。

有选择的生活

每个人都有每个人的活法，这很好！如果不是这样，所有的人都一个活法，那多无聊啊！甚至，那将是十分恐怖的事。有人做过这样的调查，巩俐、章子怡，你选谁做老婆，选谁做情人？调查结果是：87%的人选章子怡做老婆，85%的人选巩俐做情人。原因是巩俐的臀部和身材比章子怡性感得多。而章子怡年轻，适合做老婆。这种调查似乎有些调侃，但确实也说明了一点东西。20岁男人看脸蛋，30岁男人看胸部，40岁男人看臀部。亚洲两大性感女人巩俐和钟丽缇的脸蛋都是不漂亮的，但深受成熟男人欣赏。知情达理，美丽温柔，并不代表一个女人在性格上、情趣上和性爱上跟你会和谐。目前的婚姻机构日趋合理，但更多的情感问题严重的困扰着人们。

不会选择自己的活法，于是便有很多人活得很痛苦；选择错了活法的人，于是便活得很累。如果你活得很痛苦，如果你活得很累，如果你活得很无奈，如果你活得很没意思，如果你活得很糟糕，如果你活得很无聊，那么，你一定是不会选择或者选择错了。

我们看到生活很艰难的人，但他们活得有滋有味。我们看到经济很富裕的人，生活得却很痛苦。究其原因，就是他们的各自选择出了问题。

情感，作为人的生活中最柔软的一部分，我们忽视的过多，以至于它也渐渐抛弃了我们，愚弄着我们。这个时代，人们的心灵空间异常开阔和丰富，却又让心灵之间的交流变得越来越困难，我们奔忙于快节奏的生活之中，这样，我们却远离了自己，远离了我们自己的心灵，疏远了情感，我们却抱怨真情的缺失。

情感，永远是生活的阳光，永远是我们生活的滋补品。

现代女子选择着，减肥、塑身、拉双眼皮、排毒养颜、贵重的服装、堂皇的别墅……

到处都有缠绵拖沓疑云缭绕的情爱故事，关于情爱、围城、红颜、暧昧，我们很难用哲学的思考和人性的关照审读一个个敏感的话题。现代男女在情感生活中的种种磨合与疑惑，当今男女关系中出现的多种新鲜问题，婚外情、多角恋、单身女人的情爱、无性婚姻、无爱婚姻、跨国婚姻、离婚与再婚等。

沿着一段段情爱心路历程，我们试着寻找情爱的方向。

淡泊的情怀，才会赢得幸福宁静。

如果你是鱼，那就选择游泳，那就生活在水中。如果你是鸟，那你就选择翱翔，那就生活在天空中。可悲的是，本来是鱼却选择翱翔、向往蓝天；本来是鸟，却选择游泳、向往大海。不是骆驼就不要选择沙漠，不是雪莲就不要选择雪山。既然是骆驼就不要进驻大都市，既然是雪莲就不要盛开在赤道上。

如果你是花，就选择美丽的开放。如果你是树，就选择一方水土一束阳光，快乐的生长。

如果你是陶渊明，那你就归隐世外桃源。那采菊东篱下，悠然见南山的生活会滋养出你鲜美的生活。但如果你不是陶渊明，如果你一旦长期进驻世外桃源，那与世隔绝寂寞贫寒长期与你相伴，你就会感觉生不如死。如果你是玄奘法师，那你就选择漫漫苦行。一如风雨，一路坎坷，那是他的生活，再远的路也阻隔不了他的追求。九九八十一难，成就了这位苦行僧。如果你不是玄奘，就不要选择领略那八千里路云和月，因为路上有风景，更有艰难险阻。

合适你的，就是最佳选择。

快乐的人，各有各的快乐。

找到你自己的快乐生活。

成为富翁其实很简单

在日本的兵库县，有一个叫丹波的村子。当整个日本都普遍富裕起来的时候，这里依然贫穷。这里没有资源，土地贫瘠物产贫乏，交通落后，信息闭塞。这儿的人们心情焦灼，可又苦于脱贫乏术。于是，向全社会征集致富良方。出售物产和资源换回生活所需？可问题是，这个村子除了贫穷和落后，无以出售。最后，一位专家，运用逆向思维：既然只剩下贫穷落后，无可出售，何不出售贫穷和落后？如何出售贫穷？他向村民建议：今后村民们不要住在现在的房子里，要住到树上去；不要再穿布做的衣服，穿树皮，兽皮，像几千年前，尚处于蒙昧时代的老祖宗那样生活，这样城里人会来观光旅游，从而会给村民带来丰厚的旅游收入。村民们听从了专家的建议。他们的"另类生活"引起了城里人的极大好奇。一时，游人如织，不到一年的时间，丹波村的村民都富裕起来。

把贫穷变成财富很简单，只是别把贫穷看作贫穷就行了。"贫穷"一直作为缺点存在于人们的意识中，乏善可陈，可是，这里的人们摆脱贫穷利用的恰巧是贫穷。既然拥有贫穷，那么，贫穷就是你的财富。

别轻视你的财富，别无视你的财富，好好利用你的财富。把贫穷变成财富，需要你的智慧，需要你的创新。

美国富翁 J•R• 辛普洛特起初靠养猪只能勉强维持生计。后来，第二次世界大战爆发了，他偶然获得了一则信息：前线的作战部队需要大量的脱水蔬菜。于是就当机立断贷款，买下了当时美国最大的两家蔬菜脱水工厂，专门给前线部队供应加工脱水土豆。过了两年，纽约有一位化学师研制出了冻炸土豆条，当时许多人瞧不起这一产品，对此持怀疑态度，但是辛普洛特却认为这是一种很有潜力的军需新产品，当前线士兵在战壕里休憩时嚼吃这玩意儿肯定会喜欢，于是他就果断决定大量生产炸土豆条，产品出来后供应给前线士兵，极受欢迎。更重要的是，这在当时的美国市场上一炮打响，他因此获利不菲。过了不久，辛普洛特发现炸土豆条的工序中，每个土豆大约只能利用一半，剩余的一半都被当作废料扔掉了。他想：为什么不能把那剩余部分土豆再加以利用呢？于是辛普洛特就在这剩余的土豆里拌入谷物用来做牲口的饲料，单用土豆皮就饲养了前线的 15 万匹军马。此后，辛普洛特又开始琢磨，前线部队有数以百万计的车辆每天承担着繁重的军需运输任务，所消耗掉的汽油可不是个小数目。如果能以代用能源代替一部分汽油，定能获利。他又抓住这一良机，用土豆来制造以酒精为基础的燃料添加剂。与此同时，辛普洛特还把土豆加工过程中产生的含糖量丰富的废水灌溉当时俄亥俄州郊外的农田，把土豆喂养战马所产生的马粪收集起来，作为沼气发电厂的用料。就这样，在整个二战中，辛普洛特的土豆系列产品的产值超过了10 亿美元，利润达到 6 亿美元。时至今日，辛普洛特的财产仍然排在美国富翁前 300 名之列。最近在庆祝二战胜利 60 周年之际，美国政府奖励了他一枚纯金的自由胜利勋章，以表彰他在二战中立下的军需供给功劳。在总结自己这些创业历程时，这位耄耋老人这样说："我一直遵循着两条简单而又明确的原则，一是从大处着想；二是绝不浪费财物。"

其实，还有一点就是与时事和谐同步，换句时髦的话就是与时俱进。

成为富翁其实很简单，从大处着想、从小处做起就行了。

日本人仓冈天心所写的《茶之书》中，有这么一则有趣的故事：茶师千利休看着儿子少庵打扫庭园。当儿子完成工作的时候，茶师却说："不够干净。"要求他重做一次。少庵于是再花一个小时扫园。然后他说："父亲，已经没事可做了。石阶洗了三次，石灯笼也擦拭多遍。树木冲洒过了水，苔藓上也闪耀着翠绿。没有一枝一叶留在地面。"茶师却斥道："傻瓜，这不是打扫庭园的方法。这像是洁癖。"说着，他步入园中，用力摇动一棵树，抖落一地金色、红色的树叶。茶师说，打扫庭园不只是要求清洁，也要求美和自然。

快乐的工作其实很简单，把事情做美一些、把事情做自然一些就行了。

你成不了富翁，是不是你的眼光不是很远大？是不是你的行为不具体？

细节决定成败，把每一步作精细一些，把每一件事做漂亮一些，最终还愁不成功吗？

事业的策划、愿景的确立，高远一些。接下去沿着这个方向走下去就行了。

不是所有的人都会成为富翁，不是所有的人都会成功，原因不是没有大的正确的目标，就是没有与自然、社会和谐的行为计划，不是走错了方向，就是没有扎实地迈好每一步。

快乐地摘下人生的苹果

一位老和尚，他身边聚拢着一帮虔诚的弟子。这一天，他嘱咐弟子每人去南山打一担柴回来。弟子们匆匆行至离山不远的河边，人人目瞪口呆。只见洪水从山上奔泻而下，无论如何也休想渡河打柴了。无功而返，弟子们都有些垂头丧气。唯独一个小和尚与师傅坦然相对。师傅问其故，小和尚从怀中掏出一个苹果，递给师傅说，过不了河，打不了柴，见河边有棵苹果树，我就顺手把树上唯一的一个苹果摘来了。后来，这位小和尚成了师傅的衣钵传人。

这个流传很广的故事，说明了一个很深刻的道理。不要把目标看成是自己唯一的追求，同时，乐观的人生态度，也是使你的人生丰富多彩的原因。

急功近利，只追求结果的现代人，丧失了过程的快乐。

有人说，当一个射手为乐趣而射击时，他的技术发挥很好；当他为铜牌射击时，他已经紧张了；如果他为金牌射击，他就变成了瞎子，或者看到两个靶子——他魂不守舍。他的技术并未改变，但奖赏把他分裂了。他在意。他对赢比射击想得更多——需要去赢，夺走了他的力量。

过程，态度，是事业进展得很重要的因素。快乐，为进程注进兴奋剂。巴西队不是由哲学家组成的，但他们肯定是一群快乐的足球艺术家。他们理解足球的深义，也理解事业的真谛，他们把工作（踢球）视为游戏，当作一种享受。他们快乐地来到了赛场，教练像慈父一样自信地笑着，球员们像孩子一般快乐地奔跑着，脚步是轻松的，也是坚实的。这是一种多么和谐的工作场景啊！激情，动力，一定会推动他们无往而不胜。

我们渴望成功，却不晓得其真正的秘诀。马克吐温说过，

"成功的秘诀，是把工作视为消闲"，而成功大师安东尼也极力提倡要以游戏的心态对待工作，他强调说：始终不悖的信念系统具有相乘的效果，即积极的信念能强化积极的信念，若想人生充实、快乐地工作，就必须把游戏时的好奇心及活力带到工作里去。就像"007系列"中的詹姆斯·邦德，过着一种闲适自在的生活，把工作视为一种挑战自我的游戏，遇上困难或危机时仍能处之泰然，没有紧张焦虑的情绪，也没有难以排解的惆怅。

曾有一个年轻人问苏格拉底，成功的秘诀是什么。苏格拉底要年轻人第二天早晨去河边见他。第二天，他们见面了。苏格拉底让年轻人陪他一起向河里走。当河水没到他们的脖子时，苏格拉底趁年轻人没注意，一下子把他推入水中。小伙子拼命挣扎，但苏格拉底很强壮，一直把小伙子按在水里，直到他奄奄一息时，苏格拉底才把他的头拉出水面。而小伙子所做的第一件事情，就是深深地吸了一口气。苏格拉底问："在水里的时候，你最需要什么？"小伙子回答："空气。"苏格拉底说："这就是成功的秘诀。当你渴望成功的欲望就像你刚才需要空气的愿望那样强烈的时候，你就会成功。"

有一次，一个士兵掉进湖里，岸上的人都不会游泳，乱作一团。拿破仑过来后，命令士兵游回来，士兵挣扎着说不行。"我说你行你就行！"拿破仑从士兵手里接过枪，朝士兵前面的水面打了几枪，命令士兵赶快游回来，否则就枪毙他。士兵见状吓得掉过头来，并奇迹般游回岸边。

对真正懂得生活的人来说，得到不是目的，乐趣才是目标。

发明家爱迪生曾说："我这一辈子，没工作过一天，我每天游戏玩耍，快乐无比！"没有不重要的工作，只有看不起工作的人。

有快乐心境的人，会随时有惊喜到来。

有快乐心境的人，会随时有收获到来。

人生路上，会有很多不随意。当你一路旅途疲惫时，其实是你忘了欣赏一路的风景。

过不了河，打不了柴，那就快乐地摘下人生的那枚苹果。

在梦一方

这是一个很小的村庄，叫周庄。但它不是江南古镇的那个周庄，它在鲁西北的一个偏僻乡村，很小，也没有什么名气，我的外祖父就在这个小村庄里。它之所以经常进入我的梦里，大概就是这个原因。

今夜有月。

月亮是美好的东西，有月的夜晚，夜晚也就美好起来。于是，梦也就美好起来。

这个好梦，首先要感谢月亮。

走进周庄，碰上几个村民，虽然不认识，但一碰面便热情的互相打招呼，大家一边悠闲地行走，一边说笑。不像都市人，匆匆忙忙、冷淡漠视。

街巷不时出现石阶，似乎村庄是建在山上的。我问："我记得周庄的街道很平，现在怎么是这个样子？"

那人笑道："一直就是这个样子啊！"

现在回想那个梦，之所以周庄的街道高低不平，到处是石头，是因为自从外祖父去世后，我再也没有去过那个地方，它已经在我的记忆里很淡漠了。而我经常见到的是山，就是自己的小城也是建在山上的，所以，我把周庄篡改了。

我们不知怎的走进一家院落，主人正准备去墓地祭祀祖先，主人举着一种橡树一样的东西，也不知它是用什么材料扎制的，非常逼真，树上有花和果实，但我人不出那是什么果实。

再往前走，是一片古色古香的建筑群，那是一种在城市里无法寻到的建筑，它们像是从历史中走来，不，它们仍沉浸在历史中。我的心莫名地激动起来。

再往前行，完全是一片古代园林的景色，古屋、古树，它们像老人一样，安详、庄重。

这是我记忆中的周庄，这是我童年经过的周庄，周庄，我记起你来了！我遗失了多年的童年记忆，现在复原了，那是一种珍贵的东西，我的眼泪涌出。

生活中、现实中，我很少流泪，冷漠、散淡、强硬，或者虚伪。

而此时我是多么的软弱，此时我是多么的幸福，此时我是多么的真实，此时我是多么的自由，此时我是多么的快乐，此时我是多么的感动。

感谢梦！

是你，让我又拥有了幸福。是你，让我又拥有了真实。是你，让我又拥有了自由。是你，让我又拥有了快乐。是你，让我又拥有了感动。

我不愿意从梦中醒来。

其实我是不愿意从幸福中醒来，我不愿意从真实中醒来，我不愿意从自由中醒来，我是不愿意从快乐中醒来，我是不愿意从感动中醒来。

此时，楼下已有早起的人走动了，能听到说话声，能听到他们牵的宠物狗的叫声。

我极力恢复梦境……

终于，我又走进一座庙宇，僧人们像雕塑一样的端坐在那里，他们面目的质感，表情的端庄，可以看出他们的心境的安宁。

有一位来游玩的夫人，也许是想独自一人享用一下祠庙的安静，也许是确实需要把孩子让别人暂时照看一下，她来到一位僧人面前，说请僧人帮忙暂时照看一下自己的孩子，怕孩子跑丢了或被别人拐走了。

僧人一笑，答应了。

其实，在这里你无须担忧，这里是一片净地，还有什么不安全的呢？

阳光照了进来，我又醒了。

但这个梦仍甜润着我的心境，当然，只是片刻。

梦，不再来。

于是，又开始了忙忙碌碌，为生计奔波。川行在车水马龙之中，呼吸着紧张的掺杂着毒气味的空气，累并快乐着。

月到中秋

一个与月相关的节日，中秋节。

月亮很圆，很柔，很美，很亮，在这美好的日子里。"明月几时有？把酒问青天。"中秋节，寄托着中国人对美好的向往。"皓魄当空宝镜升，云间仙籁寂无声；平分秋色一轮满，长伴云衢千里明；狡兔空从弦外落，妖蟆休向眼前生；灵槎拟约同携手，更待银河彻底清。""天将今夜月，一遍洗寰瀛。暑退九霄净，秋澄万景清。星辰让光彩，风露发晶英。能变人间世，攸然是玉京。""一轮秋影转金波，飞镜又重磨。把酒问姮娥：被白发欺人奈何！乘风好去，长空万里，直下看山河。斫去桂婆娑。人道是清光更多。"古人美妙诗词对明月的赞赏给中秋节增添了无限美好的意境。多少古人用华丽的词藻吟诵明月，明月，给了诗人多少灵感？对于美好，我们历来把它安放在一个美好的时空里。于是，便有了团圆的节日。于是，便有了辞旧迎新的节日。于是，便有了龙抬头的节日。于是，便有了九九重阳的节日。

在中秋节里，可以尽享亲情、友情。仰望星空，那无遮无拦的夜空碧色如洗，灿烂的星斗像钻石一般闪闪发亮，而那一轮圆润的明月静静地挂在天上，高远而深邃。我的心渐渐如这星空、明月一般宁静。

月遥远，而又如此亲近，野旷天低树，江清月近人。月色温润，丰润绰绰，玉阶生白露，夜久月侵衣。明月圆润寄相思，明月何时照我还？古人叹曰，"此时相望不相闻，愿逐月华流照君。""月挂霜林寒欲坠。""月洗高梧，露溥幽草。"月色是绵绵的牵挂，星光是切切的思念。

中秋节是一个团圆、思念的日子。借着明媚的月光，我们思念家乡，想念亲人、同学、朋友，回忆温馨的时光。

中秋节，有一种美好的食品，那就是月饼，它是一种饱含民族文化元素的食品。月饼，作为一种形如圆月、内含佳馅的食品，在北宋时期已出现。作为一种食品并称为"月饼"，则见于南宋《武林旧事·蒸作饮食》"以月饼相馈，取中秋团圆之意"。到了元朝末年，月饼已成为中秋节日必备美食。

中秋节，沐浴在月光里，尽情地享受着中秋月夜静美和缠绵不绝的馨香。吴刚、嫦娥、桂树和玉兔的千年不老的传说，给了我们多少美妙的遐思？秋风撩起了你思念的涟漪，秋月吻湿了你乡愁的泪滴。不管是多忙，我们总是要风尘仆仆的赶回家去，一家人团团圆圆围坐在一起，吃一顿热腾腾的饭。节日，是我们紧张生活的温润剂。

记得小时候，一家人坐在清凉的小院里，沐浴在月光里，吃着月饼，赏着月，听老人讲嫦娥的故事。月亮，给了我们多么美好的想象。中秋节，是春节之外我们最向往的节日。

如今，更多的人由于工作关系远离家乡。中秋节，就成了怀念故乡、思念亲人的节日。月色朦胧，思念如潮。家，那最温暖的地方，就是洒满月光的地方。

一轮明月，两地相思。那种蓄积心头的思念与牵挂，就会无遮无拦地弥漫。

时间如水流逝，岁月走过无痕。回望家园，那份中秋盈满心间的亲情，那缕饼香萦绕心头的回味，禁不住又心潮澎湃，遥想亲人。

张若虚在《春江花月夜》中写道："江畔何人初见月？江月何年初照人？人生代代无穷已，江月年年只相似。不知江月待和人，但见长江送流水。"细细体味，才能感念诗人"念天地之悠悠，独怆然而泪下"的情怀。

"海上生明月，天涯共此时"思念，因遥远变得更加清晰。"露从今夜白，月是故乡明"游子的思乡之情，赤子的思念故土，因中秋节变得如此浓郁。愿这柔情的月光捎去我的一声问候，一声祝福！

这是月亮的节日，这是中国人的节日，这是老百姓的节日，这是华夏民族的节日。

节日，是最美好的时光。节日，是最快乐的天堂。节日，汇聚了最吉祥的元素。节日，凝聚了最温暖的祝福。节日，中国人在期盼中一步步走向你。节日，是我们生活航程中的港湾。

我心中的黄河

第一次看到黄河，我的心被震撼了。这是中华民族的母亲河，它和中华民族的历史一起流淌，它来自中华民族历史的深处。

黄河，我把你凝望，用一双心灵的眼睛。黄河，我把你倾听，用一双虔诚的耳朵。

风起尘扬，飘升起远古的炊烟。面对你，我心颤栗。阳光倾泻而下，黄河镀满金色，雄浑的黄色，大气磅礴。黄河，经历过多少历史的创伤，抚摸你的伤口，我的心也真正剧痛。一只鹰飞过，天空为之生动起来。遥远，望不见你最初的容颜。走近你，听你鲜活的心跳

黄河，你见证了中国的历史。漫长的黑夜里有一个民族，沉重的大山下有一个神州。黑夜里你苦苦挣扎，大山下你忍重负辱。黑夜里我们渴望黎明，风雨中我们仰望彩虹。红色的旗帜，升起在中国的天空。炼铸一把镰刀，切割黑夜、收获黎明。炼铸一把锤头，锤炼信念、煅打江山。在风雨中淬火，在

炮火中冶炼。去打捞民族的道路，去追求晴朗的明天。延安窑洞里的灯火洞彻长夜，井冈山的翠竹星火燎原。饱经风霜，饱受战争的创伤，黄河被鲜血浸染。黄河，沸腾成愤怒的狂涛，汹涌成咆哮的怒潮。炮火炸不倒历史，历史筑起一座丰碑。把激情化作力量，把怒火凝聚。切割，必然留下伤疤。记忆，至今伤痕累累。从历史的伤口里，至今仍清晰听到噼噼啪啪的燃烧声，至今仍闻到一阵阵血肉烧焦的气味。中国，站在用鲜血浸透的土地上，翻开千年厚重的历史画卷，洗涮我百年沧桑容颜。中国，像一条美丽的鱼，被生吞活剥，裸露的鱼骨，卡在历史的咽喉，以种子的状态嵌入土壤，以思维的高度支撑苍穹，挣扎，如一粒晶体结晶在民族的眼中。泪水至今无法冷却，一些记忆痉挛在历史的疼痛中。让我们感谢疼痛，他是我们更加坚强。沿着燃烧的歌声，我们爬出黑夜。一面鲜红的旗帜，在黑暗中飘扬着阳光。一轮鲜活的太阳，从海洋深处心跳般升起。中国，从一场场大火中冲出来。东方的天空，从此蓝格莹莹。

黄河，你见证了中华的腾飞。没有天空就没有建筑，中国的建设天高地阔。改革开放的步伐铿锵有力，科教兴国的力度壮阔波澜。中国，以其巨大的肺活量，同春天一路呼吸。你可以从三峡截流领略一种气势，你可以从火车提速感受一种速度，你可以从腾起的澳星仰望一种高度，你可以从深化改革体会一种力度，你可以从林立的楼群切入视线，你可以从新生的城市收获惊叹，我们启动中国辉煌的杠杆，知识经济是亮晶晶的支点。善良和强大一起，才能托起和平，无论沧海与桑田，发展才是硬道理。中国大地，墒情正好。春天，勤劳的人们忙着耕种。秋天，殷实的人们忙着收割。我们把春天种植，我们把和平托起。让改革开放的鲜花，盛开在 960 万平方公里的大地，让知识经济的结晶，析出 960 万平方公里的大地。让和平的阳光，滋养大地。让温暖的春天，润泽世界。没有走过路的脚，不称其为脚，没有脚走过的路可能成其为路，和平的日子里，我们把春天设计。春天的日子里，我们把巨龙的翅膀种植。划分力的章节，划分美的段落耕一层云。犁一曲彩虹，打开新世纪的全景，把辉煌筑起。

一路奔涌，一路涛声，奔腾而来，到达广阔。奔腾是一种生命，奔腾是一种力量。

优美的力量

美的感召力是很巨大的。

优美，是一种力量。

安东尼奥在任纽约市长时，地铁站的偷盗和抢劫现象十分猖獗。为此他很恼火。一天，安东尼奥做梦梦见了上帝，便问："一个人的灵魂堕落了，只有把他打入地狱吗？"上帝说："孩子，天堂的门永远是开着的。"安东尼奥问："那怎样把那些堕落的灵魂引入天堂呢？"上帝告诉他："去给他们的灵魂一对向上的翅膀吧！"安东尼奥深受启发，他要求在地铁站里不停地播放贝多芬、莫扎特的古典音乐，其中《圣母颂》是播放次数最多的音乐。这种方法收到了神奇的效果，地铁站内多发的抢劫、偷盗行为大为减少，发案率创下历届政府最低。

美妙、善良，可以开启人性之门，打开人性最温柔的空间。

其实，人都有两面性。

重要的是，要善于打开正义、善美的天使的一面，遏制住阴险的魔鬼的一面。优雅的环境，善良的氛围，艺术的熏陶，才会使人优雅的生活。

用爱，才能启迪爱。用善，才能启迪善。

美好的，可以滋润美好。优美的，可以调养优美。

给心一片广阔的天空

心有多大，世界就有多大。

心中有怨，心的天空便会乌云密布。心怀慈爱，心的天空便会晴空万里。

南非的民族斗士曼德拉，因为领导反对白人种族隔离政策而入狱，白人统治者把他关在荒凉的大西洋小岛罗本岛上27年。当时尽管曼德拉已经高龄，但是白人统治者依然像对待一般的年轻犯人一样对他进行残酷的虐待。罗本岛位于离开普敦西北方向 7 公里的桌湾，岛上布满岩石，到处都是海豹和蛇及其他动物。曼德拉被关在总集中营一个锌皮房，白天打石头，将采石场采的大石块碎成石料。有时从冰冷的海水里捞取海带，还做采石灰的工作。他每天早晨排队到采石场，然后被解开脚镣，下到一个很大的石灰石田地，用尖镐和铁锹挖掘石灰石。因为曼德拉是要犯，专门看守他的人就有 3 个。他们对他并不友好，总是寻找各种理由虐待他。但是，当 1991 年曼德拉出狱当选总统以后，曼德拉在他的总统就职典礼上的一个举动震惊了整个世界。总统就职仪式开始了，曼德拉起身致辞欢迎来宾。他先介绍了来自世界各国的政要，然后他说，虽然他深感荣幸能接待这么多尊贵的客人，但他最高兴的是当初他被关在罗本岛监狱时，看守他的 3 名前狱方人员也能到场。他邀请他们站起身，以便他能介绍给大家。曼德拉博大的胸襟和宽宏的精神，让南非那些残酷虐待了他 27 年的白人无地自容，也让所有到场的人肃然起敬。看着年迈的曼德拉缓缓站起身来，恭敬地向 3 个曾关押他的看守致敬，在场的所有的来宾以至于整个世界都静下来了。后来，曼德拉向朋友们解释说，自己年轻时性子很急，脾气暴躁，正是在狱中学会了控制情绪才活了下来。他的牢狱岁月给了他时间与激励，使他学会了如何处理自己遭遇苦难的痛苦。他说，感恩与宽容经常是源自痛苦与磨难的，必须以极大的毅力来训练。他说起获释出狱当天的心情："当我走出囚室、迈过通往自由的监狱大门时，我已经清楚，自己若不能把悲痛与怨恨留在身后，那么我其实仍在狱中。"

以德报怨，是一种品格，也是一种智慧。

是啊！人生路上，走过了，该放下的就要放下，如果你把所有的东西都背在身上，你会慢慢地不堪负重，总有一天你会被压垮的。放下那些会腐蚀你心灵的东西，放下那些会污染你心灵的东西，放下那些使你痛苦沉重的东西，放下那些会使你无法前行的东西。当然，经历也会给你带来人生财富。关键要回甄别哪些是使你的人生更加完美，带走那些能给你力量的东西，带走那些更给你温暖的东西。和爱一起走，你会一路阳光灿烂，和恨一起走，你会一路血雨腥风。情天恨海，爱多一点，你会海阔天空。

给世界鲜艳，给自己美丽

荆棘，给世界的是伤害，给自己的是丑恶。

花，给世界的是鲜艳，给自己的是美丽。

加里·沙克是一个具有犹太血统的老人，退休后，在学校附近买了一间简陋的房子。住下的前几个星期还很安静，不久有3个年轻人开始在附近踢垃圾桶闹着玩。老人受不了这些噪音，出去跟年轻人谈判。"你们玩得真开心。"他说："我喜欢看你们玩得这样高兴。如果你们每天都来踢垃圾桶，我将每天给你们每人一块钱。"3个年轻人很高兴，更加卖力地表演"足下功夫"。不料三天后，老人忧愁地说："通货膨胀减少了我的收入，从明天起，只能给你们每人五毛钱了。"年轻人显得不大开心，但还是接受了老人的条件。他们每天继续去踢垃圾桶。一周后，老人又对他们说："最近没有收到养老金支票，对不起，每天只能给两毛了。""两毛钱？"一个年轻人脸色发青，"我们才不会为了区区两毛钱浪费宝贵的时间在这里表演呢，不干了！"从此以后，老人又过上了安静的日子。

学会智慧的应对生活，谈笑之间风雨而过。

逆向思维，往往会柳暗花明。

智慧是一种阳光，它是轻盈的，它是温暖的，它是有力的。

智慧，有时需要多一点忍耐，需要多一点宽容，需要有一点付出。

智慧是美丽的，像花一样，它给世界以灿烂的姿势，它给世界以芳香的气味，它美丽着世界，也改变着世界。

不要为了明天的朝霞而错过了今夜的月光

看到这样一篇文章，文章说：

记住你只能活一辈子。随缘，但不是说不努力。为了你的身心健康可养一只宠物，为了宠物的身心健康，就不要养了……据说它们太孤独了也会得忧郁症。同事的恭维就像香水，可以闻闻，但不要喝。真诚地微笑，别怕皱纹。任何东西都不能以健康做交换。床头放一本好书。每天笑笑对身体好……如果经常有人给你讲笑话，你是很幸运的。找一项有兴趣的体育活动，坚持下去。不要常常计算得失……那是保险公司和你的对手的事。工作之余，尽量在室外活动。简单地说，常常让你微笑的人就是好人。你看上去有多大，其实就多大。要快乐，要记住你只能活一辈子。

多么经典的感悟！

对待身边的一朵花，应该是微笑。对待身边的一朵花，应该是给它浇一浇水。

风小时，面向它，让它为你吹拂抚慰。

风大时，背向它，让它推着你前行。

不要忽略离你最近的东西。

是啊！人只能活一辈子，活好当下，是多么的重要。

不要为了明天的朝霞而错过了今夜的月光。

把你身边最近的事做好，你才能有个好梦。把你身边最近的事做好，你才会有心情迎接明天的朝霞。

用两元钱进外企

毕业前夕，学生们都为工作应聘而发愁。

他们说，现在社会太复杂了，简直是使人无所适从。应聘会上考官总是用各种稀奇古怪的问题刁难考生，有人搜集各种考题、玩命的死记硬背，忙得焦头烂额。有人怨天尤人，埋怨自己拿不出礼物钱财托关系。

怎么办呢？学生们问教授。

教授说，我给你们讲一个听到的故事吧！

在一次招聘会上，某著名外企人事经理说，他们本想招一个有丰富工作经验的资深会计人员，结果却破例招了一位刚毕业的女大学生，让他们改变主意的起因只是一个小小的细节：这个学生当场拿出了两块钱。人事经理说，当时，女大学生因为没有工作经验，在面试一关即遭到了拒绝，但她并没有气馁，一再坚持。她对主考官说："请再给我一次机会，让我参加完笔试。"主考官拗不过她，就答应了她的请求。结果，她通过了笔试，由人事经理亲自复试。人事经理对她颇有好感，因她的笔试成绩最好，不过，女孩的话让经理有些失望。她说自己没工作过，唯一的经验是在学校掌管过学生会财务。找一个没有工作经验的人做财务会计不是他们的预期，经理决定收兵："今天就到这里，如有消息我会打电话通知你。"女孩从座位上站起来，向经理点点头，从口袋里掏出两块钱双手递给经理："不管是否录取，请都给我打个电话。"经理从未见过这种情况，问："你怎么知道我不给没有录用的人打电话？""您刚才说有消息就打，那言下之意就是没录取就不打了。"经理对这个女孩产生了浓厚的兴趣，问："如果你没被录取，我打电话，你想知道些什么呢？""请告诉我，在什么地方我不能达到你们的要求，在哪方面不够好，我好改进。""那两块钱……"女孩微笑道："给没有被录用的人打电话不属于公司的正常开支，所以由我付电话费，请您一定打。"经理也笑了，"请你把两块钱收回，我不会打电话了，我现在就通知你：你被录用了。"有人问："仅凭两块钱就招了一个没有经验的人，是不是太感情用事了？"经理说："不是。这些面试细节反映了她作为财务人员具有良好的素质和人品，人品和素质有时比资历和经验更为重要。第一，她一开始便被拒绝，但却一再争取，说明她有坚毅的品格。财务是十分繁杂的工作，没有足够的耐心和毅力是不可能做好的；第二，她能坦言自己没有工作经验，显示了一种诚信，这对搞财务工作尤为重要；第三，即使不被录取，也希望能得到别人的评价，说明她有直面不足的勇气和敢于承担责任的上进心。员工不可能把每项工作都做得很完美，我们接受失误，却不能接受员工自满不前；第四，女孩自掏电话费，反映出她公私分明的良好品德，这更是财务工作不可或缺的。"

故事讲完了，教授用目光讯问学生。

学生们开始鸦雀无声，他们深深陷入了沉思，但是很快他们议论纷纷：

看来找工作并不难啊？

是啊！

不对！关键看你有没有高素质。

真诚的态度，细致的心态，很重要。

良好的素质品格，才是安身立命的法宝。

自信也很重要。

……

教授笑了，说："是的，我们应从这个故事里得到更多的启示。"学生们展开了讨论，是啊！做事就要从小处着眼、脚踏实地。

他们对未来充满了信心。

犹太人是怎样赚钱的

犹太人是怎样赚钱的？

犹太人以其超凡的智慧、高尚的品格和勇敢勤奋，创造出许多奇迹。在创造财富方面，也有许多独到之处。

钱从哪里来？财富如何去创造？犹太人认为，让钱从大脑中蹦出来，这是犹太人的财富观。犹太人认为，对钱财必须具有爱惜之情，它才会聚集到你身边，越尊重它，珍惜它，它越心甘情愿地跑进你的口袋。对于犹太人来说，生活在这个世界上赚钱是最重要的事。然而，唯利是图，不择手段的拜金主义者在犹太商人中却少得可怜，他们之中大部分人是合法地赚大钱，正所谓"君子爱财，取之有道"。这些"君子们"知识面广，反应敏捷，判断准确。只要有钱可赚，他们不会放过一切机会。拿军队中服役的犹太人来说，也是不会放弃赚钱念头的。他们总是千方百计寻找所有赚钱的机会，他们甚至巧妙地把军营作为放高利贷的最佳场所，以赚取高额利率。可见，对有犹太人来说，时时都是赚钱的时间，处处都是赚钱的地方。

犹太人有他自己的一套法则，就是犹太人的 78 : 22 的经商法则。世界的金钱装在犹太人的口袋里。犹太人从人口上说只占世界总人口很小很小的比例，但他们的富有却是众所周知的。无论是在世界首富的美国，还是在亚洲富庶的日本，犹太人都在金融界或商业界独占鳌头，百万、亿万富翁不乏其人。犹太人，一个不断创造奇迹的民族，一个智慧的民族。

犹太人深深懂得，靠双手每天挖一座金矿。勤劳，是创造财富不可缺少的。

赚钱的机遇总是垂青犹太人，其实不过是他们善于把握机遇运用机会。把机会变成财富。倘若可以多赚 1 美元，只要有这种机会，我就绝对不放弃。即使 1 美元也要赚。"即使是1 美元也要赚"这是犹太人的观点。犹太人惯于采取"避实就虚，化整为零，积少成多"的战略，最后战胜强大的对手。实行积微成多的谋略，必须做到心怀大志，对前程自信；如果自惭形秽，胸无大志，永难成功。同时，还要具有坚忍不拔的意志和扎扎实实、埋头苦干的精神。犹太人的忍耐，创造出犹太人赚钱的信念："在忍耐中争取我们应得到的一切，你要为我的忍耐付出代价。"犹太人有坚定的耐心和忍耐力。他们会等待机会，更会创造机会。

赚钱和生命的运算。假如一天工作八小时不休息，一天可赚 400 美元，那我的寿命将减少五年，按每年收入 12 万元计算，五年我将减少 60 万美元收入。假如我每天休息一小时，那我除损失每天 1 小时 50 美元外，将得到 5 年每天 7 小时工作所赚的钱。现在我 60 岁，假设我按时休息还可活 10 年，那么我将损失 15 万美元，15 万和 60 万谁大呢？犹太人很会运作，他们把经营财富与休养生息运作得无比科学。

精明的犹太人、智慧的犹太人、勤劳的犹太人，由于他们是真正的爱财富，真正的会爱财富，所以，财富便也爱他们。

月亮是一枚邮票

月亮是一枚邮票，贴在蓝天上。

星星是我的思念，挤满夜空。

带上王菲的《《家》》上路，一路你不会寂寞。歌声轻柔婉，令人回肠荡气。游子归途中的思乡曲，归途人的知心曲。看满天星斗，谁在街口，听风在左右，挥挥衣袖，离家时候，你在身后。看繁华街头，听心在颤抖，弹指春秋，回家时候，我在泪流。

谁在等候？家乡锦绣，美人依旧……

魂牵梦萦的思乡曲，感动心灵的思乡曲。思念是我们的行李，让亲情为我们导航。

在蓝天之下，在大地之上，用思念，找到亲情的坐标。

思念，贴近我的身子，暖着我的心事。春天的体温，月亮般把我抚摸。沿着歌声，寻到一颗鲜活的心跳。春天的香唇，划破樱桃。沿着春天的唇边，你呼吸般走来。有一个故事在你的唇边诉说，有一个名字根系扎在心底。这里的墒情正好，这里埋有一颗心跳。在这里种植情感，最易发芽。

伸出你的红酥手，放在我胸口。

思念，鲜花般盛开。风一吹，整个春天都很香。

月儿弯弯，悬挂我的思念。月儿圆圆，斟满我的祝福。所有的情思，月亮般结晶析出。

身经百“弹”，再绘平安智慧城市胜景

2013 年 9 月 17 日，中国华戎专家顾问委员会主任委员、中国工程院钟山院士应邀莅临公司总部，对智慧交通课题组的研究工作进行指导。课题组负责人、公司总裁助理宋俊虓向钟

院士做了详细汇报。钟院士对智慧交通方案的整体设计构思表示高度肯定，并就方案的特色、全生命周期管理等问题提出了建设性意见。

记者采访了钟院士。钟院士声音洪亮，说一口普通话。不是亲眼相见，我根本无法相信这位不时冒出几句时尚名词的风趣善谈的老人就是资深的导弹专家。

钟山院士于 1957 年毕业于中国人民解放军军事工程学院。现任航天机电集团公司二院研究员。曾担任防空导弹武器系统总设计师。作为第一位和第五位完成人，获 1992 年和 1999 年国家科技进步奖特等奖。编写各种技术报告 110 多篇。钟山院士是我国"导弹武器系统"的总设计师，中国工程院院士，国际宇航科学院通讯院士，中国宇航学会无人飞行器学会理事，享受国家政府特殊津贴，曾荣立国防科工委的一等功，并两度荣获国家科技进步特等奖。他研制的武器已装备了我国陆、海、空三军，为我国地空导弹事业的发展做出了突出贡献。他曾担任填补国内空白的某低空防空导弹武器系统总设计师，创造性解决了低空导弹三大关键技术，使主要指标达到国际先进水平。近年来，钟山院士高度关注我国智慧城市领域的发展建设，曾担任奥运安保科技系统总设计师，并多次参与了深圳、武汉、苏州等地智慧城市建设方案的咨询工作。

记者：在安全问题频频威胁人类生活的背景下，城市灾难和公共安全尤为重要。请您谈谈智慧城市、平安城市的一些看法。

　　钟山院士：安保科技系统建设及"平安城市"的规划是国家和城市的重要问题，近年来，我国在安保产业领域取得了丰硕的成果，在参与奥运会、世博会等重大安保项目的过程中积累了丰富的实战经验。建设新一代"平安城市"的理念即在这样的基础上提出的。新一代"平安城市"将拥有全天时、全天候、立体化的整体安全防控处置系统，即以城市经济社会发展和城市安全管理的需要为基础，结合各种特殊安全防控手段，扩展到卫生、环境、能源、资源、通信等城市安全各方面的安全联动机制。生活在这样的城市中，人们将享受到更安全、幸福、有保障的生活。

　　记者：您从事几十年的防导事业，一定会经历很多惊险刺激故事吧？

　　钟山院士：哈！我是一个身经百"弹"的人！有一次，一位美国将军找到钟山院士，特意想要一睹钟山院士发导弹的本领。而那天，刮着六级大风。"这种天气根本不能打导弹，他是故意考我哪！"不服输的钟山院士提出只要美国将军能让靶机升空，他就能打！两架靶机升空失败，第三架靶机摇摇晃晃上了天。钟山下达指令，只见导弹"噌"地朝靶机直直飞去，距离目标还有5米左右时，突遇狂风，导弹急速向地面下落。"起！"控制人员立即拉动控制系统，正向地面坠落的导弹擦地而起，准确命中靶机！

　　记者：您曾给空军写过一份建议，提议要高度爱护我们自己的已经拥有的导弹、飞机型号和科研队伍，使它形成系列化、家族化，可持续发展。能谈谈当时是在一个什么背景下产生这个前瞻性的想法的吗？

钟院士：哦！是这样的。现在我国的航天事业，尤其是导弹工业有很多令人骄傲的地方。但是，我们曾经走过从苏联引进的路子，但后来两国关系恶化，苏联撤走专家带走资料，使得我们的一些刚起步，甚至还没起步的计划要变成一纸空文。怎么办？只有自力更生。我们踏踏实实地进行了多年的研究，有了真正属于自己的导弹基础，在这个基础上我们就有了现在的成果。因此，国防工业一定要有自己的基础，经受战争的考验，还得靠自己的国防工业。

于是，我给空军写过一份建议，提议要高度爱护我们自己的已经拥有的导弹、飞机型号和科研队伍。使它形成系列化、家族化，可持续发展。因为买过来的东西，你会受到数量的限制，受到配件的难以供应而影响整体作战效果。另外，如果战损就难以再次获得，而自己的东西却不受这些限制。也许性能稍差一点，但可以大量生产，随时补充，这才有实际的作战意义。有一个例子应该能给人一些借鉴的，1982 年的英阿马岛之战，阿根廷一架超军旗战机用一枚"飞鱼"导弹把英国一艘最先进的战舰干掉了。这是很鼓舞阿根廷民心的，遗憾的是，这种"飞鱼"导弹阿根廷太有限，法国人卖给它的大部分没有到账，战争起来之后，法国人就更不给它了。阿根廷没几天就把这种导弹用完了。如果它有足够的这种导弹，这场战争不会是现在这种结局。我搞这么多年防空导弹，真正过硬的是

1980 年开始研制、1988 年试验成功的红旗 7 号。红旗 7 的性能可以说非常理想，它反应快速，机动性好，火力强，在当时已属第二代防空导弹，和同一时期的世界先进水平相差无几。即使现在看，它的低空性能依然可与美国的"响尾蛇 NG"比一比。美国的"响尾蛇 NG"是目前最先进的低空防空导弹，这种导弹其实还不全是它自己的成果，导弹是美国自己的，而雷达和发射系统却是法国的。给我 2 到 4 年，我完全有把握使我们自己的红旗 7 和它一样优秀。红旗 7 已有了两种改型，我下一步就要进行它的第三种改型，使它与"响尾蛇 NG"不相上下。

记者：您认为目前影响科技进步的因素有哪些？

钟院士：时代因素按社会发展规律，生产力发展驱动时代前进，科技本身是生产力同时又是影响生产力发展速度的重要因素。科技发展的效果集中反映在劳动生产率上，也即生产速度越来越快，效率越来越高。这一事实使我们认识到，随时代的前进，科技发展速度在加速，而且产生了时代倍增效应。时代倍增效应的出现，一是由于原始创新的不断出现，社会生产不断飞跃，促使科技发展加速；二是由于原始创新产生出来的应用创新，为科技发展提供了有力的工具和方法，必然缩短科技发展周期，提高效率；三是由于越来越多的科技人员和社会大众成为朴素的自然唯物论者，减少了科技发展在意识形态方面的阻力，避免了布鲁诺因宣传哥白尼学说而被烧死的科学悲剧。基础因素从科研成果看，随时代前进，基础研究的创新性成果越来越多，由基础研究派生出的发展研究、应用研究也就必然加速发展并成果倍增。从系统工程的角度看，当基础工程越宽广、完善，则在基础之上诞生的专业技术必然水平越高，且出成果的周期越短；反之，如果基础项目水平不高，发展相关专业技术必然要以延长周期或降低水平作为代价。当前的科技发展，在科学研究方面，学科不断分化，越分越细，新领域不断产生。与此同时，不同学科、不同领域之间相互交叉、渗透与融合，向着综合化方向发展。只有在宽厚的基础之上，才有可能加速交叉、综合、渗透，从而对科技发展速度产生倍增效应。合力因素在创新过程中必然遇到各式各样的新问题。依赖某一个人、某一门学科、某一项专业技术来解决这类跨学科、专业的问题其作用是有限的，因而需要多方面的密切配合和大力协同。我们处于知识经济的萌芽阶段，其特点是以知识和信息为基础，具有知识社会化以及世界经济一体化的特点。这个时代特点需要各种学科的专业人才融成一体，取长补短，彼此交叉、融合，从而形成多学科的学术梯队和精英团组。在科技发展中，大力协同、团结协作、专业互补、相互配合的合力将对科技发展起加速作用和倍增效应。潜力因素科技创新需要人的主动性、积极性和创造性，科技人员是创新的主体。没有主体和上述"三性"，则什么创新也没有。而人的"三性"是有极大的潜力的，其伸缩性很大。挖掘和发挥科技人员的潜力，一是靠政府引导和大环境影响；二是靠个人的自觉性。后者是内因，前者是外因。在 20 世纪 50、60 年代，我刚跨入尖端科技研究之门。当时由于前苏联撤走专家，深受科技人员爱戴的周恩来总理宴请国内专家时，勉励大家自力更生，艰苦奋战，勇攀高峰。主管外交的陈毅副总理也说："把裤子卖了，也要把尖端搞上。"领导的决心和鼓励给了我们信心与责任，当时我们每天的日程是：出家门，搞实验，两点一线，天天不变。我们提出的口号是：生在永定路，死在八宝山，坚持不懈攻关键，早把尖端送上天。靠着这样的精神，我国以令全世界震惊的速度搞出了"两弹"。而在"文革"期间，科技人员也是"一杯茶、一支烟、一张报纸看半天"，个人积极性没有，人际关系紧张，哪来群体的积极性。以上事实表明，个人积极性所产生的潜力是无穷的，善于发挥个人潜力是科技发展的重要因素。

认识到以上四项要素，我们不妨再反思一下二、三百年以前的清王朝，其文化专制时间之长、闭关锁国之深，在中国历史上可谓登峰造极。当时，西方正进入工业革命和推动科技发展的关键起跑时期，清朝却背道而驰，逆流而动，仍以老牛拉破车的方式蹒跚在小农经济之中。这样的机制没有利用时代倍增效应，更谈不上潜力与合力的发挥。我深信，只要我们认真总结经验教训，改进机制，充分发挥基础、潜力、合力诸要素对科技的加速作用，中国一定能在新世纪成为世界科技大国。

钢铁是怎样炼成的

面对钢铁，它的沉重令人沉思，它的坚硬使人刚强。它的沉默，让我懂得什么是厚重。它的冶炼过程，使我悟出人生的走向。

与钢铁对话，重要的是倾听。

与钢铁对话，首要的是以敬仰的姿势。钢铁，字典上解释：钢和铁的合称，有时专指钢。铁的合金称之为钢。铁矿石，有磁铁矿、赤铁矿和菱铁矿。

每一枚矿石，都像一则寓言。你只有用心阅读，才可以读出它的深刻含义。铁，作为铁矿石的实质内容，或者铁矿石选择以铁作为自己的内含元素，而又以极朴实的状态存在着。你可以忽视它，但你绝不能轻视它。它的恒久永远，正如中国黎民百姓的长久。它的粗糙，也如百姓的朴实。它的铁性内含，也如百姓骨子里的那股硬气。

捧起矿石，如托起一部厚重的历史。捧起矿石，如捧起祖先留存的遗骨。

开采矿山，是在开采中国的古文明史。我们可以骄傲，但无法欢喜；我们可以自豪，但无法洋洋自得。我们以尊重历史面对现实的原则走向矿山。它静静坐在那里，宽厚安详。

对钢铁的最初认识是看乡村的一个铁匠打铁。铁匠很瘦小，他那瘦小的身躯真不知是怎样举起沉重的铁锤的？然而，那沉重的铁锤在他的手里像听话的鼓锤，极有节奏地一下一下地敲打着烧红的铁器。听说他的父亲也是做铁器活的，十里八乡都很知名。日本侵华的那些年，他的父亲为游击队打制大刀、铁抢，那活干得真叫绝。鬼子不知是怎么知道他的父亲做铁器活做得好的，有一天，他父亲被鬼子抓了去，让他为鬼子打制铁器，他父亲坚决不为鬼子做事，鬼子把烧红的铁棍烙在他父亲的身上，只听"嗞"的一声，一股白气冒出，同时产生一种血肉烧焦的味道。他父亲咬着牙，说我给你们打，鬼子便在一旁看他父亲打铁器，他父亲忽然把铁锤砸向一个鬼子的脑袋。

亲中国成立后，他又操起了这份祖传的活计。煅打、淬火，在寂寞的乡村里成为唯一生动的风景。

对钢铁厂的最初想象，对于我来说，这个铁匠是我唯一思考的线索。而我最初走进钢铁厂，心里异常激动，心跳的感觉也像铁匠打铁一样在我的心鼓上敲击。

这是一种最硬朗的生产。

没有哪一种生产像冶炼钢铁这样，如此惊心动魄。

从古板的教科书上，它的冶炼原理是可以用几个化学方程式表述。而它的人文、哲学和思想价值远非一个化学方程式所能诠释的。冶炼钢铁的过程，也是一个还原的过程，在高温之下，把铁还原出来，从否定走向肯定，最终达到超越，把一个人最为钢质的东西凸现出来，把人的坚强的优根凸现出来，剔除掉人的虚伪、软弱、贪婪的劣根，是一个人冶炼过程。纯真的钢铁，用我一生练就。

强其筋骨，是对人身体素质的冶炼。

而对一个人心灵冶炼，则要更赤烈的火、更持久的火。

火，在冶炼中是灵魂。

火，是冶炼中最富感情的一种成分。

铁矿石在火的哺育下，生成铁，就像庄稼在阳光的作用下，生产出粮食。光合作用，生成的粮食，喂养着人类。钢铁，是建设的粮食。钢铁，喂养着建设。当我们守着这座高炉时，如同农民守着他那片庄稼地，一样的大汗淋漓，一样的侍弄调理，一样的期盼。

高炉，如怀孕的母亲，伟大而幸福。出铁的那一刹那，不正是母亲分娩的情景吗？高炉，母亲般劳作，母亲般慈爱，母亲般伟大，同样，高炉也母亲般痛苦，母亲般幸福。

高炉，铁的母亲。

这也是我们为什么只能用仰望看你的一个原因，唯一的一个原因。

把铁炼成钢，是除去过多的碳素，加入一些其他金属元素，从而使其性能、品质更加优良。这不仅仅是一种净化，而是一种完善。一个人因纯洁而美丽，因丰富而有力，坚强、智慧的人，该经过多少次冶炼啊！

《钢铁是怎样炼成的》是人成长的一本书，它教会我们如何把自己百炼成钢。

打开门捷列夫的元素周期表，有一个位置是为一种坚韧的元素所占据的。它像一颗星星，镶嵌在无际的夜空中，它虽然不是最明亮的那颗，正如铁远不如金、银贵重，但它朴实地存在着，同众多的繁星一起，使我们的夜空不再凄凉，使我们的夜空不再寂寞。

它默默地闪烁着光亮。

它告诉我们许多。钢铁之门，只有用虔诚的心灵才有资格叩击。

钢铁，当我静静抚摸你的时候，你很快把我的体温传导给你的心脏，我用心谛听你的心跳。

当你存在于矿石里的时候，你就是埋在深处的宝藏。

当你铁水奔涌的时候，你不是一条沸腾奔流的黄河吗？

当你凝固的时候，你是一座永恒伟岸的秦山。

钢铁，你告诉我人生的真谛。

钢铁，你教会我怎样成长。

钢铁，使人学会冷静。

钢铁，使人学会坚强。

钢铁，我将一生与你同行。

花钱做贼

一次，我在书摊上翻阅一本什么文学大奖赛获奖文集，偶然发现我的一首诗署了一个陌生人的名字。

我不禁哑然失笑，如今有偷钱偷物的，还有偷诗的？

真是"难能可贵"。朋友说告他让他丢丢人。你说费那事干吗？何必要大动干戈呢？朋友说见贼不抓，就是不见义勇为，就是对坏人坏事的教唆，就是助长败坏社会风气。

你看，这事怎么办？

忽然，收到一封信及一张获奖证书。

信上说很对不起我，把我早发表的诗窃取抄写寄给了一个大奖赛征文办，当时只想出名，现在后悔了。

看到这里，我真想对他喊，写诗能出名？出名的门路多的是，干什么不比搞这个强。当然，我喊他也听不见。

信上又说，诗寄去后，收到征文班的回函，说诗通过初选，令寄十元钱，参加复赛，并列举了一些奖项的奖金及获奖作品编辑出版。于是，寄去钱等候佳音。不久，又收到征文办回信说：诗通过复赛，令寄二十元钱，参加决赛，并列举了当今纯文学生存困难，为振兴发展文学事业，共同合作云云。胜利在望，又邮寄去了 20 元。

不久，又收到回信，说诗已经获奖，获奖专辑已出版，请寄去 30 元，即可回赠获奖专辑及获奖证书。事已至此，便寄去了钱，受到了专辑和证书。当看到印有自己的名字的偷来的诗时，回想经历的幕幕情景，心中深感不安，心中很不是滋味，看证书是空白证书，只印有"在大奖赛中获一等奖"，填写名字处空白，也许人家嫌麻烦，懒得填名字，也许获奖的太多了，组织者光写名字就写不过来了，让获奖者自己填写。于是，便随信寄去证书。说他偷了我的诗，名字变成了铅字，作为一名文学爱好者，喜中有愧，寄去证书作为补偿。

看完信，又看看那可以填写任何名字的获奖证书，长叹一声。

故事行李

这是一个幽默的故事：

有两个人自称是"英雄"，他们一起去除害———一个凶猛的怪物。快要到达怪物的出没地点时，其中一个说："咱们分一分工吧！你到前面看看那怪物长得是什么样。"另一个说："那你呢？"他说："我在附近寻访见过怪物的人，问清怪物长得是什么样，这样，才好与你将要见到的怪物对证啊！"

这是一个比较幽默的故事：

也是有两个自称是"英雄"的人，他们一起去打老虎。他们听说附近的老虎极其凶猛，人们谈虎色变，根本不是老虎的对手。当他们看到老虎走过留下的脚印时，其中一个说："咱们分一分工吧！你往前找，看看那老虎到哪里去了？我往后找，看看那老虎是从哪里来的。"

这不仅仅是一个幽默的故事：

两个淘金者，去寻找一个金矿。在即将到达地点时，其中一个说："咱们分一分工，你赶快回去，告诉人们我们已经找到金矿了，你会成为人们及其羡慕的人。我赶快赶路，尽快采到金子，把你说的变成现实。"

往回走的那个人走着走着发觉自己上当了。回去？已经来不及了。他想了想，想出了一个主意，他打出了一幅广告：有赏提供金矿所在地。他发了一笔信息财。

所有的人涌向金矿，人多金少，淘金的人都没有发什么大财。

在交流会上，这两个人分别发表了一篇论文。淘金者写的教训是:《学会分享》。回去的那个人写的经验是:《信息也是财富》。

这不是一个幽默的故事：

一个说:"前面是什么？"另一个说:"太阳。"

一个说:"后面是什么？"另一个说:"影子。"

一个说:"哪面是后面？"另一个说:"前面的对面就是后面？"

这是一个不幽默的故事：

有兄弟两人，家乡闹了水灾，家里只剩下了两只母鸡。两人便各抱着一只母鸡离开家乡，另谋生路。在一片森林里，两兄弟的其中一个迷了路。走出这片森林需要一个月，他实在饿急了，没过几天他便把鸡吃了，最后他没走出这片森林。而另一个呢，当他进入了一片茫茫的大草原时也迷了路。但他始终抱着那只鸡，最后走出了那片无边无尽的大草原。原来，他与鸡同行，鸡吃地上的草，人吃鸡下的蛋，最后，人与鸡都走出了那片草原。

嘿！我真勇敢

他刚买了一部手机，有摄影功能的。心里很高兴，他感到自己很富有。拿着新手机，他上了车。

车上人真多，你挨着我，我挨着你。

下车要五六站路哪，他感到很无聊，便拿着手机玩。试试拍照功能怎么样吧！他拿着手机晃来晃去，镜头里照到了一个女孩，姣好的面容，长发飘飘，粉色的紧身上衣，紧绷的牛仔裤，勾勒出迷人的身材，真美！

他看呆了。

天使！纯美的天使！他心里默默念叨着。

这时他在镜头里看到，一个男子时不时地蹭一下天使的身子，车上人多，互相碰一下很正常。他想。

但是，接下来他看到那男子慢慢的贴向天使的身上……

告不告诉天使呢？他犹豫着。

他想还是提醒一下天使好，让她注意一下车上的流氓。

但他又想，如果我说了，那个男的报复我怎么办？

他胆怯了。

过了很长时间，他听到天使说："你干什么？"

那男子似乎没听见，依然把身子贴在天使身上。

天使愤怒了，大喊我要下车。

司机说还没到站不能停车。

汽车继续前行。

天使向前挪动，那男子也向前挪动。天使一停下，那男子就贴向天使。

终于到站了，天使下车了，他也下车了。

他对天使说，告诉公安局，打110，我把那小子对你的骚扰拍下来了，可以作为证据。

天使因刚才的愤怒仍涨红着脸，但此时听到他的话，天使蔑视地看了他一眼，走了。

望着天使美丽的背影，他愣在那里。这么美丽的女孩，却遭到突来的骚扰，而且是在光天化日之下，是在众目睽睽之下，他感到自己很窝囊，自己为什么刚才不站出来呢？他感到自己很不仗义。他为自己的无动于衷感到羞愧。

车上又发生了这么一幕。

一个男子在一个女孩的身上蹭来蹭去，女孩怎么躲也躲不开。

他冲上去，把那男子推开。

男子突然掏出匕首向他捅来，他倒了下去。

歹徒跑了。

他被送进了医院，住了十多天的院伤才好，女孩始终没有出现。

但他很欣慰，他想，嘿！我真勇敢。

谢谢你吃我的哈密瓜

经常看到报纸上电视上关于迷魂药的案例:《谨防饮料中下迷药进行抢劫》《当心不法分子利用麻醉药物进行抢劫》,讲的是发生在火车上利用麻醉药物进行抢劫的案例。

看到这些,我不禁想起曾经的一段经历。

我援疆支教时,学校放假了,我准备回山东老家,学校的一位老师送我两个大大的哈密瓜,说路途遥远拿到车上吃吧。

这趟车上人很少,我的那个单元里六个铺位有四个空闲着,只有我和一个女士两个旅客。

从乌鲁木齐到泰安火车要行驶三天三夜,我望着窗外的风景,大漠戈壁渐行渐远,山村都市一晃而过。

渴了,便想起了哈密瓜,拿出来切开,香甜的味道洋溢开来。我顺手递给那位女士一块,说:"吃吧! 这瓜不错!"

她先是推辞了一下说不吃,看我很真诚,马上就接了过去。

我们吃着哈密瓜,说起新疆来。她说她是四川人,来新疆推销化妆产品,现在是到山东去推销产品。

面对一个陌生人,她没有对我怀疑,现在想起来我感到很荣幸。

最近看到报纸上的"不要喝陌生人的饮料""不要吃陌生人的东西"等防骗招数,我想如果是现在,我还会再给人东西吃吗? 那样是否太冒昧了? 现在都知道了,骗子很多,骗子先是用吃的喝的麻醉旅客,再做抢劫,谁还敢吃陌生人的东西?

我想我不会再轻易地冒昧地给陌生人东西吃了，那样，如果人家拒绝我，会觉得有失礼貌。如果不拒绝我，万一上当怎么办。这不是为难人家嘛！

我突然感到，被人信任是多么的幸福！

谢谢你吃我的哈密瓜。

谢谢你对我信任。

路

勤奋好学生动活泼的童年少年，进取奋进的青年，改革维新学识渊博的中年，组成了一个辉煌壮丽的人生。创造着伟大人生的人物就是近代思想家、戊戌维新运动（即戊戌变法）领袖之一梁启超。

梁启超（1873—1929），字卓如，号任公，别号饮冰室主人。

他兴趣广泛，学识渊博，在文学、史学、哲学、佛学等诸多领域，都有较深的造诣。著名的《少年中国说》就是梁启超写的。

一、幸福快乐的童年，生动鲜活的成长。

1873年的一天，在广东省新会凤山之下茶坑村一个普通的私塾先生家里，一个婴儿诞生了。他的第一声啼哭是那样的响亮有力。谁也没有想到，他后来成为一位中国近代史上最具影响力的人物，他就是梁启超。小梁启超的出生，给这个普通的家庭带来极大的欢乐。

这是一个幸福的家庭，这是一个温暖的家庭。一幢高墙围筑的青砖黑瓦平房，一座幽雅的院落。正厅中间桌子上置放着一对青天大花瓶，两侧墙壁上悬挂着八仙图案的金木雕彩瓷画，梁启超的家普通而又安静，文雅而又温馨，平实而又幸福。

家教严格的梁家很重视对梁启超的教育，从小就培养他刻苦好学，勇于开拓的精神。他们教育梁启超既要认真学习，又要有自己的认识。不要死读书，不要读死书。要把书读活，读出彩来。小梁启超对书产生了浓厚的兴趣，他似乎感到书是甜的，读书是那么的好玩。他读了大量的书籍，在书中他学到了很多知识，在书中他也得到很多做人的道理。

小梁启超在读书中慢慢长大，一个阳光少年活泼可爱而又聪明好学。

梁启超智慧超人，并且勇敢机智。一天，调皮的梁启超爬上竹梯玩耍。祖父怕他有危险，望着梁启超急叫："快下来，快下来！会跌死你的……"梁启超看见祖父急成那样子，竟又往上再攀一级，还冲口念出两句："有人在平地，看我上云梯。"祖父不由开心大笑，感到乖孙非比寻常。

梁启超十岁那年，跟着父亲进城，夜里住在秀才李兆镜家。李家正厅对面有个杏花园，杏花园花香迷人。这对少年的梁启超来说是极大的诱惑。第二天早晨起来，他便走到杏花园玩耍，但见朵朵带露杏花开放得美丽鲜艳，他高兴得又蹦又跳。他伸手摘了几朵杏花，把玩起来。正在他玩得很高兴时，突然听到一阵脚步声，他一看是父亲与李秀才来了。梁启超赶紧将杏花藏在衣袖里，但这一切被父亲看在眼里。父亲不好意思在朋友面前责怪儿子，便以对对联的形式来处罚他。

父亲说道："袖里笼花，小子暗藏春色。"

梁启超一边想一边四处观看，他突然看见厅檐挂着的"挡煞"大镜。

他灵感随之而来，高声答道："堂前悬镜，大人明察秋毫。"

李兆镜拍掌叫好："了不得！好聪明！让老夫也来考一考贤侄，好不好？"

李兆镜看着梁启超说道："推车出小陌"。

小启超答道："策马入长安。"

"好，好！"李兆镜连声赞好。

欢声笑语洋溢在杏园里。

梁启超的故乡新会茶坑村有座小山，叫坭子山，山上有座塔，叫坭子塔，又叫凌云塔。梁启超的老家就在坭子塔山下，童年的梁启超时常和小朋友爬上凌云塔。凌云塔给梁启超带来很多乐趣。

一天，梁启超写了一首诗：

《登塔》

朝登凌云塔，

引领望四极，

暮登凌云塔，

天地渐昏黑。

日月有晦明，

四时寒暑易。

为何多变幻？

此理无人识。

我欲问苍天，

苍天长默默。

我欲问孔子，

孔子难解释。

搔首独徘徊，

此时终难得。

可见，梁启超很小就才华横溢。

二、沐浴道德教育的阳光，阳光灿烂的少年岁月。

每年上元佳节，祖父都要携诸孙来到当地一座庙宇，对着庙内绘有忠臣孝子的图画，说："此朱寿昌弃官寻母也，此岳武穆出师北征也。"

位于新会南端出海处的崖门，是南宋将亡时宋军与元军最后激战至覆灭的古战场。每年清明祭扫路过崖门时，祖父总爱向儿孙讲述当年南宋宰相陆秀夫背着幼主投海殉国的情景。这些历史人物的爱国精神，深深地激励着童年时代的梁启超。梁启超从小在品德修养上深受祖父的影响。

有一次，母亲严厉教育儿子不可说谎。她那"欺人与窃盗之性质何异"的质问，令梁启超终生难忘。

良好家风的熏陶，使得梁启超品质优秀，道德高尚。

梁启超从小聪明好学。他的书室很有点鲁迅先生笔下"三味书屋"的味道，正中悬挂着孔子的像，两旁分别是"读圣贤书"、"立修齐志"的对联。书室中间按"品"字形摆放着3张课桌及条凳，室内仿佛至今仍然回荡着诵读"之乎者也"的稚嫩童声。

梁启超对什么都感兴趣，他爱读书，也爱写诗。他爱运动，爱大自然。一个鲜活健美的少年生动着梁家屋里屋外。

一天，梁启超家里来了一位客人，客人在客厅里与父亲交谈着。小梁启超从外面玩得满头大汗跑进来，从茶几上提起茶壶斟了一大碗凉开水就想喝，"渴死我了！"他说。

客人说："启超，你过来。"

梁启超走到客人身边，客人说："我知道你认识很多字，我来考考你。"客人见茶几上铺着一张大纸，提笔便狂草了一个"龙"字："你读给我听。"梁启超看了一眼，摇摇头。客人哈哈大笑。梁启超没理他，一口气喝了摆在茶几上的那碗凉开水。客人看了又哈哈大笑，道："饮茶龙上水。"

梁启超用右衫袖抹一下嘴角，说："写字狗耙田。"

梁启超的讥讽让父亲尴尬，正要惩罚他，客人说："令公子对答公整，才思敏捷，实在令人惊异。"

客人诵："东篱客采陶潜菊"。

梁启超对："南国人怀召伯棠"。

梁启超"八岁学为文"，"九岁能缀千言"，10岁前往广州应童子试时，当众以盘中咸鱼为题作诗，"神童"之名传遍乡里。12岁考中秀才、17岁考中举人，他曾令授业先生发出"吾不能教之矣"的感叹。

梁启超因为爱学，变得聪明超人。他越是聪明，越是对学习感兴趣，越是更加刻苦地学习。他不断学习，不断进步。

梁家是耕读之家，并不富裕，除了读书外，梁启超少年时代经常到地里劳动。在田间地头，梁启超充分感受着大自然的恩惠。劳动人民的勤劳朴实，给他留下很深的烙印。

三、爱好广泛的梁启超。

梁启超爱好收藏。他把收藏和学习研究结合起来，这对梁启超的学识起了不小的作用。梁启超对碑帖收藏的兴趣缘于有清以来金石学勃兴的历史氛围和乾嘉以降书坛上碑学阵营的如虹气势。

一天，他的恩师康有为看到他的碑帖收藏后，很感兴趣。并给梁启超一些指点。

四、创新改革的丰富多彩的人生。

1895年春，梁启超赴京会试。梁启超对革新有着很高的热情，他协助康有为发动在京应试举人联名请愿的"公车上书"。维新运动期间，梁启超表现活跃，曾主北京《万国公报》

（后改名《中外纪闻》）和上海《时务报》笔政，又赴澳门筹办《知新报》。他的许多政论在社会上有很大影响。

1897年，任长沙时务学堂总教习，在湖南宣传变法思想。1898年回京，积极参加"百日维新"。7月3日（五月十五），受光绪帝召见，奉命进呈所著《变法通议》，赏六品衔，负责办理京师大学堂译书局事务。9月，政变发生，梁启超逃亡日本，一度与孙中山为首的革命派有过接触。在日期间，先后创办《清议报》和《新民丛报》，鼓吹改良，反对革命。同时也大量介绍西方社会政治学说，在当时的知识分子中影响很大。1905至1907年，改良派与革命派的论战达到高潮，梁启超作为改良派的主将，遭到革命派的反对。

1906年，清政府宣布"预备仿行宪政"，梁启超立即表示支持。1907年10月，在东京建立"政闻社"，期望推动清政府实行君主立宪。

1913年，进步党"人才内阁"成立，梁启超出任司法总长。袁世凯帝制自为的野心日益暴露，梁启超反对袁氏称帝。1915年8月，发表《异哉所谓国体问题者》一文进行猛烈抨击，旋与蔡锷策划武力反袁。1915年底，护国战争在云南爆发。1916年，梁启超赴两广地区，积极参加反袁斗争，为护国运动的兴起和发展做出了重要贡献。袁世凯死后，梁启超依附段祺瑞。他拉拢一些政客，组建宪政研究会，与支持黎元洪的宪政商榷会对抗。1917年7月，段祺瑞掌握北洋政府大权。梁启超拥段有功，出任财政总长兼盐务总署督办。9月，孙中山发动护法战争。11 月，段内阁被迫下台，梁启超也随之辞职，从此退出政坛。

1918 年底，梁启超赴欧，亲身了解到西方社会的许多问题和弊端。回国之后，即宣扬西方文明已经破产，主张光大传统文化，用东方的"固有文明"来"拯救世界。"

1927 年阴历五月王国维自沉颐和园昆明湖，梁由天津赶至北京料理丧事。

中国近代风云人物梁启超，其前半生一直置身于激烈复杂的政治斗争中，但到了晚年，则致力于著述及讲学。

学高为师，身正为范。梁启超很谦虚，梁启超是位广额深目，精力充沛，语音清晰，态度诚恳的学者。梁启超此时暂住在成贤街校舍中，每逢到了星期天，不少青年都喜欢去拜访他。大家发现，他不仅为人谦诚，而且治学勤恳，星期天也有工作计划，他精神饱满到令人吃惊的程度：右手写文章，左手扇不停挥，有时一面写，一面又在答复同学提出的问题。当写完一张时，便吩咐他的助手拿到另一间房屋去打字，一篇打字机印稿还未打完，第二篇稿又摆在桌面上了。此外，他每天还要看完京沪日报和一本与《新青年》等齐厚的杂志，而且摘录下必要的资料。在与学生们交谈中，他常以"万恶懒为首，百行勤为先"这句话来勉励他们。在勤恳治学方面，梁启超的确做到了以身作则。

梁启超在南京讲学期间，还参加了东南大学文、史两系全体师生在鸡鸣寺举行的一次联欢会，当时正是盛暑时节。

鸡鸣寺当家的老和尚见到梁启超来了，十分高兴，他捧出文房用具向梁启超索求墨宝。

梁启超略为沉吟片刻，便奋笔写下了陆游的集句：

江山重叠争供眼，

风雨纵横乱入楼。

看到梁启超的书法，这位老衲大喜，连说："小寺一定要把任公的墨宝藏之名山，垂之千古。"

联欢会上，一位学员趁梁启超高兴之际，向他提问："现在南京延揽国内外名流学者公开讲学，有人说只有诸子百家争鸣才能与今天的盛况媲美，依先生看，这种提法是否合适？"

梁启超听了顿时庄重起来："我认为非常不合适！主要是没有新东西，诸子百家各有独到之处，二千年后的今天还值得重新估定它的价值。今天的自由讲学几乎找不出一种独立见解，不过二三十年后，就会被人们遗忘得一干二净了。"

梁启超志趣盎然。1922 年的一个夏天，梁启超为东南大学暑期班学员做了一次颇有趣味的专题讲座———《为学的趣味》，他说：人生最合理的生活应该是"觉得天下万事万物都有趣味"，"凡人必常常生活于趣味之中，生活才有价值，若哭丧着脸挨过几十年，那么生命便成了沙漠，要它何用？"

他说："凡趣味的性质，总要以趣味始，以趣味终，所以能为趣味之主体者。莫如下列几项：一、劳作；二、游戏；三、艺术；四、学问。"

他说："对于自己所做的事，总是津津有味，而且兴致淋

290

漓，什么悲观咧、厌世噜，这种字面，我所用的字典里头可以说完全没有，我所做的事常常一面失败一面做，因为我不但在成功里头感觉趣味，就在失败里头也感到趣味。"

这种积极的人生观无疑成为梁启超一生勤奋地探索救国真理的精神动力。

五、关注教育，给子女一片成长的天空。

梁启超对子女的爱，渗透在对子女的教育中。梁启超虽以文风犀利激荡著称，但在与家人的通信中，却以晓畅、亲切的文字表达了许多关于教育的独特见解。大到提倡智育、情育、意育三位一体（智育教人不惑，情育教人不忧，意育教人不惧），提倡"趣味学习法"，小到推荐鸟瞰、解剖、会通"三步读书法"，他总是像朋友一样，循循善诱地为孩子们的成长、发展提出建议。梁启超在教子中，特别强调趣味教育。他在《学问之趣味》一文中说："凡人必常常生活于趣味之中，生活才有价值。若哭丧着脸挨过几十年，那么生命便成为沙漠，要来何用？"他十分尊重孩子们的个性和自愿，用心细致地掌握每一个孩子的特点，因材施教，做到一把钥匙开一把锁，并鼓励孩子"趣味转过新方面，便觉得像换个新生命，如朝旭升天，如新荷出水……我虽不愿你们学我那泛滥无归的短处，但最少也想你们参采我那烂漫向荣的长处"。1927年8月，他的次女思庄在加拿大麦基尔大学已学习一年，该选学具体的专业了。梁启超考虑到现代生物学在当时的中国还是空白，希望她学这门专业。出于对父亲意见的尊重，思庄选择了生物学。但由于麦基尔大学的生物学教授课讲得不好，无法引起思庄对生物学的兴趣，她十分苦恼，并向大哥思成叙说了此事。梁启超知道后，心中大悔，深为自己的引导不安，赶紧写信给思庄。在父亲的鼓励下，思庄改学图书馆学，最终成为我国著名的图书馆学家。

孩子们问梁启超："怎样学习才是最好的学习？"

梁启超说："学习要求理解，不要强记，要劳逸结合，多游戏运动。"

孩子们在学业遇到困难时，梁启超总是引导他们解开疙瘩，战胜困难，继续前进，教导他们要"莫问收获，但问耕耘"，要他们"一面不可骄盈自满，一面又不可怯弱自馁，尽自己能力去做，如此则可以无入而不自得，而于社会亦总有多少贡献。我一生学问得力专在此一点，我盼望你们都能应用我这点精神"。他告诫已到美国留学三年的思成："分出点光阴多学些常识，尤其是文学，或人文科学中某些部门，稍微多用点工夫。我怕你因所学太专门之故，把生活也弄成近于单调，太单调的生活，容易厌倦，厌倦即为苦恼，乃至堕落之根源。"他还告诉思成："凡做学问总要'猛火熬'和'慢火炖'……循环交互着用去。在慢火炖的时候才能令所熬的起消化作用……你务要听爹爹苦口良言。"当得知在国外求学的思庄对英文成绩不满意时，梁启超就多次去信安慰："绝不要紧，万不可以因此自馁，学问求其在我而已。""庄庄成绩如此，我很满足了。因为你原是提高一年和那些按级递升的洋孩子的竞争，能在三十七人考到第十六，真亏你了。好乖乖，不必着急，只需用相当的努力便好了。"……

梁启超不仅注重用自身的言教和身教教育孩子，还注重聘请家庭教师培养孩子。1924年以后，梁启超的四子思达、三女思懿、四女思宁渐渐长大，而他们的哥哥姐姐思顺、思成、思永、思庄、思忠、则已先后出国留学，只有他们生活在父亲身边，住在天津意租界的居所。为了充实子女们的国学、史学知识，从1927年下半年起，梁启超就聘请他在清华大学国学研究院的学生谢国桢来做家庭教师，在家中办起了补课学习组，课堂就设在饮冰室的书斋里，课程包括国学方面：从《论语》《左传》开始，至《古文观止》，一些名家的名作和唐诗，由老师选定重点诵读，有的还要背诵。每周或半个月写一篇短文，作文用小楷毛笔抄正交卷。史学方面：从古代至清末，由老师重点讲解学习。书法方面：每天临摹隶书碑帖拓片，写大楷二三张。每周有半天休假。经过一年多的学习，兄妹几人国学、史学水平有了很大的提高。

梁启超教导孩子们"莫问收获，但问耕耘"，其实是"天道酬勤"，埋头耕耘的人总是会有收获的，他有九个子女（五子四女），在他的教育下，个个道德高尚，才华出众，具有爱国主义精神，后来都成为对祖国有杰出贡献的杰出人才。梁启超的九个子女中，先后有七个曾到外国求学或工作，他们在国外都接受了高等教育，学贯中西，成为各行各业的专家学者，完全有条件进入西方上流社会，享受优厚的物质待遇。但是，他们中却无一人留居国外，都是学成后即刻回国，与祖国共忧患，与民族同呼吸。抗战期间，梁启超的长子、著名古建筑专家梁思成和夫人林徽因在四川过着清贫的生活且又都疾病缠身，却仍然顽强地坚持在自己的工作岗位上。当时美国一些大学和博物馆都想聘请他们到美国工作，这对他们夫妇治病也大有好处。但是，他们却一一拒绝了。梁思成说："我的祖国正在苦难中，我不能离开她，哪怕仅仅是暂时的。"

六、深沉的爱国之心，深远的爱国之志。

对祖国深深的爱。梁启超一生虽历经沧桑坎坷，但爱国之心始终不变，以著作报国达40年。他对子女的影响和教育贯穿着一个中心，就是对祖国的无限热爱。在家里，他经常向子女们讲祖国历史上的民族英雄和爱国者的故事；孩子们长大离家后，他仍以书信形式继续进行爱国主义教育，鼓励孩子们努力学习，掌握专业知识，将来报效祖国。在他的教育影响下，孩子们自幼培育了对祖国深厚的感情，立下了报国之志。梁启超有9个子女，人人成才，各有所长。梁启超的子女们各有自己的成就，成为本行业的专家。他们都十分用功刻苦学习；他们都十分热爱自己的专业；他们学贯中西，善于把自己在国外所学的先进知识技术运用在祖国所需要的研究上；他们都从不炫耀自己的功绩，而是默默无闻的奉献。他们都不靠父亲梁启超的名声，而是像陶行知先生所说的那样"滴自己的汗，吃自己的饭"。他们又都和他们的父亲一样，有一颗爱国的心。

新中国成立后，梁启超的家人以极大的政治热情投身于新中国的建设事业，虽历尽磨难而无怨，以一腔热血报效祖国。他们全家人在梁启超夫人王桂荃和长女、时任中央文史研究馆馆员梁思顺的主持下，将梁启超遗留下来的全部手稿都捐赠给北京图书馆，并把北戴河一座别墅献给了国家。1978 年，梁启超的次女、著名的图书馆学专家梁思庄又代表全家将梁启超坐落在北京卧佛寺的陵园和几百株树木献给了国家。1981 年，梁思庄组织在京的弟、妹集体自费回广东新会探望乡亲父老。他们带去了梁启超的亲笔字卷和战国编钟，赠送给广州和新会博物馆。

他的思想光芒四射。梁启超是近代中国知识分子群体中最完满的典型代表。无论是疾呼变法图强、宣传西方文明，还是提倡君主立宪，他的兴奋点始终与时代的兴奋点保持一致，其内心的矛盾和政治主张的"多变"，完整地反映了近代中国知识分子的思想历程。梁启超的许多真知灼见，比如立法修宪、开通民智、改造国民性，现在很受学界重视。

梁启超思想中最突出的一点就是主张变革，倡导创新。他认为创新是国家兴旺发达的动力。这一思想对我们今天进行体制改革和文化创新，仍有着深刻的现实意义。目前我市提出"工业强市、外资民资富市、科技兴市、环境优市"四大发展战略，积极打造制造业基地、物流基地、能源基地，充分发挥"榕树效应"，做大做强龙头企业和优势产业等理念，都是开拓创新的具体体现。

梁启超把毕生精力投入到振兴中华的爱国事业上，他的政治主张和思想学说对毛泽东、周恩来、陈独秀、鲁迅等在内的几代中国人都产生过深远影响。因此他的爱国主义思想对于当前青少年教育也具有重大的意义。

梁启超晚年大部分时间是在天津饮冰室度过的。他在饮冰室写出了多本有影响的专著，如《欧洲心影录》《清代学术概论》等，直到生命的尽头，他还在写《辛稼轩年谱》。写作之余，他还给在国外学习的子女们写过300多封信。他性格开朗，他称大女儿的孩子为"小Baby"，称自己的儿子为"老Baby"，他在翻译时译作"老白鼻"。

1889年（清光绪十五年），梁启超17岁。在当时广东的最高学府学海堂苦读四年后，他参加了这一年的广东乡试，秋闱折桂，榜列八名，成了举人。

1924年9月13日，李惠仙因不治之症溘然而逝。梁启超写下了一篇情文并茂的《祭梁夫人文》。文曰：我德有阙，君实匡之，我生多难，君扶将之；我有疑事，君榷君商；我有赏心，君写君藏；我有幽忧，君噢使康；我劳于外，君煦使忘；我唱君和，我揄君扬。

八、永远的光芒。

1929年1月19日，在北京协和医院溘然长逝，终年56岁。

哀讯传出以后，当时的政坛和学界都深感痛惜。各界人士在北京广惠寺和上海静安寺分别举行追悼会。冯玉祥称他"才大如海"；蔡锷颂他"独挽神州危，正气永不死"；王文儒誉他为"革命之元勋"，堪称"群流模范，万古江河"；唐蟒说他"开中国风气之先,论功不在孙(中山)黄(兴)后。"梁启超去世时,曾有一副对联这样写道:"三十年来,新事业,新智识,新思想,是谁唤起;百千载后,论学术,论文章,论人品,自有公评。"在中国近代史上,梁启超是一个异常响亮的名字。他集政治家、学者、作家于一身,以激情澎湃、大开风气的文章,为转折时期的中国思想界带来了一股不可抵挡的洪流。他留下的1400余万字著作,极大地丰富了我国史学、哲学、法学、社会经济学、新闻学等诸多领域的学术研究。

1914年,他在清华大学演讲,他提出的"自强不息,厚德载物"的校训。这则校训被清华大学沿用至今。

梁启超博学多才。他集政治家、学者、作家于一身,以激情澎湃、大开风气的文章,为转折时期的中国思想界带来了一股不可抵挡的洪流。他留下的1400余万字著作,极大地丰富了我国史学、哲学、法学、社会经济学、新闻学等诸多领域的学术研究。

梁启超为我们留下了为国家复兴而奔走呼号,为民族振兴而鞠躬尽瘁的知识分子的高大形象。

他的光辉照耀千秋百世。

血染的风采

山东莱芜是革命老区，在这片热土上生存着朴实的莱芜人民，在这片天空中党旗高高飘扬。这里是一片被鲜血染红的土地，这里曾经是一片被战火烧焦的土地。这是一片神奇的土地，这是一方光荣的热土。这是一个令人敬仰的地方，这是一个感天动地的地方。这是一片红色的土地，它宽厚丰饶、秀美坚实，虽历经战火袭扰，但它依然坚强笃定。历史，曾在这里凝固，战火，曾在这里燃起。

就在这美丽的地方，侵略者的枪声打碎了这里的宁静。面对侵略者的烧杀掠夺，勇敢的莱芜人民奋力反抗。澜头村，从此经历了一次次战火的洗礼。山村响起怦怦的枪声，山村飘扬起猎猎的军旗。这是生与死的考验，这是血与火的洗礼。抗日战士们在中国共产党的领导下，战胜了敌人。战争年代让他们接受生死考验。战火的洗礼，铸造出一条条钢铁汉子。

1940 年农历二月初五，我八路军某部供给处七位同志、区公所十三位同志、区中队二十六位同志，驻扎在了莱芜颜庄镇澜头村。可是，正在这时三百多名日军、百余名汉奸（陈三坎部）把澜头村包围了。魔鬼般的乌云笼罩在澜头村，一场血雨腥风即将降临。面对敌人的嚣张气焰，我军临危不惧，兵来将挡水来土掩，一场战斗打响了。

激烈的战斗开始了，区中队长张东成带七八位同志首先冒着枪林弹雨冲出围子墙迎击敌人。敌众我寡，但我军英勇作战，愈战愈勇。在冲出北门外约一百五十米处，张东成同志不幸壮烈牺牲。战友的牺牲，激起了战士们对敌军的愤怒。他们决定与敌人决一死战。副区长刘美臣是澜头村人，对这里的地形很熟悉，刘美臣临时担任了战斗指挥。区干部、队员一共带有二十支长枪、五支短枪，他们首先登上围墙，与敌军展开战斗。自卫团和群众三百余人抬出几十门土炮架上围墙向敌人猛烈轰击。信念。使得他们有着钢铁般的意志。面对敌人的威胁，他们意志坚强。这场战斗从当日夜晚战斗至次日上午八时，这时，东门被敌人攻破了，怎么办？老百姓又立即把城门垒起来，以抵挡住了敌人的进攻。军民齐心协力、同仇敌忾，誓死保卫家园。

枪声阵阵、炮火连天，战斗仍在继续着。天快晌午了，敌人的枪炮更猛烈，一颗炮弹打中了东门楼，两名区中队员，三名自卫团团员壮烈牺牲。接着东围墙南段又有两名自卫团团员和一名送弹药的群众牺牲……但这些丝毫没有吓倒群情激奋的群众。前面的战士牺牲了，后面的群众站出来！军民团结一心，和凶残敌人进行了一场殊死搏斗。军民同心协力、英勇顽强、浴血奋战，共筑抗敌的铜墙铁壁。

战场上刀光剑影，硝烟四起。风萧萧兮易水寒，壮士一去兮不复还！就是一篇可歌可泣的壮丽史诗。

在战士们奋勇的还击下，在猛烈的炮火攻势前，敌人终于退缩了。

红色的旗帜，升腾在这精神圣地。

战争的硝烟早已散尽，如今这里甚至已经看不出一丝战火的痕迹。如今，英雄的澜头村山清水秀、五谷丰登，人们幸福美满地生活在这片英雄的土地上。

在硝烟弥漫的战争年代，共产党员冲锋在前、退却在后，抛头颅、洒热血；在热火朝天的建设年代，共产党员吃苦在前、享受在后；在激情奔涌的改革开放新时代，共产党员奉献在前、名利在后，争先进、创一流，与时俱进、开拓创新。党的形象在人民群众心中树起了一面旗帜，一座丰碑，一首永远吟唱不息的赞歌。在工作中践行着共产党员的先进性，谱写着动人的篇章。作为共产党员，他们总是在工作和生活中严格要求自己，实践着自己对党性的庄严承诺；致力倡导勇于开拓的创新精神，并将其作为破解工作难题、推动事业跨越发展的根本手段。在莱芜这片红色热土上，党旗高高飘扬，无数共产党人以高度的责任心和使命感，尽心尽力、无私奉献，在平凡工作岗位上做出优异的成绩。

张庄村，就像凤凰涅槃，腾飞而起，飞翔在广阔的蓝天。

现在，先后投资的2300多万元建设了五层高标准居民楼14幢已经是村民的幸福安居，居民全部居住在三室一厅的100多平方米的楼房。

这几年，有40多个个体经济发展起来了，为此帮助解决资金40多万元。

李明法，是一个老实忠厚的汉子，可是家里上有80岁的老母，下有上学的儿子。哥哥的身体不好，失去了正常的劳动能力，侄女便跟着李明法。妻子在家料理家务，他一个人工作的收入很难在承担如此沉重的家庭负担。

李锋实书记召集两委会开会。

"这次会议我们专门讨论扶持帮助李明法脱贫致富的问题。"李书记说。

"我们不能让一个村民贫穷！"

"大家想想办法！"

"小型电器加工炉项目怎么样？"

"可以！"

"行！小型电器加工炉项目比较容易上马，业务也比较多。"

"现在正缺少这个项目。"

"好！明天我就去为他办理证件，为他贷款，大约需要多少钱？"李书记说。

"大约 8 万。"

"好！"

一个月后，李明法的小型电器加工炉项目投产了，他做梦也没想到一个穷老百姓也能做企业当老板，李明法高兴极了，流下了激动的泪花。

他们抓住莱钢改扩建的机遇，积极做好"服务、发展、配套、延伸"的文章，先后创办了机械加工厂、建筑安装公司、磁选厂、建筑型材厂、钢渣处理厂等居办集体企业，为莱钢机械加工、建筑安装等提供配套服务，年年利税 1100 多万元，仅此一项，就让社区居民年人均收入 7000 元，率先跨入了

"莱芜市小康村"行列。

村里有集体企业 8 家、私营企业 150 多家。这些企业使社区劳动力全部得到安置，还吸收 500 多名外来打工人员来社区就业。全村村民有的从事第三产业，有的在工厂当工人，在企业和社区的管理人员就 200 多人。并且全部办理了职工养老保险，使他们即使退休，生活上也有了保障。投资 600 多万元建起了全市第一家 3000 平方米高标准的老年公寓，进入公寓的老人统一管吃住，还给每位老人一个月 30 元的零花钱。对村里 65 岁以上的老人享受生活补助，孤寡老人生活医疗费全部报销。张庄村被评为全国敬老模范村居社区。投资 90 万建起的"全配套"的小学和高标准的幼儿园，实现了幼儿免费入托，学生免费上学。先后投资 20 余万购置了客车专门接送学生上学、放学。对考入大中专的学生，社区分别奖励 1000 元、500 元。在社区形成了尊师重教的浓厚氛围。村里近几年考入大中专院校的有 40 余人，有 4 人还考上了研究生。

集体经济实力的增强，为优化社区环境、为民服务提供了有力的物质支撑。富而思进的李锋实把为人民服务作为工作工作的第一宗旨，着力解决居民关心的热点难点问题。实现了居民楼房维修、闭路电视、自来水供应全部免费的集体保障体系。投资 20 多万元，安装了电视差转台、兴建了图书阅览室和党员活动室，设立了储蓄所、小件寄存处、信息栏、理发室、旅馆、存车处等服务设施，以便为居民和外来人员提供周到便捷的服务。

　　下班回家后，人们可以来到活动广场，打篮球、乒乓球，可以到健身房健身，可以到微机室上网冲浪。

　　村民富了，很多家庭买了汽车，现在全村 500 户人家有 300 多部汽车。

　　生活在钢城区艾山街道张庄社区的人们是安逸的、幸福的。村民自豪地说："我们能过上今天的美好生活，多亏了李书记！""我们的日子过得比城里人还滋润，除了电费以外，一切都是集体为我们负担。我们太幸福了！"

　　没有走过路的脚，不称其为脚。没有脚走过的路，可能称其为路。张庄人把张庄建设的春天设计，把致富的翅膀种植。

　　李锋实和他的张庄村的干部群众，这些年风风雨雨，一路走来。风风火火是他们的工作姿态，与时俱进是他们的工作心态。他们把新农村建设的步伐迈得铿锵有力，他们的每一次改革开放的力度壮阔波澜。这些农村汉子，在新农村建设中，以其巨大的肺活量，同改革开放的春天一路呼吸。

　　你可以从每一次旧村改造领略一种气势，你可以从社区发展感受一种速度，你可以从不断建起的楼房仰望一种高度，你可以从企业不断壮大体会一种力度，你可以从林立的楼群切入视线，你可以从刷新的村民个人收入收获惊叹。这一切，来自新农民坚实的脚步；这一切，来自新农民厚实的肩膀。

　　和谐、富裕、文明、幸福的张庄，在带头人李锋实的领导下，正在一步步走向辉煌。

　　几十年的奋斗，一路走来。一个个力的章节，一个个美的段落。打开所有的禁锢思想篱笆，打开所有封闭观念的栅栏，让奇迹进入张庄，让神话从长空中飞落张庄。张庄，凤凰涅槃，有过改革的阵痛，有过奋斗的艰辛，现在这只凤凰腾空而起，翱翔在万里长空。

黄庄镇台子村，在山的怀抱里，在桃树林的怀抱里。

这里是清凉的高地，这里是天上的桃园，这里有天上的河流——自流灌溉系统。这里有天上的大地——千亩桃园。这里的天这里的水如此蔚蓝，这里生长着美丽，这里生长着幸福。

如此美丽富饶的地方，你很难想象，它原先可是荒山野岭贫瘠落后的地方。

这里过去贫穷落后。这里交通不便，信息闭塞。抬头石山、出门是沟，面对穷山贫岭，人们一直为温饱问题而奔波。沙石山干旱、贫瘠，荒芜裸露。大山静静地卧在那里，默默地守候着荒凉。

满山遍野的桃树，在午后阳光的照射下，闪耀着丰收时节特有的光泽，弥漫着丰收时节芬芳甘甜。这是画上的桃园，是天上桃园。

站在山顶上，极目四野，你会感到你是站在梦的上面。

这里，是盛产传说的地方。盛产传说的地方，是幸福的地方。来到这里，你就像来到另一个世界，一个你只有在梦里见到的世界。

原来这里大多种植的是花生等粮食作物，产量低，遇上天旱或涝灾就会减产甚至绝产。后来村委会经过充分论证，他们决定在山顶栽植松树，山腰栽植果树，把荒山变成花果山。

台子村的春天来了，一场"春天的故事"开始了。全村人都上山了，700多人在山上栽种树苗。那种场面激动人心、振奋人心。

一个春天，两个春天，三个春天，8万棵树木扎下了生命的根，35000棵桃树安下了家，700亩桃园成为现实。

历经几年，投入100万元，2000多亩的山场开发出来了，700多亩的耕地新增出来了。万棵桃树在荒山上扎下了根。

那时山上不通公路，山上的农产品运不下去，是制约村民致富的首要问题。那时，山上大多是挑担不能换肩的羊肠小道，有些养猪和屠宰户上下山是扛着自行车赶着猪，样子既滑稽又令人心酸。

全村老少爷们踊跃上阵，上至70多岁的老人，下至刚毕业的学生，都怀揣干粮，靠钢钎、锨镐，人拉肩扛，奋战在修路工地上。D—85作业，人工挖边沟、整路堰。那是一种怎样的动人的场面？那是一种激情燃烧的岁月。奋战两个冬天，40华里的环山路终于修好了。远远望去，就像通往山上的金带，那是一条天路，从山脚通往山顶，从贫穷通往富裕，从闭塞通往开放，从落后通往文明。20多个山头都可以通汽车，果品销售旺季，每天来自安徽、莱州等地的汽车不下20辆，直接开到果园旁边。

水，是农业的命脉。2000多亩山场，全是靠天吃饭的山岭旱地，遇上旱天，种一葫芦收半瓢的年景并不稀罕。群众视水如油，为浇灌果园常常纷争不断，甚至为此大动干戈。治水成为村民祖祖辈辈望眼欲穿但一直没有解决的大事。

一场轰轰烈烈的水利工程开始了。一年、两年、三年，3座水坝建成了，8道拦沙坝建成了，1座小"二"型水库建成了，三个蓄水池像天池般的创造出来了。

为了节水，他们又每天上阵 400 多村民，历经 6 个月时间苦干，动用土石 2 万立方，投工 5 万多个，投资 80 万元，8 千米的管道铺设在各座山上。百分之八十的山地可以实现自流灌溉。

山不转水转，小水利满山建。不用油不用电，引水到山巅。节水又节电，山林自流灌。

这是台子村的天池。

眼前的三个蓄水池却是全人工制造，而且是一个小山村的老少爷们用自己的智慧和汗水铸成的。这是一个小山村的奇迹，这是只有在改革开放中的小山村才可能创造出的奇迹。伫立池边心旷神怡，它如同深嵌于群峰环绕中的碧玉明珠温润着这里的山，温润着这里的人。池水将山峰、白云、绿林凝成了静影，凝成一幅天然的山水画。

那 5 千米的主管道就像群山的血脉，润泽着大山的肌体，润泽着一片片桃林。

有了水，山便活了。

巍峨迤逦，有了桃林的山便有了动感，便有了生命。

为了改善村民生活条件，他们修建了 143 座沼气池，改变了村民用柴火做饭烟熏火燎的历史。

　　走进桃园，我们远远地看到有几个村民正十分细心地摘桃子。她们的身姿有着丰收喜悦带来的快乐动感。她们是在采摘大地和阳光的馈赠，她们是在采摘流淌过的汗水的馈赠。

　　只有在离土地最近的地方，才能享受新鲜果实的芳香和甘美。

　　你是一面旗帜

　　高高飘扬

　　创新超越的力度波澜壮阔

　　改革进取的步伐有力铿锵

　　镰刀斧头交相辉映

　　党员先进性的形象永远闪亮

心灵氧吧

　　孔子，这位圣贤的光辉穿越千年，至今照耀着我们。他的体温穿越千年，至今温暖着我们。

　　走在孔林中，你会感到孔子的灵魂和着松柏的芳香在弥漫着。那鲜活的呼吸，如春风轻轻地掠过。

　　孔林中满天遍野的二月兰幽幽的绽放着，不张扬，就像孔子的中庸思想，但那芬芳和养眼的景色使人的身心得到滋养。

　　当今的困惑，却可以在远古的经典中得到解读。

当今的迷惑，却可以在远古的经典中得到诠释。

我们放下了古人的宝贵遗产，却背负起压迫心灵的包袱。那些给我们心灵滋养的遗产，我们曾经当作腐朽抛弃了，我们的心灵苍白着、挣扎着。

物质上的丰富，并没有给我们带来多大的幸福感。物欲横流，我们过多的追求物质上的东西，从而忽略了我们的心灵。于是，心灵的空虚、权欲的腐败使得我们无所适从。

《论语》，它的从容、它的睿智、它的温度、它的宽厚，重新开始温暖着我们。有他，我们的心灵不会迷路。这位心灵导师，指引着我们心灵的走向。孔子，他的吟哦、他的叹息、他的呼唤、他的梦想千万年后再次重现他的光芒。他的呐喊、他的彷徨至今困惑着我们，他的执着、他的思想至今引领着我们。

走进孔林，虽说是树木葱葱、鲜花开满大地，但我们还是心情凝重，他的生前的孤寂、落寞与身后的荣耀，令我们沉思。孔子的悲剧，不仅仅是他个人的，整个民族都在隐隐作痛。也许世界上所有的思想者，都是孤独和寂寞的。他们高洁的精神世界建立在云霄之上，采日月光华，融宇宙万象，化甘霖滋润大地。他活在一切热爱和追求仁爱、人道、正义、和平和真理的人们心中。孔子身后留下的却是一座真正的纪念碑—这是精神的丰碑、文化的象征，他使任何一座气势显赫的帝王都黯然失色。在这里，我们感到了思想的魅力。在这里，我们感到了仁爱的力量。

沧海桑田，世事变迁。但是，他的"天行健，君子以自强不息"的雄魂正在神州大地上驰骋运行；他所倡导的"修身、其家、治国、平天下"的文化人格，已成为炎黄子孙的道德自觉；他提出的"和为贵"的价值观，正成为今天构建和谐社会的基本理念；他关于"己所不欲，勿施于人"的阐述、他毕生追求的"天下为公，大同社会"的梦正在今天成为人们的共识。

一部论语，医治着我们大脑的缺氧，它是我们的心灵氧吧。

有人说，孔子是一个拥有大爱的人，因为他毕生关心的都是人类的命运，这远远超越他所在的那个时代。孔子的伟大，并不在于历代帝王的尊崇加封。帝王离我们越来越远，而布衣孔子、思想者孔子，却离我们越来越近。多少帝王、多少达官贵人、多少荣华富贵都随岁月流逝而销声匿迹，而孔子的思想却依然光芒万丈。孔林，我们的心灵氧吧。

春天的表情

南湖的水润朗起来，告诉我们春天来了。

小区里的草坪醒了，露出动人的表情。玉兰树是小区最美的女子，站在春天里美丽地笑着，那大朵大朵的花朵，是春天最甜美的表情，告诉我们春天来了。

春天代表着希望。这一切，预示我们走出了冬天，预示我们走进了春天。

春暖花开的日子，一切生动美丽起来。

美丽的季节，心情随之美丽起来。

荠菜，激活了我们的味蕾，让我们品尝到了春天的味道，让我们感知到春天的鲜美。

荠菜花，很美，再过些日子荠菜花会很优雅地盛开。我所感激的，是能在嫩绿中绽放的时候邂逅并中意那样的美。美丽，在她们春天的时候让我遇见，并从此深埋于心底。一朵花，有一朵花的心。我读她，读到了她的美丽容颜，多想读到她的美丽的心啊！

阳光打在身上，暖暖的。迈开脚步，走进春天，脚步也欢快起来。把自己也变成一小片春天吧，心里有一个春天，眼睛看到的才会是春天。

春天，我们贪婪地倾听着你，安静地读着你。我们用视觉贪婪地把你抚摸，我们用身心痴迷地感受你的体温。给自己的心灵一个明媚的春天。春天来了，我们又感到了生命和鲜花的芬芳。

美丽、生动、希望、蓬勃，是春天的表情。